SÔSEKI

SANSHIRÔ

Roman traduit du japonais
par Jean-Pierre Liogier

Éditions
Philippe Picquier

Titre original : Sanshirô

Le Mas de Vert
13200 Arles

Conception graphique : Picquier & Protière

ISBN : 2-87730-172-9

Chapitre premier

Quand il sort de son assoupissement, la femme a entamé la conversation avec le vieil homme. Ce vieil homme est bien le provincial monté deux stations auparavant. Sanshirô s'en souvient, car il s'est précipité vers le train qui allait s'ébranler en poussant des cris stridents et, à peine monté, il s'est empressé d'enlever sa chemise, découvrant son dos tout couvert de traces de moxas, à tel point que Sanshirô l'a observé attentivement pendant qu'il essuyait la sueur et enfilait sa chemise, jusqu'au moment où il est allé s'asseoir à côté de la femme.

La femme est dans le même wagon depuis Kyôto. Dès qu'elle est montée, l'attention de Sanshirô s'est portée sur elle. D'abord, elle a la peau brune. Depuis qu'il avait quitté le Kyûshû et pris la correspondance pour la ligne Sanyô, avec la proximité grandissante de Kyôto et d'Ôsaka, le teint des femmes devenait plus blanc et l'éloignement du pays natal faisait naître en lui un sentiment de nostalgie. Aussi, quand cette femme était entrée dans le compartiment, il avait cru voir en elle un allié du sexe opposé. De fait, elle avait le teint des femmes du Kyûshû.

C'était le même teint qu'Omitsu de Miwata. Omitsu ne lui a pas laissé de répit jusqu'aux derniers moments qui ont précédé son départ. La séparation a été un grand soulagement pour lui. Mais tout compte fait, il ne voit plus d'un si mauvais œil les jeunes personnes qui lui ressemblent.

Toutefois, celle-ci est beaucoup plus distinguée. Le tracé de la bouche est ferme. Le regard est vif. Elle n'a pas le front large d'Omitsu. Elle a quelque chose qui la rend agréable à regarder. Aussi, Sanshirô levait les yeux toutes les cinq minutes pour l'observer. Il arrive même que leurs regards se rencontrent. C'était quand le vieil homme s'était assis à côté d'elle qu'il l'avait observée avec attention, le plus longtemps possible. La femme avait souri au vieil homme et l'avait invité à s'asseoir en lui faisant une place auprès d'elle. Peu après, Sanshirô s'était assoupi.

Pendant qu'il dormait, la femme et le vieil homme ont lié conversation. Sanshirô qui a ouvert les yeux écoute sans rien dire.

Les jouets qu'on trouve à Kyôto sont décidément moins chers et de meilleure qualité que ceux de Hiroshima. Profitant de mon passage à Kyôto où j'avais à faire, j'ai acheté un jouet près du temple de Takoyakushi. Je suis contente de retourner dans mon pays natal voir mes enfants, après si longtemps. Mais c'est un retour forcé chez mes parents car mon mari n'envoie plus la pension et cela m'inquiète. Son mari a longtemps travaillé à Kure comme ouvrier dans la marine nationale, puis il est parti à Lu Shun pendant la guerre. A la fin de la guerre, il est rentré au Japon. Peu après, il est reparti travailler à Ta Lien. Soi-disant qu'on gagne mieux sa vie là-bas. Il donnait des nouvelles et envoyait ce qu'il fallait régulièrement tous les mois, mais voilà six mois que je suis sans lettre et sans argent. Je suis sans crainte car il n'a pas un tempérament volage, mais je ne pourrai pas continuer à vivre longtemps comme ça et je suis bien obligée de rentrer chez mes parents jusqu'à ce que je reçoive des nouvelles.

Le vieil homme ne connaissait pas le temple Takoyakushi et ne montra pas plus d'intérêt pour les jouets. Au début, il répondait simplement par des « oui », mais quand elle parla de Lu Shun, il fut pris d'une soudaine compassion et se mit à la plaindre tant et plus. Il avait lui aussi un fils qui était parti à la guerre et qui n'en était jamais revenu. Il ne comprend pas à quoi cela sert de faire la guerre. Si du moins les affaires marchaient mieux après, mais on y perd ses chers enfants et les prix montent. A quoi cela rime-t-il ? Quand tout allait bien, les gens ne partaient pas travailler à l'étranger. C'est la guerre qui nous vaut tous ces ennuis. Enfin, l'important est de garder la foi. Il est sûrement vivant en train de travailler. Il ne tarderait certainement pas à revenir. Le vieil homme ne tarissait pas de paroles consolantes pour la femme. Peu après, le train s'arrêta ; il prit congé en lui souhaitant une bonne santé, puis il s'éloigna d'un pas alerte.

Quatre voyageurs descendirent à la suite du vieil homme et une seule personne monta. Le wagon, qui n'était déjà pas bondé, fut soudain plongé dans un silence morne ; c'est sans doute un effet de la nuit tombée. Sur le toit, on entend les pas du cheminot qui introduit les chandelles allumées. Comme s'il venait de s'en souvenir, Sanshirô se remit à manger le repas froid qu'il avait entamé à la gare précédente.

Deux minutes devaient s'être écoulées depuis que le train s'était ébranlé ; la femme se leva, passa à côté de Sanshirô et sortit précipitamment du compartiment. Sanshirô vit pour la première fois la couleur de son *obi*. La tête d'une truite macérée dans la bouche, il la regarda s'éloigner. Il mangeait de bon appétit tout en se disant qu'elle devait être allée aux toilettes.

La femme revint peu après. Cette fois-ci, il était de face. Le repas froid de Sanshirô arrivait sur la fin. La tête penchée, il piquait soigneusement ses baguettes ; il engloutit deux ou trois bouchées, mais il avait nettement l'impression que la femme ne retournait pas à sa place. Voulant s'en assurer, il risqua un œil : elle était bien devant lui. Mais elle se mit à bouger au moment où il levait les yeux. Toutefois, alors qu'elle aurait dû passer à côté de lui et regagner sa place, elle vint se planter devant lui et, penchant le corps de côté, elle passa le cou par la fenêtre et regarda dehors, sans mot dire. Un vent fort soulevait les mèches de ses tempes. Alors, de toutes ses forces, il jeta la boîte vide par la fenêtre. Celle où se trouvait la femme était voisine de la sienne. Quand il vit que le couvercle repoussé par le vent contraire revenait, d'un battement blanc, de ce côté-ci, il regretta soudain son geste et chercha à voir le visage de la femme. Par malchance, celui-ci était à l'extérieur du wagon. Mais elle rentra le cou doucement et se mit à essuyer son front avec soin. Quoi qu'il en fût, Sanshirô jugea qu'il était plus prudent de s'excuser.

— Excusez-moi, fit-il.

— Je vous en prie, répondit-elle.

Elle s'essuyait toujours le visage. Ne sachant plus quoi ajouter, Sanshirô se tut. La femme se tut aussi. Puis elle passa à nouveau la tête par la fenêtre. Les trois ou quatre voyageurs ont l'air somnolent sous la lueur des lampes. Pas un seul ne parle. On n'entend que le vacarme assourdissant du train. Sanshirô ferma les yeux.

Au bout d'un moment, il entendit la voix de la femme :

— Est-ce qu'on arrive bientôt à Nagoya ?

Il ouvrit les yeux : elle s'était tournée vers lui, et penchée en avant, elle avait approché son visage tout près du sien. Il fut étonné.

— Oui, répondit-il.

Mais comme le ton n'avait rien de convaincant – c'était son premier voyage à Tôkyô – il reprit :

— A cette allure-là, on va prendre du retard ?

— Certainement.

— Vous descendez aussi à Nagoya ?

— Oui, je descends.

Le terminus du train était Nagoya. Leur conversation était des plus banales. La femme était simplement assise en face, un peu décalée. Puis on n'entendit plus que le bruit du train pendant quelques instants.

Quand le train s'arrêta à la station suivante, la femme demanda finalement à Sanshirô de la conduire jusqu'à une auberge quand ils seraient rendus à Nagoya. Elle le pressait instamment, disant que c'était sinistre d'y aller seule. Sanshirô comprenait bien. Ceci étant, il ne pouvait accepter la proposition de si bon cœur. Comme c'était une inconnue, il hésitait beaucoup, mais il n'avait pas non plus le courage de lui opposer un refus catégorique et il fit une réponse évasive. Sur ces entrefaites, le train arriva à Nagoya.

Il n'a pas à se soucier de la grosse malle qui est enregistrée jusqu'à Shinbashi. Sanshirô passa le contrôle des billets, muni d'un simple cartable de toile et d'un parapluie. Sur la tête, il porte la casquette d'été de son lycée. Toutefois, il en a arraché l'insigne pour montrer que ses études secondaires sont terminées. En plein jour, la couleur était encore claire à cet endroit. La femme marchait derrière lui. Sanshirô était un peu embarrassé à cause de sa casquette. Mais il ne pouvait pas l'empêcher de le suivre. Pour elle, évidemment, ce n'était qu'une casquette crasseuse.

Comme le train prévu pour neuf heures et demie a eu quarante minutes de retard, il est déjà dix heures passées. Cependant, en cette saison chaude, la ville est aussi animée qu'à la tombée de la nuit. Deux ou trois auberges se présentent devant leurs yeux. Mais Sanshirô les trouva un peu trop bien pour eux. Imperturbable, il passa devant celle de trois étages, éclairée à l'électricité, et continua d'un pas nonchalant. Evidemment, il ignorait les lieux et ne connaissait pas sa destination. Il se dirigeait seulement vers l'obscurité. La femme le suivait en silence. C'est alors qu'il aperçut, au niveau de la deuxième maison après l'angle d'une rue assez triste, une pancarte portant l'inscription *Auberge*. C'était une pancarte sale qui faisait l'affaire pour l'un comme pour l'autre.

— Qu'en pensez-vous ? demanda Sanshirô en se retournant vers la femme.

Comme elle acquiesçait, il s'enhardit à entrer. Alors qu'il n'avait même pas eu le temps de dire qu'ils n'étaient pas ensemble, un flot de paroles les submergea dès qu'ils arrivèrent sur le seuil. « Bonjour, messieurs-dames, entrez, je vous en prie, on vous conduit tout de suite à la chambre. Prune numéro quatre, s'il vous plaît ! » Pris de court, ils se laissèrent conduire tous les deux sans dire mot vers la chambre Prune numéro quatre.

Attendant que la femme de chambre apporte le thé, ils sont assis l'un en face de l'autre, l'air absent. Quand elle apporta le thé et annonça que le bain était prêt, il n'eut pas le courage de dire que la femme n'était pas avec lui. Une serviette à la main, il s'excusa et sortit en direction de la salle de bains. Celle-ci se trouvait au fond du couloir, à côté des toilettes. Il y faisait sombre et l'endroit semblait plutôt sale. Sanshirô se dévêtit, sauta dans la baignoire et réfléchit un peu. « Me voilà dans de beaux draps », se disait-il en jetant de l'eau sur ses épaules, quand il entendit marcher dans le couloir. Quelqu'un doit être dans les toilettes. La personne en sortit bientôt. Elle se lava les mains. Quand elle eut terminé, elle fit grincer la porte de la salle de bains qui s'ouvrit à demi. La femme se tenait à l'entrée.

— Voulez-vous que je vous rince le dos ? demanda-t-elle.

— Non, ce n'est pas la peine ! répondit-il d'une voix forte.

Mais la femme ne sort pas. Bien plus, elle est entrée. Ce faisant, elle se mit à dénouer son *obi*. Elle a tout l'air de vouloir partager le bain avec Sanshirô. Elle ne semble en concevoir aucune honte particulière. Sanshirô sortit aussitôt de la baignoire. S'essuyant à la hâte, il rejoignit la chambre et s'assit sur un coussin, tout abasourdi de ce qui lui arrivait, quand la femme de chambre arriva avec le registre de l'auberge.

Sanshirô prit le registre et inscrivit avec soin : Sanshirô Ogawa, vingt-trois ans, village de Masaki, bourg de Miyako, préfecture de Fukuoka ; mais il fut bien embarrassé quand il arriva à la colonne suivante. Il se dit qu'il vaudrait peut-être mieux l'attendre, mais il se résolut tout de même. La femme de chambre ne partait pas. Comme le temps pressait, il écrivit n'importe quoi – *nom : Hara, âge : vingt-trois ans, adresse : idem* ; puis il remit le registre à l'employée. Ce faisant, il agitait son éventail sans arrêt.

La femme revint peu après :

— Excusez-moi de vous avoir dérangé.

— Il n'y a pas de mal.

Sanshirô sortit un carnet de son cartable et se mit à écrire son journal intime. Il ne trouvait pas la moindre chose à écrire. Il lui semblait qu'il aurait eu beaucoup à dire si la femme n'avait pas été là.

— Je sors un peu, s'excusa-t-elle.

Elle quitta la pièce. Sanshirô avait de plus en plus de difficulté à écrire son journal.

Sur ces entrefaites, la femme de chambre vint étendre la literie. Comme elle n'apporte qu'un seul matelas large, il lui dit qu'il faut deux matelas séparés, mais c'est peine perdue – elle réplique qu'il n'y a pas la place, que la moustiquaire est trop petite. Il avait plutôt l'air de l'ennuyer. Pour finir, elle allégua que le commis était sorti et qu'elle en apporterait un deuxième dès qu'il serait de retour ; elle s'en alla après avoir étendu le matelas sur toute la largeur de la moustiquaire sans vouloir rien entendre.

La femme revint peu après.

— Excusez-moi de vous avoir fait attendre, dit-elle.

Alors qu'elle s'affairait dans l'ombre de la moustiquaire, il y eut un bruit d'entrechoquement. C'est sans doute le jouet qu'elle a acheté pour son enfant. Maintenant, il semble qu'elle ait renoué les quatre coins de son carré de tissu.

— Bonne nuit, fit-elle à Sanshirô de l'intérieur de la moustiquaire.

N'émettant qu'un « oui » bref pour toute réponse, le postérieur posé sur le sol, Sanshirô agitait son éventail. Il se demandait s'il ne ferait pas mieux de passer la nuit dans cette position. Mais les moustiques ne lui laissaient pas de répit. Dehors, c'était intenable. Sanshirô se leva promptement, sortit de son cartable une chemise en calicot et un caleçon qu'il mit à même la peau, puis il cala le tout avec son *obi* bleu marine. Ensuite, il pénétra sous la moustiquaire en tenant deux serviettes à la main. La femme agite toujours son éventail à l'autre extrémité du matelas.

— Excusez-moi, je suis plutôt nerveux et je n'aime pas dormir dans le lit d'une autre personne. Permettez que je prenne mes dispositions pour éviter les puces.

Ce disant, Sanshirô se mit à enrouler la partie du drap qui était de son côté en direction de la femme. Il aménagea ainsi une séparation blanche sur la longueur du matelas, en son milieu. La femme, allongée, se tourna de l'autre côté. Fixant ainsi les limites de son domaine, Sanshirô étendit tout du long les deux serviettes l'une à côté de l'autre, puis il se coucha sur cette bande étroite. Ce soir-là, les mains et les jambes de Sanshirô ne dépassèrent pas d'un centimètre la surface exiguë des serviettes. Il n'échangea pas une parole avec la femme. Tournée vers le mur, elle ne fit pas un geste non plus.

Le jour se leva enfin. Lorsque, le visage lavé, ils se retrouvèrent devant la table basse, la femme lui demanda avec un sourire :

— Vous n'avez pas eu de puces hier soir ?

Sanshirô répondit avec sérieux quelque chose comme « non, merci » et, la tête baissée, il se mit à piquer sans arrêt dans la coupe remplie de raisins.

Ils réglèrent la note et sortirent ; quand ils atteignirent la gare, la femme expliqua à Sanshirô qu'elle allait à Yokkaichi et qu'elle prenait ensuite la ligne du Kansai.

Le train de Sanshirô arriva bientôt. La femme devait attendre le sien encore un peu. Elle l'accompagna jusqu'au contrôle.

— Merci pour tout… et bonne continuation, dit-elle en le saluant poliment.

Sanshirô, le cartable dans une main, saisit la casquette usée de l'autre et répondit simplement : « Au revoir ! » La femme le regarda dans les yeux, puis elle reprit d'un ton calme :

— Vous n'êtes vraiment pas courageux.

Elle avait un sourire narquois. Sanshirô eut l'impression d'être repoussé d'une chiquenaude sur le quai de la gare. Quand il fut dans le train, ses deux oreilles devinrent encore plus brûlantes. Pendant quelques instants, il se fit tout petit sans bouger. Bientôt, le sifflet du contrôleur retentit d'une extrémité du long train jusqu'à l'autre. Le train s'ébranle. Sanshirô passa la tête par la fenêtre : la femme s'en était allée depuis longtemps. Seule la grande horloge se présenta à ses yeux. Discrètement, il revint à sa place. Le train est assez bondé. Mais personne ne prête attention au comportement de Sanshirô. Seul un homme qui était assis en face, un peu décalé, le regarda rapidement au moment où il regagna sa place.

Quand il sentit ce regard sur lui, Sanshirô éprouva je ne sais quel sentiment d'embarras. Il ouvrit son cartable, se disant qu'une lecture le divertirait ; la serviette de la veille au soir était calée hermétiquement sur le dessus. La poussant de côté, il tira du fond le premier volume qui lui tomba sous la main ; c'était un recueil de Bacon auquel il ne risquait guère de comprendre quelque chose. C'était une reliure de fortune, mince et minable, qui faisait pitié à voir pour Bacon. Comme il avait manqué de le mettre dans la grande malle, alors qu'il n'avait aucune intention de le lire dans le train, il l'avait jeté au fond du cartable avec deux ou trois autres et avait eu le malheur de tomber sur lui. Sanshirô ouvrit Bacon à la page vingt-trois. Il aurait été tout aussi incapable de lire les autres livres. A plus forte raison, Bacon ne lui disait rien du tout. Quoi qu'il en fût, l'air digne, il ouvrit le livre à la page vingt-trois qu'il examina consciencieusement. Devant cette page, Sanshirô entendit réviser la leçon de la veille au soir.

Qui était donc cette femme ? Ce genre de femme pouvait-il exister sur terre ? Une femme pouvait-elle rester aussi calme et imperturbable ? Etait-ce le manque d'éducation, était-ce de l'audace ? Ou bien était-ce de l'insouciance ? N'ayant pas été jusqu'où il aurait pu aller, il ne savait pas ce qu'il devait en penser. Il aurait dû aller un peu plus loin. Mais il avait peur. Quand elle lui avait dit, en le quittant, qu'il n'était pas courageux, il s'en était étonné. Il lui avait semblé voir étalée tout à coup devant ses yeux une faiblesse vieille de vingt-trois années. Les parents eux-mêmes ne savent pas dire les choses aussi justement.

Arrivé à ce point, Sanshirô se sentit encore plus découragé. Il avait l'impression d'avoir reçu une bastonnade magistrale de la part de je ne sais quel individu peu recommandable. Il en ressentait même un embarras extrême vis-à-vis de la page vingt-trois de Bacon.

Vraiment, il n'est pas permis de se laisser démonter comme cela. Il n'y a plus d'études ni d'étudiant qui tiennent. Il y va de la personnalité du sujet. Il aurait tout de même pu faire un peu mieux. Toutefois, si l'autre faisait montre d'un tel sans-gêne à tous les coups, il lui paraissait inévitable, à lui qui avait reçu une éducation, de réagir comme il l'avait fait. Il ressortait de tout cela qu'il ne devait pas approcher les femmes de trop près. Le courage n'est pas son fort. Il se sent très à l'étroit. C'est à croire qu'il est né infirme. Et pourtant…

Changeant soudain d'humeur, Sanshirô se souvint d'un autre univers. Il va à Tôkyô. Il entre à l'université. Il côtoie des savants célèbres. Il fréquente des étudiants de bonne éducation. Il fait des recherches en bibliothèque. Il écrit des œuvres. On l'acclame dans la société. Sa mère est contente. Donnant libre cours à son imagination débridée, il en éprouva un grand réconfort et ne vit plus tellement la nécessité de plonger le nez dans la page vingt-trois. Alors, il releva la tête. L'homme de tout à l'heure, assis en face, un peu décalé, le regardait à nouveau. Cette fois, Sanshirô le regarda à son tour.

Il a une moustache fournie. C'était un homme au visage long et émacié qui avait quelque chose d'un maître de temple. Seul son nez droit et long faisait occidental chez lui. Lorsqu'il voyait ce genre d'homme, Sanshirô en faisait tout de suite un professeur. L'homme était vêtu d'une toile à fond blanc, soigneusement doublée d'une flanelle blanche, et il portait aux pieds des *tabi* [1] bleu marine. Sanshirô jugea à sa mise qu'il avait en face de lui un professeur de collège. Pour lui, qu'un brillant avenir attendait, cela ne présentait pas grand intérêt. L'homme avait bien la quarantaine. Il n'avait certainement plus beaucoup d'avenir devant lui.

L'homme fume sans arrêt. La longue fumée qui sort de ses narines lui donne un air très posé. Néanmoins, il se lève tout le temps pour aller aux toilettes ou je ne sais où. Il lui arrive de s'étirer en se levant. Il a l'air de s'ennuyer. Il ne semble même pas avoir envie de regarder le journal posé à côté de lui par son voisin. Intrigué, Sanshirô finit par retourner le recueil de Bacon. Il eut bien l'idée de sortir un autre livre, un roman par exemple, mais cela lui coûtait trop d'effort. Il aurait plutôt envie de jeter un coup d'œil sur le journal de celui d'en face. Par malchance, celui d'en face dort à poings fermés. Sanshirô tendit le bras et, posant la main sur le journal, il demanda à l'homme à la moustache :

---

1. *Tabi :* Chaussettes portées avec les vêtements traditionnels. Une échancrure est pratiquée entre le pouce et le second orteil pour la lanière de la sandale.

— Il est libre ?

— Sans doute, allez-y, répondit l'autre d'un air indifférent.

Mais Sanshirô, qui avait saisi le journal, n'était pas indifférent. Il l'ouvre : il n'y a rien de bien intéressant à lire. Il a tout regardé en l'espace d'une ou deux minutes. Alors qu'il le repliait soigneusement et le remettait à sa place comme il se devait, il fit un léger salut de la tête, auquel l'autre répondit pareillement.

— Tu es au lycée ?

Sanshirô se réjouit que la marque de sa vieille casquette ait été remarquée de l'homme.

— Oui.

— A Tôkyô ? demanda l'homme à nouveau.

— Non, à Kumamoto, mais…, dit-il, puis il se tut.

Il aurait voulu dire qu'il était étudiant mais, jugeant que ce n'était pas nécessaire, il se ravisa.

— Ah bon, dit simplement l'autre qui se remet aussitôt à fumer.

Il ne cherche même pas à savoir pourquoi un étudiant de Kumamoto se rend à Tôkyô à cette époque de l'année. Les étudiants de Kumamoto ne semblent pas l'intéresser. A ce moment-là, on entendit parler l'homme qui dormait en face de Sanshirô : « Hum, je comprends. » Pourtant, il ne fait pas de doute qu'il dort. Et il ne faut pas croire non plus que c'est une parole dite pour soi. L'homme à la moustache regarda Sanshirô et se mit à rire. Sanshirô saisit l'occasion :

— Et vous-même ?

— A Tôkyô, répondit-il simplement, d'un ton posé.

Tout compte fait, il n'a plus l'air d'un professeur de collège. Mais puisqu'il voyage en troisième classe, il est certain que ce ne doit pas être quelqu'un de bien important.

Sanshirô interrompit la conversation. De temps à autre, l'homme à la moustache bat la mesure du pied avec le talon avant de ses *geta*[1], les bras croisés. Il a vraiment l'air de s'ennuyer. Mais l'ennui de cet homme est un ennui qui ne donne pas envie de lier conversation.

Quand le train fut arrivé à Toyohashi, le dormeur se leva promptement et descendit en se frottant les yeux. Sanshirô se demanda comment il trouvait le moyen de se réveiller juste au bon moment. Inquiet de savoir s'il ne s'était pas trompé de gare en sortant de son sommeil, il regarda par la fenêtre : il n'en est rien. L'homme passa le contrôle sans encombre et sortit comme s'il était parfaitement éveillé. Rassuré, Sanshirô alla s'asseoir sur la banquette d'en face. Il se trouva ainsi placé à côté de l'homme à la moustache. A son tour, celui-ci passa la tête au-dehors et acheta des pêches.

Il plaça les fruits entre eux :

— Tu n'en manges pas ?

Sanshirô le remercia et en mangea une. L'homme à la moustache semblait aimer les pêches et mangeait gloutonnement. Il dit à Sanshirô de se servir encore. Celui-ci en mangea une autre. Tout en mangeant les pêches, ils firent connaissance et se mirent à parler de choses et d'autres.

D'après cet homme, la pêche est de tous les fruits le plus proche de l'ermite. Son goût a quelque chose d'un peu simplet. D'ailleurs, la forme du noyau et sa constitution sont fort intéressantes. C'était la première fois que Sanshirô entendait cette théorie ; il trouva que l'homme disait des choses vraiment stupides.

L'homme tint ensuite ce discours : Shiki[2] aimait beaucoup les fruits. Il était même capable d'en manger

---

1. *Geta :* Socques de bois sans rebord munies d'un « talon » avant et d'un « talon » arrière assez hauts pour maintenir le pied à l'abri des projections.

2. Shiki Masaoka (1867-1902) joua un rôle de premier plan dans le renouveau de la poésie traditionnelle *(Haikai)* et l'élaboration d'une prose moderne par ses nombreuses esquisses sur le vif. Il fut un ami intime de Natsume Sôseki.

tant et plus. Il lui est arrivé de manger seize gros kakis macérés dans un tonneau à saké. Cela ne lui a rien fait. Quant à lui, il était tout à fait incapable d'imiter Shiki. – Sanshirô l'écoutait en riant. Il lui semblait néanmoins que la seule chose intéressante était d'entendre parler de Shiki. Il aurait voulu continuer encore un peu mais l'autre enchaîna :

— Il n'y a pas à dire, quand on aime quelque chose, la main se tend toute seule. On n'y peut rien. C'est comme les cochons ; au lieu de la main, c'est leur nez qui se tend. Quand on attache un cochon pour qu'il ne bouge pas et qu'on lui met de la nourriture devant le museau, il paraît que le museau se met à s'allonger peu à peu. Le museau s'allonge jusqu'à ce qu'il parvienne à la nourriture. Il n'y a rien de pire qu'une idée fixe, dit-il avec un rire moqueur.

Il était difficile de juger, à sa façon de parler, s'il était sérieux ou s'il plaisantait.

— Enfin, on a de la chance de ne pas être des cochons. Si notre nez poussait inconsidérément vers les choses qui nous font envie, il serait déjà si long qu'on ne pourrait même plus monter dans le train ; ce serait du joli !

Sanshirô éclata de rire. Mais chose étrange, son interlocuteur restait calme.

— En réalité, c'est dangereux. Un certain Léonard de Vinci a injecté du minerai d'arsenic dans le tronc d'un pêcher pour voir si le poison passerait dans les fruits. Quelqu'un a mangé une pêche de l'arbre et il en est mort. C'est dangereux. Si l'on n'y prend garde, c'est dangereux… Ce disant, il enveloppa dans une page de journal les noyaux des pêches qu'il avait mis en pièces et jeta le tout par la fenêtre.

Cette fois-ci, c'était Sanshirô qui n'avait plus envie de rire. Il fut quelque peu troublé en entendant prononcer le nom de Léonard de Vinci, à quoi s'ajouta le fait qu'il se rappela la femme de la veille au soir ; il en éprouva je ne sais quel sentiment de désagrément et préféra s'abstenir de répondre. Mais l'interlocuteur ne semble prêter aucune attention à ce genre de chose.

Peu après, il se mit à l'interroger.

— Où ça, à Tôkyô ?

— En fait, je ne connais pas bien, c'est la première fois... Pour l'instant, je compte aller dans une pension d'Etat.

— Alors, Kumamoto, vous...

— Je viens de terminer mes études secondaires.

— Ah bon... dit-il sans ajouter un mot de félicitation ou de satisfaction. Alors, tu vas entrer à l'université ? demanda-t-il simplement comme la chose la plus ordinaire qui fût.

Sanshirô trouvait cela un peu décevant. Il liquida la réponse par un « oui » bref.

— Quelle faculté ? insiste-t-il.

— Les cours du jour.

— La faculté de droit ?

— Non, la faculté des lettres.

— Ah bon...

Sanshirô éprouvait une impression étrange à chaque fois qu'il l'entendait dire « ah bon ». Ou bien c'est un homme de rang très élevé, ou bien il se moque du monde, et si ce n'est ni l'un ni l'autre, c'est qu'il ne voue certainement aucun intérêt ni aucune sympathie à l'égard de l'université. Cependant, comme il n'aurait su dire lequel de ces jugements était le bon, son attitude vis-à-vis de l'homme restait des plus indécises.

Comme d'un commun accord, ils mangèrent tous deux leur pique-nique à Hamamatsu. Quand ils ont terminé, le train ne se décide toujours pas à partir. Par la fenêtre, on aperçoit quatre ou cinq Occidentaux qui vont et viennent à côté du train. Deux d'entre eux, qui semblent être un couple, se tiennent par le bras, indifférents à la chaleur. La femme, toute vêtue de blanc, est très jolie. Sanshirô n'a vu que cinq ou six Occidentaux dans sa vie. Il en avait connu deux qui étaient professeurs au lycée de Kumamoto, dont l'un, par malchance, était bossu. Quant aux femmes, il en connaissait une qui était missionnaire. Elle avait un visage assez pointu qui tenait du brochet ou du loup de mer. Aussi ce genre de beauté occidentale tapageuse n'est pas seulement une rareté : elle lui paraît être des plus distinguées. Sanshirô était captivé par sa vue. Maintenant, il comprenait qu'ils pussent se donner des airs. Il alla même jusqu'à penser qu'il n'en mènerait pas large s'il allait en Occident et se trouvait mêlé à ce genre de personnes. Il tâchait d'écouter leur conversation du mieux qu'il pût quand ils passèrent devant sa fenêtre, mais il ne comprit rien du tout. La prononciation semblait être tout à fait différente de celle du professeur de Kumamoto.

L'homme passa la tête par-derrière.

— Est-ce qu'il ne va pas bientôt démarrer ? dit-il en jetant un coup d'œil rapide vers le couple occidental qui venait de passer.

— Qu'ils sont beaux, reprit-il à voix basse, puis il bâilla aussitôt.

Prenant soudain conscience de sa condition de provincial, Sanshirô s'empressa de rentrer la tête et se rassit. A son tour, l'homme regagna sa place. Il reprit :

— Les Occidentaux sont vraiment beaux.

Ne trouvant rien de spécial à répondre, Sanshirô se contenta d'acquiescer en souriant. Alors, l'homme à la moustache continua :

— Nous autres, nous sommes à plaindre. Avec une tête pareille et déparés à ce point, cela ne sert à rien de battre les Russes et d'être une grande puissance. Il n'y a qu'à voir les constructions et les jardins, ils sont à la mesure de nos têtes. Si tu vas à Tôkyô pour la première fois, tu n'as jamais vu le mont Fuji. On va le voir bientôt, regarde bien. C'est ce qu'il y a de mieux au Japon. C'est la seule chose dont on puisse se vanter. Mais ce mont Fuji, il existe dans la nature de temps immémorial et l'on n'y peut rien. Ce n'est pas nous qui l'avons fait, dit-il avec un rire narquois.

Sanshirô n'aurait jamais cru qu'un tel homme pût encore exister après la guerre russo-japonaise. Il lui semble qu'il n'est pas tout à fait japonais.

— Mais maintenant, le Japon aussi va se développer de plus en plus, protesta-t-il.

Imperturbable, l'homme répondit :

— Il périclitera.

Si vous osez proférer de tels propos à Kumamoto, on vous flanque une volée de bois vert sur-le-champ. Si cela tourne mal, on vous fait passer pour un traître de la nation. Sanshirô avait grandi dans une ambiance où ce genre d'idée n'avait aucun droit de cité. Aussi le soupçonnait-il de profiter de son jeune âge pour se moquer du monde. L'homme rit de son air narquois. Mais il garde toujours le même ton posé pour parler. Ne sachant décidément pas ce qu'il devait en penser, Sanshirô renonça à tenir conversation et se tut. Alors, l'homme déclara :

— Tôkyô est plus grand que Kumamoto. Le Japon est plus grand que Tôkyô. Et plus grand que le Japon… dit-il, puis il s'arrêta un instant et considéra Sanshirô qui prêtait oreille.

— L'intérieur de notre tête est plus grand que le Japon, continua-t-il. Il ne faut pas être orgueilleux. On aura beau vouloir le bien du Japon, le favoritisme se retournera contre lui.

Quand il entendit ces paroles, Sanshirô eut vraiment l'impression d'avoir quitté Kumamoto pour de bon. En même temps, il se rendit compte de l'extrême lâcheté qui le caractérisait quand il était à Kumamoto.

Sanshirô arriva à Tôkyô ce soir-là. L'homme à la moustache ne dévoila pas son nom quand ils se séparèrent. Sanshirô pensait qu'il rencontrerait ce genre d'homme un peu partout à Tôkyô ; il ne chercha pas à connaître son identité.

Chapitre 2

Beaucoup de choses étonnèrent Sanshirô quand il arriva à Tôkyô. D'abord, il s'étonna d'entendre la sonnette des tramways. Ensuite, il s'étonna de voir tant de gens monter et descendre pendant qu'elle sonnait. Et puis il s'étonna en arrivant dans le quartier de Marunouchi. Ce qui l'étonna surtout, c'est qu'il avait beau continuer à marcher, Tôkyô ne finissait jamais. Quel que soit l'endroit où le conduisent ses pas, il y a des morceaux de bois abandonnés çà et là, des pierres qui s'amoncellent, des constructions neuves, en retrait d'une dizaine de mètres par rapport à la rue, avec de vieux entrepôts à moitié démolis, laissés à l'abandon sur le devant. Tout semble être en cours de destruction. Et pourtant, tout semble être dans le même temps en cours de construction. Il y a un mouvement impressionnant.

Sanshirô était vraiment très étonné. Il était étonné au même point et de la même façon que pouvait l'être un provincial débarquant pour la première fois en plein milieu de la capitale. Ce qu'il avait appris jusque-là ne servait pas plus à calmer son étonnement qu'un médicament trouvé dans le commerce. L'étonnement portait un sérieux coup à son assurance. C'est franchement insupportable.

Si cette activité intense n'est pas autre chose que le monde de la réalité, c'est que la vie qu'il a menée jusqu'ici n'entretient aucun contact avec le monde de la réalité. Autant dire qu'il ne valait pas mieux que le vaillant Hora de l'histoire qui s'était assoupi malencontreusement dans le col d'une montagne. Ceci dit, il serait bien en peine de mettre un terme à sa sieste et de payer sa part d'activité. Il se tient maintenant au cœur de l'activité. Mais il a simplement été transplanté dans une situation telle qu'il est obligé de regarder l'activité qui se déroule tout autour de lui, et sa vie d'étudiant n'en a pas été transformée pour autant. Le monde est en plein bouleversement. Il considère ces bouleversements mais il ne peut pas y prendre part. Son monde à lui et le monde de la réalité sont disposés l'un à côté de l'autre sans entretenir le moindre contact. Ainsi, le monde de la réalité est en plein bouleversement et le laisse pour compte. C'est très angoissant.

Tels étaient les sentiments de Sanshirô alors qu'il se tenait en plein centre de Tôkyô et considérait l'activité des tramways, des trains, des gens habillés de blanc et des gens habillés de noir. En revanche, il ne portait aucune attention à l'activité intellectuelle qui se développait dans le monde étudiant. – La pensée de Meiji est en train de répéter en quarante années l'activité de trois siècles d'histoire en Occident.

Alors qu'il était isolé au centre de la cité en mouvement, seul aux prises avec son humeur maussade, Sanshirô reçut une lettre de sa mère qui habitait au pays natal. C'était la première depuis son arrivée à Tôkyô. Elle lui dit toutes sortes de choses. Elle commence en disant que c'est une bonne année pour les récoltes, puis elle lui fait remarquer qu'il doit prendre soin de sa santé, qu'il doit se méfier des gens de Tôkyô qui sont tous rusés et mal intentionnés, qu'il n'a pas à se faire du souci pour l'argent, qu'elle fera en sorte de lui faire parvenir à la fin de chaque mois, et elle conclut en disant qu'un cousin de M. Masa de Katsuda ayant terminé ses études universitaires se trouve maintenant à la faculté des sciences, ou quelque chose comme cela, et qu'il peut aller le voir s'il a besoin de quoi que ce soit. Elle avait, semblait-il, oublié d'écrire le nom de la personne et avait ajouté, en marge des lignes réservées à la correspondance, *M. Sôhachi Nonomiya.* Dans le même espace, elle fait deux ou trois ajouts : *Ao de Saku est morte subitement de maladie et Saku est dans un grand embarras. Omitsu de Miwata a offert une truite mais on l'a mangée chez nous parce qu'elle s'abîmerait en cours de route si je l'envoyais à Tôkyô...* C'était à peu près tout.

Quand il vit cette lettre, Sanshirô eut l'impression qu'elle parvenait d'un passé désuet. Malgré le respect qu'il avait pour sa mère, il se dit même qu'il n'avait pas le temps de lire ce genre de choses. Mais cela ne l'empêcha pas de la relire deux fois. Autrement dit, s'il y a un monde de la réalité avec lequel il entretient des rapports, ce ne peut être, pour l'instant, que celui de sa mère. Sa mère est d'une autre époque ; elle vit dans une province d'une autre époque. En dehors de cela, il y a la femme qu'il a rencontrée dans le train. Elle est un éclair surgi du monde de la réalité. Cela avait été trop court et trop incisif pour parler de véritables rapports. – Sanshirô décida de suivre le conseil de sa mère et d'aller voir Sôhachi Nonomiya.

Le lendemain fut une journée plus chaude que d'ordinaire. Comme c'était un jour férié, il pensa que Nonomiya ne devait sûrement pas être à la faculté des sciences, mais sa mère ne lui ayant pas donné l'adresse, l'envie lui prit d'aller voir tout de même, ne fût-ce que pour se renseigner ; vers seize heures, il sortit en longeant le lycée et entra par le portail de Yayoi. Dans la rue, la couche de poussière atteignait deux pouces d'épaisseur et l'on distinguait nettement les traces des dents des *geta*, des semelles des chaussures et des fonds des sandales en raphia. Les roues des voitures et des bicylettes décrivaient une multitude indénombrable de lignes. Il faisait une chaleur étouffante dans la rue, mais dès qu'il eut pénétré dans l'enceinte plantée de nombreux arbres, il se sentit revigoré. Il essaya la première porte qui se présenta mais elle était verrouillée. Il alla voir derrière, sans succès. Pour finir, il revint sur le côté. Comme il poussait une porte à tout hasard, elle s'ouvrit. Un commis était assoupi au croisement de deux couloirs. Quand il lui fit part de l'objet de sa visite, ce dernier considéra un instant le bois d'Ueno, le temps de reprendre ses esprits, puis il déclara soudain :

— Il est peut-être là, dit-il puis il se dirigea vers le fond.

Un grand calme règne. Il revint peu après.

— Il est là, entrez, dit-il comme s'ils étaient amis.

Il emboîta le pas au commis qui le fit descendre par un couloir cimenté. Le monde devint subitement sombre. Les yeux étaient éblouis comme par un ciel de feu, mais la pupille s'accoutumant après quelques instants, les choses alentour devinrent visibles. Comme c'était une cave, il faisait assez frais. Il y a une porte à gauche et cette porte est restée ouverte. Un visage en sortit. La physionomie a quelque chose de bouddhique, avec le front large et de grands yeux. Il est vêtu d'une veste passée sur une chemise de crêpe ; il y a des taches par endroits sur la veste. Il est de très grande taille. Sa constitution maigre s'accorde bien avec la chaleur du temps. Inclinant la tête et le tronc sans en briser la ligne, il salua le visiteur.

— Par ici, dit-il simplement, puis son visage se retira dans la pièce.

Arrivant devant la porte, Sanshirô regarda à l'intérieur. Nonomiya s'est déjà assis sur une chaise.

— Par ici, dit-il à nouveau.

A l'endroit désigné se trouve un tabouret. Une planche a été mise sur quatre bâtons carrés. Prenant place sur le tabouret, Sanshirô se présente. Puis il dit qu'il s'en remet à ses bons offices. Nonomiya l'écoute en acquiesçant avec des « Ah oui ! Ah oui ! ». Il lui rappelle un peu l'homme qui mangeait des pêches dans le train. Ayant épuisé les salutations d'usage, Sanshirô n'avait plus rien à dire. Nonomiya aussi s'arrêta de répéter « Ah oui ! Ah oui ! »

Regardant autour de lui, Sanshirô voit une grande et longue table en bois de chêne posée au milieu de la pièce. Dessus, il y a une machine compliquée pleine de gros fils de fer à côté de laquelle est posé un grand bocal en verre avec de l'eau dedans. Il y a aussi, tombés par terre, une lime, un couteau, une garniture de col. Enfin, dans le coin opposé de la pièce, il y a un autre appareil compliqué de la grandeur d'une boîte à condiments, posé sur un support de granit d'environ un mètre. Sanshirô posa les yeux sur deux trous pratiqués dans le flanc de la boîte. Les trous brillaient comme les yeux d'un python.

— Ça brille ? demanda Nonomiya en riant.

Puis il ajouta l'explication suivante :

— Je fais tous ces préparatifs pendant la journée et la nuit venue, quand la circulation et les autres activités sont ralenties, j'observe ces espèces d'yeux de pythons à travers une lunette. C'est ainsi que je teste la pression des rayons lumineux. J'ai commencé au nouvel an mais l'appareil est plutôt malcommode et je n'en ai pas encore tiré ce que je voulais. L'été, c'est assez supportable, mais c'est très pénible quand les nuits deviennent froides. Même avec un manteau et une écharpe autour du cou, on ne tient pas en place tellement il fait froid…

Sanshirô fut très étonné. Il était étonné et en même temps il avait beaucoup de mal à comprendre quel genre de pression pouvaient exercer les rayons lumineux et à quoi pouvait bien servir cette pression.

— Regarde un peu, proposa Nonomiya.

Piqué par la curiosité, Sanshirô s'approcha de la lunette qui était posée à quelques mètres du support de granit ; il y appliqua l'œil droit, mais ne vit goutte.

— Alors, tu vois ? demande Nonomiya.

— Je ne vois rien du tout, répond Sanshirô.

— Ah, j'ai laissé le couvercle, dit-il en se levant de sa chaise pour enlever le cache resté au bout de la lunette.

Regardant à l'intérieur, il voit simplement la graduation d'une règle, dans une clarté aux contours flous. En bas apparut le chiffre 2.

— Et maintenant ? demanda Nonomiya.

— Je vois le chiffre 2.

— Il va bouger.

Ce disant, il passa de l'autre côté et parut faire quelque chose. Peu après, la graduation se mit à bouger dans la clarté. Le 2 disparut. A la suite apparaît le 3. Ensuite apparaît le 4. Le 5 apparaît. Les chiffres défilèrent ainsi jusqu'au 10. Alors, la graduation se remit à bouger en sens inverse. Le 10 disparut, le 9 disparut, au 8 succéda le 7, au 7 le 6 et ainsi de suite jusqu'au 1 où elle s'arrêta.

— Alors ? demande à nouveau Nonomiya.

Etonné, Sanshirô retira l'œil de la lunette. Il n'a même pas envie de demander ce que signifie la graduation.

Remerciant poliment, il sortit de la cave et rejoignit le monde fréquenté par les hommes : le soleil dardait encore. Il faisait chaud mais il poussa tout de même un profond soupir. Le soleil incliné à l'ouest éclaire la large côte de ses rayons obliques et les vitres de la faculté de technologie lancent des feux de part et d'autre du sommet. Sur la voûte du ciel profond et limpide dansaient les flammes rougeâtres d'un feu qui montait de l'ouest et il semblait à Sanshirô qu'elles venaient brûler juste au-dessus de sa tête. Tournant à moitié le dos au soleil qui dardait ses rayons obliquement, Sanshirô pénétra dans le bois, à gauche. Le bois aussi tourne à moitié le dos au soleil. Le fond apparaît comme teint de rouge entre les feuilles vertes tirant sur le noir. Les cigales chantent à l'ombre des ormes massifs. Sanshirô s'approcha de l'étang et s'accroupit.

Un grand calme règne. On n'entend même pas le bruit des tramways. Dans son pays natal, il avait lu que la ligne qui devait passer devant le portail rouge avait été détournée par Koishikawa à la suite des protestations de l'université. L'événement lui revint à l'esprit alors qu'il était accroupi au bord de l'étang. Une université qui n'autorisait même pas le passage des tramways devait être bien éloignée de la société.

Quand on se hasarde à l'intérieur, on trouve des gens comme Nonomiya qui passent plus de la moitié de l'année à tester la pression de la lumière. Nonomiya porte une tenue on ne peut plus sobre et, si on le rencontre, on le prend pour un simple technicien d'une compagnie d'électricité. Il a du mérite de se consacrer à ses études au fond d'une cave avec un égal enthousiasme. Cependant, il est clair que la graduation a beau se déplacer à l'intérieur de sa lunette, il n'y a là aucun rapport avec le monde de la réalité. Il se peut que, de sa vie entière, Nonomiya n'ait pas envie d'entrer en rapport avec le monde de la réalité. Il est sans doute capable de telles dispositions d'esprit parce qu'il évolue dans une atmosphère si paisible. Ne ferais-je pas mieux, moi aussi, de mener une vie coupée des activités du monde, sans disperser mes énergies ?

Immobile, Sanshirô regarde la surface de l'étang ; de grands arbres se reflètent sur l'eau et, plus loin encore, le ciel d'azur. Sanshirô eut alors l'impression d'être emporté vers des espaces plus lointains et plus vastes que les tramways, que la ville de Tôkyô, que le Japon. Mais au bout d'un moment, l'impression se voila d'un sentiment de tristesse qui se déploya comme une fine couche de brume. Il ressentit un grand calme, comme s'il était assis seul dans la cave de Nonomiya. A l'époque où il fréquentait le lycée de Kumamoto, il lui était bien arrivé d'oublier complètement les choses du monde lors d'une escapade sur le sommet tranquille du mont Tatta, ou en s'allongeant sur le lit moelleux des onagres qui recouvraient le stade ; mais cette sensation de solitude lui était inconnue.

Etait-ce d'avoir vu l'activité intense de Tôkyô ? A moins que… Sanshirô rougit : il se rappelait la femme qui était avec lui dans le train. Le monde de la réalité lui semble vraiment nécessaire. Mais le monde de la réalité lui apparaît dangereux, inaccessible. Sanshirô eut envie de retourner vite à sa pension pour écrire une lettre à sa mère.

Levant les yeux, il voit deux femmes se tenant au sommet de la colline, à gauche. Juste en-dessous d'elles se trouve l'étang et, de l'autre côté de l'étang, des arbustes à flanc escarpé derrière lesquels on entrevoit une construction d'aspect criard en briques rouges, de style gothique. Le soleil déclinant déverse sa lumière oblique à travers les choses. Les femmes sont debout, face au soleil couchant. Du coin d'ombre où Sanshirô est accroupi en contrebas, le sommet de la butte paraît très lumineux. L'une des femmes, sans doute éblouie, a déployé son éventail qu'elle tient en visière au niveau du front. On distingue mal son visage. Toutefois, il distingua nettement la couleur du kimono et la couleur de l'*obi*. Le blanc des *tabi* qu'elle portait aux pieds frappa aussi son regard. Il n'aurait pu dire la couleur des cordons, mais il était sûr qu'elle portait des sandales en raphia. L'autre femme est toute blanche. Celle-ci n'a rien dans les mains. Le front légèrement plissé, elle regardait en direction d'un vieil arbre qui laissait retomber ses branches par-dessus l'étang comme pour le recouvrir. La femme qui tient l'éventail est un peu décalée vers l'avant. La femme en blanc se trouve à un pas de la limite du talus. D'où il se trouve, Sanshirô voit les deux femmes de biais.

L'impression de Sanshirô à ce moment était entièrement dominée par la beauté des coloris. Cependant, sa qualité de provincial ne lui permet pas de dire avec des mots ni d'écrire avec un pinceau en quoi réside la beauté des coloris. Il s'est dit simplement que la femme en blanc devait être une infirmière.

Sanshirô était fasciné par ce qu'il voyait. La femme en blanc se mit à bouger. Ce n'était pas une façon de bouger dénotant un but précis. Ses jambes se sont simplement mises à bouger. Puis, la femme qui tient l'éventail se met elle aussi à bouger. Comme d'un commun accord, elles marchent sans but apparent et descendent la pente en se rapprochant. Sanshirô ne les quittait pas des yeux.

En bas de la pente, il y a un pont en pierre. Si on ne le traverse pas, on va tout droit vers la faculté des sciences. Si on le traverse, on vient par ici en longeant le bord de l'eau. Elles traversèrent le pont en pierre.

Elle ne se protège plus avec son éventail. Elle tient dans la main gauche une petite fleur blanche et marche tout en la sentant. Comme elle marche en regardant la fleur qu'elle tient contre son nez tout en la sentant, ses yeux sont baissés. Parvenue à quelques mètres de Sanshirô, elle s'arrêta.

— Qu'est-ce que cela peut être ? demanda-t-elle, les yeux levés.

Au-dessus d'elle, un grand hêtre, au feuillage trop touffu pour laisser filtrer le soleil, confinait en un galbe à la bordure de l'eau.

— C'est un hêtre, répondit l'infirmière.

On eût dit qu'elle parlait à une enfant.

— Ah bon ? Le fruit n'est pas mûr, dit-elle en ramenant son visage relevé à la position normale.

Au même moment, elle jeta un regard furtif sur Sanshirô. Celui-ci eut clairement conscience de l'instant où la prunelle noire se mit à bouger. Il rencontra alors un « je-ne-sais-quoi » d'indéfinissable qui éclipsait toute sensation de coloris. Ce je-ne-sais-quoi lui rappelle d'une certaine façon ce qu'il a éprouvé lorsqu'il a entendu la femme du train lui déclarer : « Vous n'êtes vraiment pas courageux »... Sanshirô était terrifié.

Les deux femmes passent leur chemin. La plus jeune laissa choir devant lui la fleur qu'elle avait sentie jusque-là. Sanshirô gardait les yeux fixés sur leur dos. L'infirmière marche devant. La plus jeune la suit. On voit l'*obi* au tissu chatoyant parsemé de fleurs de *susuki* [1] blanches. La tête aussi est parée d'une rose d'un blanc éclatant. Dans l'ombre du hêtre, la rose brillait d'un éclat vif contre la chevelure noire.

Sanshirô était rêveur. Puis il dit à voix basse : « C'est contradictoire. » L'atmosphère de l'université et la femme étaient-elles contradictoires, le coloris et le regard étaient-ils contradictoires, le souvenir de la femme du train à la vue de celle-ci était-il contradictoire, ou bien la voie qu'il s'est tracée pour l'avenir ouvre-t-elle deux voies contradictoires, ou était-il contradictoire d'éprouver de la peur pour ce qui le comblait de joie ? Tout était incompréhensible pour cet adolescent sorti de sa province. Simplement, il y avait quelque chose de contradictoire.

Sanshirô ramassa la fleur que la femme avait laissé choir. Il la huma. Mais elle n'avait pas d'odeur particulière. Sanshirô jeta la fleur dans l'étang. Elle resta sur l'eau. Tout à coup, il entendit quelqu'un appeler son nom.

Sanshirô détacha les yeux de la fleur. De l'autre côté du pont en pierre, il vit la longue silhouette de Nonomiya.

— Tu es encore là ? dit-il.

Avant de répondre, Sanshirô se leva et s'avança d'un pas lourd.

— Oui, répondit-il en arrivant sur le pont.

Cela manque tout de même de consistance. Mais Nonomiya ne s'en étonne pas le moins du monde.

— Tu prends le frais ? demanda-t-il.

— Oui, répéta l'autre.

---

1. *Susuki :* Une espèce de graminacées aux feuilles effilées.

Nonomiya considéra un moment la surface de l'étang, puis il se mit à chercher quelque chose en fourrant sa main droite dans sa poche. Une enveloppe sort à moitié de la poche. L'écriture semble être celle d'une femme. Ne paraissant pas trouver ce qu'il cherchait, il ressortit la main qu'il laissa pendre sur le côté.

— Aujourd'hui, mon appareil est un peu déréglé et je ne ferai pas d'expériences ce soir. Je vais marcher un peu du côté de Hongô avant de rentrer, si cela te dit de venir avec moi…

Sanshirô accepta sans se faire prier. Ils montèrent la côte et arrivèrent au sommet de la colline. Nonomiya s'arrêta un instant à l'endroit où les femmes s'étaient tenues ; il regarda tour à tour le bâtiment rouge visible entre les arbustes verts de l'autre côté et l'étendue de l'étang dont le bas niveau laissait apparaître le flanc escarpé.

— La vue est plutôt belle. Il y a juste l'angle du bâtiment qui dépasse un peu entre les arbres. Hein ? Cela vaut le coup d'œil. Est-ce que tu t'en rends compte ? Ce bâtiment là-bas n'est pas mal fait du tout. La faculté de technologie est bien faite aussi, mais celui-ci est mieux.

Sanshirô s'étonna quelque peu du sens artistique de Nonomiya. A la vérité, il est incapable de dire lequel des deux lui plaît davantage. Maintenant, c'était lui qui acquiesçait simplement en proférant des « Ah oui, ah oui ! »

— Et puis, l'effet de cet arbre et de l'eau. – Ce n'est pas grand-chose, mais quand on a ça en plein milieu de Tôkyô… – C'est calme. Il faut bien ce genre d'endroit pour faire des études. Tôkyô est devenue trop bruyante ces derniers temps. Là, le pavillon Goten [1], dit-il en commençant à marcher et il montra du doigt le bâtiment qui se trouvait sur la gauche.

---

1. Le pavillon Goten désignait à l'époque une ancienne résidence de noble située sur une hauteur donnant sur l'étang.

— C'est là que se tiennent les réunions de professeurs. Hum, je ne suis pas obligé d'y aller. Il me suffit de vivre dans ma cave. Les études évoluent à une vitesse vertigineuse ces derniers temps et la moindre inattention risque de vous mettre hors jeu. On pourrait croire, vu de l'extérieur, que je passe mon temps à des vétilles au fond d'une cave, mais la tête de l'intéressé déploie une énergie fantastique. Elle déploie peut-être une énergie bien plus fantastique que les tramways. C'est pourquoi je trouve dommage de voyager, même l'été.

Ce disant, il renversa la tête et regarda le ciel immense. La lumière du jour s'était déjà affaiblie.

Sur l'azur calme du ciel voguaient de longues traînées blanches et fines, telles des traces obliques laissées par un peigne.

— Tu sais ce que c'est ?

Sanshirô renversa la tête et regarda les nuages à demi transparents.

— Tout cela, c'est de la poudre de neige. Vu d'en bas, ça ne bouge pas du tout. Mais en fait, ça bouge à une vitesse plus grande que les tornades qui passent sur la terre… Dis-moi, est-ce que tu as lu Ruskin ?

L'air piteux, Sanshirô répondit que non.

— Ah bon, répondit simplement Nonomiya.

Peu après, il reprit :

— Il serait intéressant de faire une esquisse de ce ciel. Je pourrais en parler à Haraguchi.

Ils passèrent devant le bronze de Balz [1] et rejoignirent l'avenue des tramways en longeant le temple de Karatachi. En passant devant la statue de Balz, Sanshirô fut à nouveau embarrassé quand il s'entendit demander ce qu'il en pensait. Il y avait une grande animation à l'extérieur. C'était un va-et-vient incessant de tramways.

— Le bruit des tramways ne te gêne pas ? s'entend-il demander à nouveau.

---

1. Drerwin Balz (1876-1903), professeur de médecine.

Sanshirô ne trouvait pas tant le bruit gênant : c'était ahurissant. Mais il n'émit qu'un bref « oui » pour toute réponse.

— Cela me gêne aussi, reprit Nonomiya.

En réalité, cela n'avait pas l'air de le gêner le moins du monde.

— Je n'arrive jamais à trouver les correspondances, il me faut l'aide du contrôleur. Les lignes se multiplient depuis deux ou trois ans. C'est plus pratique mais cela donne plus de mal. C'est comme mes recherches ! dit-il en riant.

En ce début de trimestre, on remarque beaucoup d'élèves qui portent la casquette neuve de leur lycée. Nonomiya les regarde d'un air amusé.

— Il y a beaucoup de nouveaux. Les jeunes mettent de l'ambiance. Au fait, quel âge as-tu ? demanda-t-il.

Sanshirô répondit ce qu'il avait écrit sur le registre de l'auberge.

— Alors, tu es de sept ans mon cadet. En sept ans, on a le temps de faire à peu près tout. Mais les mois et les journées passent tellement vite… Sept ans, c'est vite passé.

Sanshirô n'aurait pu dire laquelle des deux affirmations était exacte.

Quand on arrive à proximité du croisement, on découvre un foisonnement de librairies et de kiosques de chaque côté de la rue. Des gens sont agglutinés devant deux ou trois d'entre eux comme des essaims noirs ; ils lisent des revues. Et ils s'en vont sans les acheter.

— Ils sont malins, dit Nonomiya en riant.

Cela ne l'empêcha pas de feuilleter un peu *Taiyô*.

Au croisement, il y a une mercerie occidentale, à gauche de ce côté-ci, et une mercerie japonaise de l'autre côté. Emporté par un élan prodigieux, un tramway surgit du virage et passe entre les deux magasins. La sonnette émet un son criard. La cohue est telle qu'il devient difficile de traverser la rue. Nonomiya montre du doigt la mercerie d'en face.

— J'ai une course à faire là-bas, dit-il, et il se faufila au milieu du tintamarre des sonnettes.

Lui emboîtant le pas, Sanshirô le suivit de l'autre côté de la rue. Nonomiya s'engouffra aussitôt dans le magasin. Sanshirô, qui attendait dehors, remarqua des rangées de peignes et d'épingles ornementales disposées sur les étalages vitrés. Il était perplexe. Se demandant ce que Nonomiya pouvait bien avoir à acheter, il se résolut à entrer dans le magasin : un ruban ressemblant à l'aile d'une cigale pendait d'une main de Nonomiya ; il lui demanda ce qu'il en pensait.

Sanshirô voulut aussi acheter quelque chose en remerciement de la truite qu'avait envoyée Omitsu de Miwata. Mais il se ravisa, car elle ne comprendrait sûrement pas l'intention et trouverait à coup sûr le moyen d'inventer une histoire de son cru.

Ensuite, il fut invité par Nonomiya dans un restaurant occidental de Masagochô. D'après Nonomiya, on n'en trouve pas de meilleur dans tout Hongô. Mais pour Sanshirô, cela n'avait pas d'autre goût que celui de la cuisine occidentale. Il n'empêche qu'il ne laissa rien dans son assiette.

Il prit congé de Nonomiya devant le restaurant occidental puis, au lieu de rentrer directement à Oiwake, il rebroussa chemin jusqu'au croisement et tourna à gauche. Il lorgna l'intérieur d'un magasin, en quête d'une paire de *geta*, mais l'envie lui en passa subitement quand il aperçut la vendeuse toute peinturlurée de blanc, assise sous une lampe à gaz incandescente : on aurait dit un fantôme de plâtre. Quand il prit ensuite le chemin du retour, sa pensée ne quittait pas le teint de la femme qu'il avait rencontrée au bord de l'étang, à l'université, et qui avait le teint doré des boules de riz pilé légèrement grillées. Le grain de la peau était très fin. Sanshirô décida une fois pour toutes que le teint des femmes ne devait pas être autrement.

Chapitre 3

L'année scolaire commençait le onze septembre. Consciencieux, Sanshirô se rendit à l'université dans la matinée pour dix heures et demie, mais il ne vit, devant l'entrée, qu'un tableau où étaient affichés les horaires des cours ; il n'y avait pas l'ombre d'un étudiant. Il inscrivit sur un carnet les matières qui le concernaient, puis il se rendit au secrétariat ; les employés étaient bien arrivés. Il demande quand les cours commencent ; on lui répond qu'ils commencent le onze septembre. Ils sont imperturbables. Quand il fait remarquer qu'il ne semble y avoir aucun cours dans les salles, on lui répond que c'est parce que les professeurs ne sont pas là. « Je vois », se dit Sanshirô.

Il quitta le secrétariat, alla derrière le bâtiment et, parvenu sous un grand orme, il regarda le ciel immense au-dessus de lui : il paraissait plus clair que d'ordinaire. Il se fraya un chemin vers le bord de l'eau à travers les bambous nains et, parvenu au pied du hêtre familier, il s'accroupit comme la fois précédente. Il regardait souvent du côté du tertre en se disant qu'il aurait bien aimé, tout au plus, revoir passer la femme de l'autre jour, mais le tertre semblait être complètement désert. Sanshirô se dit que c'était normal. Mais il resta tout de même accroupi. Le canon de midi retentit : surpris, il retourna à sa pension.

Le lendemain, il se rendit au cours pour huit heures juste. Franchissant le portail, il regarda les rangées de ginkgos qui bordaient la grande allée jusqu'au fond.

Celle-ci descend en pente au-delà de la limite où les gingkos disparaissent ; du portail où se tient Sanshirô, la faculté des sciences ne laisse émerger qu'une partie du premier étage, à l'autre bout de la pente. Derrière le toit, le bois d'Ueno resplendit au loin sous le soleil levant. Le soleil est en face. Sanshirô trouva plaisante la vue de ce paysage profond.

Sur la droite où se termine la rangée de ginkgos, de ce côté-ci, il y a la faculté de droit. A gauche, un peu en retrait, il y a les salles de sciences naturelles. Les deux bâtiments, semblables, sont couverts de toits pointus en forme de triangle piquant au-dessus de longues fenêtres étroites. La jonction entre les briques rouges de la bordure du triangle et le toit noir est faite d'un alignement de pierres, fin et régulier. La couleur légèrement bleutée des pierres confère une sorte d'émotion aux briques d'un rouge criard disposées en dessous. Les longues fenêtres et les triangles, haut perchés, forment une rangée continue. Depuis qu'il avait entendu Nonomiya en parler, Sanshirô avait ressenti une soudaine sympathie à l'égard de ce bâtiment ; il lui semblait, ce matin, que cette opinion n'était pas celle de Nonomiya, qu'elle avait toujours été la sienne. Il trouvait un charme particulier dans le fait que le musée des sciences naturelles n'était pas dans l'alignement de la faculté de droit, mais quelque peu en retrait, rompant la régularité de la ligne. Il se dit qu'il allait en parler à Nonomiya comme de sa propre découverte lors d'une prochaine rencontre.

Il tomba aussi en admiration devant la bibliothèque qui avançait de plus d'un demi-mètre par rapport à l'extrémité droite de la faculté de droit. Sans en être bien sûr, il pense que ce doit être le même style de construction. Cinq ou six grenadiers de grande taille plantés contre le mur rouge forment un très bel ensemble. La faculté de technologie qui se trouve tout au fond à gauche semble avoir été calquée sur un château occidental de l'époque féodale. Tout est carré. Les fenêtres sont carrées. Seuls les angles et l'entrée sont arrondis. On a sans doute voulu représenter une tour. Elle a bien l'aspect massif des châteaux. Elle n'a pas l'air d'être sur le point de s'effondrer comme la faculté de droit. On dirait un petit lutteur de *sumô*.

Promenant son regard autour de lui aussi loin qu'il le put, Sanshirô éprouva une sensation grandiose à la pensée qu'il devait y avoir encore beaucoup de bâtiments qu'il n'avait pas encore vus. « C'est ainsi que doit être la capitale des sciences et des lettres. C'est grâce à de telles constructions que la recherche est possible. C'est remarquable… » Sanshirô eut vraiment le sentiment d'être devenu un universitaire.

Cependant, même après qu'il eut pénétré dans la classe et que la cloche eut sonné, le professeur ne vint pas. Les étudiants ne se montrèrent pas non plus. Il en fut de même à l'heure suivante. Excédé, Sanshirô sortit de la classe. Par acquis de conscience, il fit deux fois le tour de l'étang, puis il prit le chemin du retour.

Les cours commencèrent enfin dix jours plus tard. Sanshirô éprouva un réel sentiment de dignité quand il entra dans la classe et attendit le professeur avec les autres élèves. Il porta un jugement sur ses propres dispositions : le maître de temple ne devait pas ressentir quelque chose de différent lorsqu'il revêtait son vêtement de cérémonie et s'apprêtait à officier. C'est qu'il devait être, à la vérité, subjugué par le prestige des sciences et des lettres. Bien plus, comme le professeur n'arrivait toujours pas quinze minutes après que la cloche eut sonné, le sentiment de respect qui naît de l'attente ne fit qu'augmenter en lui. Bientôt, un Occidental d'un certain âge, à l'air distingué, ouvrit la porte, entra et commença le cours dans un anglais fluide. Sanshirô apprit que le mot *answer* venait de l'anglo-saxon *and swaru*. Puis il apprit le nom du village où Scott avait été à l'école primaire. Il inscrivit tout cela soigneusement dans son cahier.

Il se rendit ensuite au cours traitant des théories littéraires. Quand il entra dans la classe, le professeur considéra un instant le tableau : « Ah, de l'allemand ! » s'exclama-t-il en voyant qu'on y avait inscrit les deux mots *Geschehen* et *Nachbild*, puis il les effaça aussitôt en riant. Sanshirô sentit diminuer quelque peu le respect qu'il vouait à la langue allemande. Le professeur aligna ensuite une vingtaine de définitions de la littérature données par les hommes de lettres à travers les âges. Sanshirô les inscrivit dans son cahier avec un soin égal.

L'après-midi, il se rendit à l'amphithéâtre. Celui-ci contenait entre soixante-dix et quatre-vingts auditeurs. Le professeur parla sur le ton d'une conférence. Dès les premiers mots – « Un coup de canon résonne / Le rêve d'Uraga s'évanouit[1] » – l'intérêt de Sanshirô fut piqué au vif, mais il eut beaucoup de mal à suivre la fin quand il entendit citer un grand nombre de philosophes allemands. Regardant son pupitre, il voit le mot « redoubler » gravé avec un soin remarquable. Le travail fignolé par excès de loisir, semble-t-il, ne donne pas l'impression d'être dû à un amateur, tant le chêne résistant a été joliment tailladé. Le coup de ciseau est profond. Le garçon d'à côté prend des notes avec une constance digne d'admiration. Il regarde de plus près : ce ne sont pas des notes. Il est en train de dessiner la tête du professeur, de loin. A peine s'est-il penché que le garçon a fait glisser le papier vers lui. Le dessin était réussi, mais il ne voyait pas la raison de ce qui était écrit à côté : « Vol de rossignol dans un long ciel nuageux.[2] »

Après le cours, lourd d'une vague fatigue, la joue dans une main, Sanshirô regardait par la fenêtre du premier étage le jardin qui s'étendait jusqu'au portail. Il

1. C'est à Uraga que le commodore Perry arriva à bord du *Mississippi* en 1853 pour demander l'ouverture de pourparlers commerciaux avec le Japon.

2. Poème *Haiku* composé en japonais de trois parties en 5, 7 et 5 syllabes.

y avait juste quelques pins et cerisiers de belle taille qu'on avait plantés là, et entre eux, une large allée recouverte de gravier ; c'était d'autant plus agréable à regarder qu'il n'y avait pas trop de recherche. Nonomiya disait que l'endroit n'était pas aussi joli autrefois.

A l'époque où M. X, son professeur, était encore étudiant et qu'il passait par là à dos de cheval, celui-ci se cabra tout à coup et s'entêta à vouloir passer sous les arbres ; et voilà que le chapeau du professeur s'accroche à une branche ; que les talons des *geta* se coincent dans les étriers. Pendant que notre professeur se trouvait dans le plus grand embarras, une ribambelle d'employés sortis de chez Kitadoko, le coiffeur dont la boutique faisait face au portail principal, se tenaient les côtes devant le comique de la scène.

A cette période, des volontaires avaient rassemblé des fonds pour construire une écurie où ils élevaient trois bêtes et où logeait le maître des bêtes. Mais le maître, qui était un gros buveur, vendit le meilleur cheval, qui était blanc, et engloutit tout l'argent dans la boisson. On raconte que c'était un vieux canasson de l'époque de Napoléon III. Allons donc ! Comment peuvent-ils savoir qu'il était de l'époque de Napoléon III ?

Il se laissait aller à penser que les gens de cette époque étaient vraiment décontractés, quand le garçon à la caricature s'approcha de lui :

— Que les cours de l'université sont ennuyeux !

Sanshirô fit une réponse évasive. A la vérité, il est tout à fait incapable de dire si les cours sont ennuyeux ou non. Toujours est-il qu'il lia conversation avec le garçon à partir de ce moment-là.

Comme il était d'humeur lugubre et n'avait de goût à rien ce jour-là, il remit à plus tard sa promenade autour de l'étang et rentra chez lui. Après le dîner, il relut ses notes à plusieurs reprises, mais il n'en éprouva ni agrément ni désagrément particulier. Il écrivit une lettre à sa mère dans le style *genbun itchi* [1].

Les cours ont commencé. J'y vais tous les jours. L'université est un endroit très spacieux et agréable, les bâtiments sont très beaux. Il y a un étang au milieu du campus. J'aime bien me promener autour de l'étang. Ces derniers temps, je me suis enfin habitué au tramway. Je voudrais t'acheter quelque chose mais je n'arrive pas à me décider, car je ne sais pas très bien ce qui te plairait. Fais-moi savoir si tu veux quelque chose. Le riz va prendre de la valeur cette année et il est plus avantageux de ne pas le vendre tout de suite. Il vaut mieux ne pas être trop gentil avec Omitsu de Miwata. On rencontre tous les gens qu'on veut quand on est à Tôkyô. Il y a beaucoup d'hommes mais il y a beaucoup de femmes aussi.

Tel était à peu près le contenu, pour le moins désordonné, de sa missive.

Après avoir écrit la lettre, il lut six ou sept pages d'un livre en anglais mais il se lassa. Réflexion faite, on ne gagnait rien à lire ce genre de livre en entier. Il préféra se coucher et sortit la literie ; mais le sommeil ne venait pas. Il pensait déjà aller se faire examiner à l'hôpital, car c'était peut-être de l'insomnie ; il finit par s'endormir.

Le lendemain, il se rendit à l'université à l'heure habituelle et assista aux cours. Entre les cours, il entendit parler des diplômés de l'année qui avaient trouvé des emplois pour tel et tel salaire, à tel et tel endroit. L'un disait que des bruits couraient qu'un tel et un tel étaient encore là et qu'ils se disputaient un poste dans une école publique. Voyant surgir l'avenir de profondeurs inconnues, Sanshirô en ressentit un vague sentiment d'oppression qu'il oublia aussitôt. Il préférait écouter ce qui se disait sur Shônosuke. Pour en savoir plus, il arrêta

---

1. Style écrit de l'époque où les formes et les tournures classiques tiennent encore une large part, et qui conduira à la langue écrite actuelle.

un camarade de classe, originaire de Kumamoto, qui passait dans le couloir ; c'était, à ce qu'il disait, une comédienne qui se produisait dans les théâtres de chansonniers. Il lui expliqua même comment étaient les affiches des théâtres, à quels endroits de Hongô elles se trouvaient, puis il l'invita à y aller avec lui le samedi suivant. Il en conclut que ce devait être un connaisseur ; en fait, il s'avéra qu'il n'y avait jamais été avant la veille au soir. Ce n'était certes pas l'envie qui manquait à Sanshirô d'aller au théâtre écouter Shônosuke !

Il s'apprêtait à rentrer déjeuner à sa pension quand le garçon à la caricature de la veille arriva en l'interpellant bruyamment ; il l'emmena dans un endroit appelé Yodomiken où il lui fit manger du riz au curry. Yodomiken fait aussi la vente des fruits. Le bâtiment est neuf. Montrant la façade du doigt, le garçon à la caricature lui apprit que c'était de l'*art nouveau.* Sanshirô découvrit que l'*art nouveau* s'appliquait aussi à l'architecture. Sur le chemin du retour, il se fit montrer aussi Aokidô... Il paraît que c'est un endroit très fréquenté par les étudiants. Passant sous le portail rouge, ils flânèrent autour de l'étang. Le garçon à la caricature lui expliqua alors que M. Koizumi Yakumo[1] venait toujours se promener autour de l'étang après les cours, car il n'aimait pas aller en salle des professeurs, comme s'il avait lui-même été élève. Sanshirô demanda pourquoi il n'aimait pas aller en salle des professeurs :

— Mais ce n'est pas étonnant. D'abord, il n'y a qu'à écouter leurs cours. Il n'y en a pas un qui soit digne de respect.

Sanshirô fut stupéfait de la désinvolture avec laquelle il les avait fustigés. Le garçon en question s'appelait

---

1. Il s'agit de Lafcadio Hearn (1850-1904), lettré anglais naturalisé japonais. Il a enseigné la littérature anglaise à l'université impériale de Tôkyô où Sôseki lui succéda.

Yojirô Sasaki ; sorti d'une école spécialisée, il vient d'entamer, paraît-il, un cycle d'enseignement optionnel. Pour finir, il l'invita à passer chez Hirota où il logeait, au numéro cinq de Higashikata.

— C'est une pension ?

— Non, c'est la maison de mon professeur de lycée.

Pour le moment, Sanshirô allait tous les jours à l'université et suivait les cours avec discipline. Il assistait parfois même à d'autres cours en dehors des matières obligatoires. Pourtant, cela ne lui suffit pas encore. Aussi lui arrive-t-il d'aller à des cours qui sont sans aucun rapport avec sa spécialité. Mais la plupart du temps, il arrête au bout de deux ou trois fois. Il n'a jamais tenu un mois d'affilée. Cela lui fait tout de même une moyenne de quarante heures par semaine. Il avait beau être studieux, c'était tout de même beaucoup. Il éprouvait sans cesse une sorte de sentiment d'oppression. Mais cela ne lui suffit pas. Sanshirô n'avait plus de goût à rien.

Un jour qu'il en parlait à Yojirô Sasaki, celui-ci écarquilla les yeux quand il l'entendit parler de quarante heures :

— Quelle bêtise ! s'exclama-t-il.

Et de le rembarrer aussi vite :

— Tu crois que ça te suffirait si tu avalais le riz infect de ta pension dix fois par jour ?

Sanshirô en prit pour son grade et demanda conseil :

— Comment faire ?

— Tu n'as qu'à prendre le tramway, dit Yojirô.

Sanshirô réfléchit au sens caché que pouvaient avoir ces mots, mais il ne déchiffra rien de spécial.

— Un vrai tramway ? demanda-t-il.

Cette fois, Yojirô partit d'un éclat de rire.

— Quand tu auras fait quinze ou seize fois le tour de Tôkyô en tramway, tu verras que cela te suffira pour de bon.

— Pourquoi ?

— Pourquoi ? Parce que cela ne mène à rien de fourrer une tête vivante dans des cours morts. Il faut la sortir et l'aérer. Il existe encore bien d'autres moyens pour que cela te suffise. Disons que le tramway est encore le moyen le plus élémentaire et le plus pratique.

Ce soir-là, Yojirô empoigna Sanshirô et lui fit prendre le tramway au *chôme* [1] quatre ; ils allèrent jusqu'à Shinbashi, revinrent sur leurs pas ; puis Yojirô, qui descendit à Nipponbashi, lui demanda :

— Alors ?

Ensuite, quittant l'avenue, ils s'engagèrent dans une rue latérale, pénétrèrent dans un restaurant dont l'enseigne portait le nom de Hiranoya et là, ils dînèrent et burent du saké. Toutes les serveuses parlent le dialecte de Kyôtô. C'est on ne peut plus pittoresque. Yojirô qui sortit de là le visage tout rouge lui demanda :

— Alors ?

Ensuite, il lui annonça qu'il l'emmenait dans un vrai théâtre de chansonniers ; ils tournèrent encore dans une rue latérale et entrèrent dans un théâtre appelé Kiharadana. Ils entendirent un conteur d'histoires qui s'appelait Kô. Yojirô, qui sortit vers dix heures passées, lui demanda à nouveau :

— Alors ?

Sanshirô ne répondit pas que cela lui suffisait. Mais il n'avait plus tellement l'impression que cela ne lui suffisait pas. Alors, Yojirô se mit à exposer sa conception de Kô.

— Kô est un génie. Un artiste de cette trempe est une rareté. Il est tout à fait regrettable pour lui qu'on puisse aller l'entendre quand on veut, car cela le banalise. En vérité nous, qui vivons à la même époque que lui, avons beaucoup de chance. Nous n'aurions pu l'entendre si nous étions nés un peu plus tôt. Et un un peu plus tard,

---

1. *Chôme :* Subdivision de quartier.

c'était la même chose… Anyû aussi a du talent. Mais il est d'un goût quelque peu différent. Le batteur de tambour joué par Anyû est intéressant parce qu'Anyû devient batteur et le batteur de tambour joué par Kô est intéressant parce que le batteur n'est plus Kô. Si l'on cacher Anyû derrière les personnages qu'il joue, ils perdent complètement leur consistance, alors qu'on peut cacher Kô derrière ses personnages sans rien enlever à leur débordante vitalité. C'est là tout le mérite de ce dernier.

Finalement, Yojirô demanda :

— Alors ?

A vrai dire, Sanshirô n'est guère sensible à l'attrait de Kô. Quant à Anyû, il n'en a jamais entendu parler. Aussi lui est-il malaisé de porter un jugement sur la théorie de Yojirô. Il a néanmoins été impressionné par la pertinence de la comparaison qu'on pourrait presque qualifier de littéraire. Lorsqu'ils se séparèrent devant le lycée, Sanshirô remercia :

— Merci, cela me suffit amplement.

— Désormais, il n'y a que la bibliothèque qui pourra te suffire, lança-t-il avant de bifurquer en direction de Katamachi.

Le lendemain, Sanshirô réduisit de moitié ses quarante heures de cours. Puis il entra dans la bibliothèque. C'était un bâtiment large, long, haut de plafond, avec beaucoup de fenêtres à droite et à gauche. De la salle aux archives, on n'aperçoit que l'entrée. Son regard plonge droit dans le fond : elle semble recéler des trésors inépuisables de livres. Comme il se tenait debout sans bouger, il vit quelqu'un sortir et tourner à gauche avec deux ou trois épais volumes dans les bras. La personne se dirige vers la salle de lecture des employés. A l'intérieur, un autre a tiré un livre d'une étagère et l'examine en le tenant grand ouvert dans ses bras. Sanshirô éprouva de l'envie.

Aller jusqu'au fond, monter au premier étage, puis au deuxième, sentir l'odeur du papier à l'écart des êtres vivants, à une altitude où l'on domine tout Hongô, lire ! Mais quant à savoir ce qu'il veut lire, il n'a pas d'idée bien précise là-dessus. Il faut s'y mettre pour savoir ; il y a là-bas dans le fond, à ce qu'il lui semble, beaucoup de choses intéressantes.

Comme il est en première année, Sanshirô n'a pas accès aux archives. Il n'a d'autre recours que de s'accroupir et de consulter une à une les fiches contenues dans les grands tiroirs ; mais il a beau feuilleter, des titres inconnus n'en finissent pas de défiler devant ses yeux. Pour finir, il eut mal aux épaules. Il releva la tête et, à moitié dressé sur ses jambes, regarda autour de lui : le silence règne, un vrai silence de bibliothèque. Il y a pourtant beaucoup de gens. On distingue, sombre, la tête de ceux qui se trouvent à l'autre extrémité. Les yeux et la bouche ne sont pas nets. On aperçoit des arbres, de-ci de-là à travers les longues fenêtres. On voit aussi un coin de ciel. Le bruit de la ville parvient de loin. Se relevant, Sanshirô se dit que la vie de savant était une chose calme et profonde. Ce jour-là, il préféra s'en tenir là et rentra chez lui.

Le jour suivant, il abandonna ses rêveries et emprunta un livre dès son arrivée. Mais il le rendit aussitôt, faute de l'emprunter pour de vrai. Le livre qu'il choisit ensuite était trop difficile à lire et subit le même sort. Ainsi, Sanshirô empruntait régulièrement huit ou neuf livres par jour. Il arrivait toutefois qu'il en lût quelques pages. Il s'étonna de découvrir que tous les livres sans exception avaient été consultés au moins une fois par quelqu'un. Cela se voyait aux annotations écrites au crayon en divers endroits du livre. Une fois, pour s'en assurer, il emprunta une œuvre de la romancière Aphra Behn [1]. Il

1. Aphra Behn (1640-1689) est considérée comme la première romancière anglaise. On peut lire en français *La Belle Infidèle* (éd. Philippe Picquier, 1990. Traduction de Bernard Dhuicq, préface de Diane de Margerie.)

nourrit des doutes jusqu'au moment de l'ouvrir mais c'était pourtant vrai : quelqu'un avait laissé des annotations bien lisibles au crayon. Voyant cela, Sanshirô se dit que c'était au-dessus de ses forces. C'est alors qu'une fanfare passa sous les fenêtres et l'envie lui prit d'aller se promener ; il sortit dans la rue et entra chez Aokidô.

A l'intérieur, il y avait deux couples d'étudiants et dans le coin du fond, isolé, un homme qui buvait du thé. L'apercevant de profil, Sanshirô eut vraiment l'impression que c'était l'homme qui avait mangé beaucoup de pêches dans le train qui le menait à Tôkyô. Il ne remarque pas sa présence. Il boit une gorgée de thé, aspire une bouffée de tabac, il a l'air de prendre tout son temps. Aujourd'hui, il n'a plus de *yukata*[1] de toile blanche, il porte une veste. Mais la veste n'a rien d'élégant. Seule la chemise blanche est encore ce qu'il a de mieux, comparé à Nonomiya qui teste les rayons lumineux. A mesure qu'il l'examinait, Sanshirô acquit la certitude qu'il s'agissait bien de l'homme aux pêches. Depuis qu'il avait entendu les cours de l'université, les paroles que lui avait dites l'homme dans le train lui étaient soudain apparues chargées de signification ; Sanshirô aurait voulu s'en approcher et le saluer. Mais l'autre, le regard fixé devant lui, boit du thé et fume sa cigarette, fume sa cigarette et boit du thé. Il n'y a pas moyen de l'aborder.

Sanshirô fixa un moment le profil de l'homme puis, d'un trait, il examina le vin qui restait dans son verre et se précipita dehors. Il retourna à la bibliothèque.

Ce jour-là, revigoré par le vin et par une sorte d'effet psychique, Sanshirô éprouva pour l'étude un intérêt nouveau qui le remplit de contentement. Après deux heures de lecture ininterrompue, il revient finalement à lui et, alors qu'il rend le dernier volume qu'il n'a pas

1. *Yukata* : Kimono léger.

ouvert et qu'il s'apprête à rentrer, il tombe par hasard sur la page de garde dont l'espace libre a été recouvert de caractères tracés à gros traits de crayon :

Lorsque Hegel enseigne la philosophie à l'université de Berlin, il n'a pas la moindre intention de vendre la philosophie. Ses cours ne sont pas des cours où l'homme prêche la vérité, ce sont des cours où l'homme incarne la vérité. Ce ne sont pas des cours faits avec la langue, ce sont des cours faits avec le cœur. Lorsque la vérité et l'homme se fondent en une parfaite harmonie, ce que l'homme prêche, ce qu'il dit, n'est plus un cours donné pour donner un cours, c'est un cours donné pour servir la Voie. Les cours de philosophie ne doivent être écoutés que lorsqu'ils sont parvenus à ce niveau. Ceux qui passent leur temps à tourner et à retourner la vérité sur leur langue ne peuvent laisser que des écrits inconsistants sur un papier sans vie avec une encre sans vie. A quoi cela rime-t-il ?... Maintenant, je lis ce livre pour l'examen, c'est-à-dire pour le pain, en buvant ma rancœur et en buvant mes larmes. Souviens-toi que je maudis le système des examens pour l'éternité en soutenant ma tête endolorie.

Evidemment, ce n'est pas signé. Sanshirô sourit malgré lui. Mais il lui sembla avoir été éclairé en quelque manière. Cela ne concerne pas que la philosophie. Il tourna la page en se disant qu'il en était de même pour la littérature et tomba à nouveau sur le nom de Hegel – décidément, il aimait bien Hegel.

Les étudiants qui sont accourus à Berlin des quatre coins du monde pour écouter les cours de Hegel ne l'ont pas fait dans l'intention de les utiliser pour le vêtir et le manger. Ils ont entendu dire que le philosophe Hegel transmettait du haut de la chaire la vérité sublime et universelle, et brûlant du désir de progresser dans la voie de l'édification, ils attendent, en bas de la chaire, dans des dispositions tout à fait détachées des contingences, des éclaircissements sur les doutes qui assombrissent leur cœur. C'est ainsi que les cours de Hegel leur ont permis de décider de leur avenir. Ils leur ont permis de transformer leur destin. Si vous croyez que vous leur êtes semblables, vous autres étudiants japonais qui suivez les cours avec platitude *et qui terminez vos études supérieures* avec platitude, *vous tombez dans la plus grande présomption des temps. Vous n'êtes que des machines à écrire. Et qui plus est, des machines à écrire gloutonnes. Ce que vous faites, ce que vous pensez, ce que vous dites, ne peut entretenir aucun rapport avec les courants vivaces de la société, ô combien importants. Seront-ils* platitude *jusqu'à la fin de leurs jours ?*

Il a répété deux fois « platitude ». Sanshirô restait pensif. C'est alors que quelqu'un lui tape sur l'épaule par-derrière. Voilà l'éternel Yojirô. Il est rare de le trouver à la bibliothèque. Il affirme que les cours ne servent à rien mais que la bibliothèque est importante. Il y entre peu, contrairement à son affirmation.

— Eh ! Nonomiya Sôhachi te cherchait.

Comme il s'étonnait que Yojirô connût Nonomiya, il demanda s'il s'agissait de Nonomiya de la faculté des sciences, à quoi l'autre répondit par l'affirmative. Abandonnant son livre, il sortit en hâte vers le coin où étaient disposés les journaux, mais Nonomiya n'y est pas. Il va voir dans l'entrée, mais il ne le trouve pas non plus. Il descend l'escalier, se penche pour regarder, mais il n'y a ni l'ombre ni la forme de Nonomiya. Il se résout à rebrousser chemin. Revenu à sa place, il trouve Yojirô qui dit à voix basse :

— C'est magistral. C'est sûrement un ancien élève d'autrefois. Les gars d'autrefois étaient brutaux, mais ils avaient quelque chose d'intéressant. C'est tout à fait comme il le dit, conclut-il avec un sourire narquois.

Cela lui a plu, semble-t-il.
— Nonomiya n'est pas là.
— Il était pourtant dans l'entrée tout à l'heure.
— Il avait l'air d'avoir quelque chose à me dire ?
— Il en avait l'air, effectivement.

Ils sortirent de la bibliothèque. Alors, Yojirô expliqua. – Nonomiya était un élève de M. Hirota, dont il est le pensionnaire, et il vient souvent le voir. C'est un grand travailleur et il a beaucoup de recherches à son actif. Les gens de son domaine, même les Occidentaux, connaissent Nonomiya de réputation.

Se rappelant l'histoire de l'homme nargué par son cheval près du portail principal, qui avait justement été le professeur de Nonomiya, Sanshirô se demanda s'il ne s'agissait pas justement de ce M. Hirota. Quand il raconta l'histoire à Yojirô, celui-ci se mit à rire :

— Cela se pourrait bien et ne m'étonnerait qu'à moitié.

Le lendemain est un dimanche et il n'est pas possible de rencontrer Nonomiya à l'université. Il aimerait tout de même savoir pourquoi il le cherchait hier. Par chance, il ne lui avait pas encore rendu visite dans sa nouvelle résidence et l'envie le prit d'aller lui-même s'enquérir de ce qu'il lui voulait.

Il y pensa le matin, mais le temps de lire le journal, de traîner un peu, et midi arriva. Il s'apprêtait à sortir après avoir pris son déjeuner, quand il reçut la visite d'un ami de Kumamoto qu'il n'avait pas vu depuis longtemps. La conversation allant bon train, ce n'est que vers quatre heures que celui-ci s'en alla. Il était un peu tard, mais il sortit tout de même comme il l'avait prévu.

La maison de Nonomiya est très éloignée. Il a déménagé à Ôkubo il y a quatre ou cinq jours. Mais avec le tramway, on est tout de suite arrivé. On lui a dit que c'est tout près de la gare, facile à trouver. A la vérité, Sanshirô a commis des bêtises énormes depuis qu'il a pris la fameuse direction de Hiranoya. Il lui est arrivé une fois de monter à Hongô pour aller à l'Ecole supérieure de commerce de Kanda, mais il n'a pas fait attention et il a filé jusqu'à Kudan ; à partir de là, il s'est fait transporter à Iidabashi où il a pris de justesse la correspondance de la ligne de Sotobori ; puis d'Ochanomizu, il s'est retrouvé à Kandabashi et, toujours sans comprendre, il s'est dépêché le long des berges de Kamakura en direction de Sukiyabashi. Depuis lors, il se méfiait des tramways comme de la peste, mais comme il avait entendu dire qu'il n'y avait pas à changer quand on prenait la ligne Kôbu, il monta en toute confiance.

Descendant à la gare d'Ôkubo, il tourne tout de suite après le passage à niveau, quittant l'avenue Nakahyakunin sans aller jusqu'à l'école de Toyama, et il entre dans une rue étroite d'un mètre de large tout au plus. Il grimpe la côte raide sur la pointe des pieds et arrive à un bosquet de bambous clairsemés. Il y a des maisons individuelles avant et après le bosquet. Celle de Nonomiya fait partie du premier groupe. Un petit portail était planté obliquement sans aucun rapport avec l'orientation de la rue. A l'intérieur, la maison se tenait à un endroit qui défiait toute prévision. La porte et l'entrée de la maison semblent avoir été rapportées tout à fait après coup.

La cuisine est bordée d'une magnifique haie vive, alors qu'il n'y a ni cloison ni rien pour le jardin. Il y a juste un grand lespedeza qui étend ses branches plus haut qu'un homme et cache un peu la véranda d'une pièce à la japonaise. Nonomiya a sorti une chaise sur la véranda ; il lit une revue occidentale. Voyant que Sanshirô était entré, il l'invita à s'approcher :

— Viens.

C'est exactement la même salutation qu'il lui a adressée dans la cave de la faculté des sciences. Sanshirô hésita un peu, ne sachant pas s'il devait entrer par le jardin ou faire le tour par l'entrée.

— Viens, insista l'autre.

Il se décida à entrer par le jardin. La pièce à la japonaise, de huit *tatami*, faisait office de bibliothèque ; elle contenait un assez grand nombre d'ouvrages occidentaux. Quittant la chaise, Nonomiya s'assit en tailleur. Après quelques considérations anodines – l'endroit est calme, c'est pratique pour aller à Ochanomizu, où en sont vos essais avec la longue vue ? – Sanshirô demanda :

— Il paraît que vous m'avez cherché hier ? C'était à quel sujet ?

Nonomiya prit un air quelque peu gêné.

— Oh, ce n'est rien.

— Ah ? répondit simplement Sanshirô.

— C'est pour cela que tu es venu ?

— Oh non, pas spécialement.

— Ta mère m'a envoyé un beau cadeau pour me remercier à l'avance de ce que je ferais pour toi et je voulais aussi te dire merci…

— Ah bon. Elle a envoyé quelque chose ?

— Oui, un poisson rougi dans la saumure.

— Ah ! c'est sûrement du *himeichi*.

Sanshirô se dit qu'elle avait envoyé une chose bien stupide. Mais Nonomiya posa toutes sortes de questions sur le *himeichi*. Sanshirô lui expliqua surtout ce qu'il fallait faire pour le manger. Il lui apprit qu'il fallait le faire cuire avec la saumure et enlever celle-ci juste au moment de le mettre dans l'assiette, sinon il perdait son goût.

Alors qu'ils discutaient du *himeichi*, la nuit tomba. Sanshirô s'apprêtait à rentrer et commençait à prendre congé, quand un télégramme arriva d'on ne sait où. Nonomiya déchira le cachet et lut.

— Me voilà bien, marmonna-t-il entre ses dents.

Sanshirô ne pouvait rester indifférent ; ne voulant pas être trop indiscret, il demanda simplement, d'un ton plat.

— Il s'est passé quelque chose ?

— Oh, rien de très important, répondit Nonomiya en montrant à Sanshirô le télégramme qu'il tenait à la main. Il lut : *Viens de suite*.

— Vous allez quelque part ?

— Oui, ma sœur cadette est tombée malade il y a quelque temps et elle me demande de venir la voir tout de suite à l'hôpital universitaire, continue-t-il sans manifester le moindre trouble.

Du coup, c'était Sanshirô qui était surpris. Il met dans le même sac la sœur de Nonomiya, la maladie de la sœur, l'hôpital universitaire et, avec cela, les femmes rencontrées autour de l'étang ; il mélange le tout dans son esprit et obtient une bonne dose d'étonnement.

— Alors, c'est qu'elle va très mal.

— Oh, je ne crois pas. En fait, ma mère va s'occuper d'elle régulièrement. – Si c'était la maladie, elle aurait plus vite fait de venir ici d'un coup de tramway. – C'est encore une comédie. Idiote comme elle est, elle me joue souvent ce genre de tour. Comme je n'ai pas encore été la voir depuis mon déménagement, elle attendait en se disant que je viendrais aujourd'hui dimanche, voilà tout, dit-il en penchant la tête d'un air pensif.

— Mais vous feriez mieux d'y aller. On ne sait jamais.

— C'est vrai. Son état n'a pas pu s'aggraver en l'espace de quatre ou cinq jours, mais je pourrais y aller.

— C'est la meilleure chose que vous puissiez faire.

Nonomiya se décida à partir. Mais puisqu'il avait pris cette décision, il avait un service à demander à Sanshirô. Si le télégramme était vraiment dû à la maladie, il ne pourrait pas rentrer ce soir. La bonne serait seule à garder la maison. La bonne est une personne très peureuse et le quartier est des plus mal famés. Puisqu'il se trouvait là et si les cours du lendemain le lui permettaient, ne pourrait-il pas dormir ici ? A moins que ce ne soit qu'un télégramme, auquel cas il reviendrait tout de suite. S'il l'avait su plus tôt, il aurait demandé à Sasaki, par exemple, mais il était trop tard pour le faire. Ce n'était que pour un soir et il ne pouvait pas se permettre de déranger un étranger exprès pour cela, surtout qu'il ne savait pas encore s'il dormirait à l'hôpital ou non ; ceci dit, il ne le forçait pas à rester. – Evidemment, Nonomiya ne le pria pas avec un tel foisonnement d'éloquence, mais Sanshirô n'avait pas besoin d'aisance verbale pour se laisser convaincre et il accepta sur-le-champ.

A la bonne qui lui demande s'il dîne, Nonomiya répond qu'il ne mangera pas ; il laisse son dîner à Sanshirô.

— Excuse-moi, je te laisse dîner tout seul, ajouta-t-il en sortant.

Sanshirô le croyait déjà parti quand il entendit sa voix forte retentir dans l'obscurité, à travers les lespedeza.

— Tu peux lire n'importe quel livre de ma bibliothèque. Il n'y a rien de bien intéressant, mais regarde toujours. Il y a aussi quelques romans, lança-t-il avant de disparaître.

Lorsque, sorti sur la véranda pour le saluer, Sanshirô le regarda partir, on distinguait encore chaque bambou du bosquet qui occupait une douzaine de mètres carrés.

Peu après, Sanshirô prit son dîner sur une petite table basse au milieu de la pièce de huit *tatami*. Sur la table se trouvent les *himeichi*, comme l'a annoncé le maître de maison. Il était content car il avait l'impression de retrouver l'odeur du pays natal après une longue absence, mais le repas n'avait rien de fameux. Quand la bonne vint le servir, il constata que les traits de son visage dénotaient un tempérament peureux, comme l'avait annoncé le maître de maison.

Après le repas, la bonne se retire dans la cuisine. Sanshirô est seul. Une fois seul, le calme revenu, il éprouve une soudaine inquiétude pour la sœur de Nonomiya. Il lui semblait qu'elle était à l'article de la mort. Il lui semblait que Nonomiya arrivait trop tard. Et il lui semblait, malgré lui, que la sœur était la femme qu'il avait vue l'autre jour. Sanshirô reconstitua encore une fois le visage de la femme, ses yeux, ses vêtements, puis il les posa sur un lit d'hôpital, il plaça Nonomiya à côté d'elle et leur fit échanger deux ou trois paroles, mais comme la présence du frère ne suffisait pas, il se mit à sa place et se vit prodiguer mille soins à la malade. A ce moment-là, un train passa à grand fracas derrière le bosquet de bambous, en contrebas. Il lui semble que la pièce en est légèrement ébranlée, à cause du jeu des lambourdes, ou bien à cause des vibrations du sol.

Sanshirô interrompit ses « soins » et observa la pièce autour de lui. Ce devait être une vieille construction, à en juger par la rouille sur les piliers. Les cloisons de bois coulissantes, branlantes, ne paient pas de mine. Le plafond est tout noir. Seule une lampe émet sa clarté électrique au goût du jour. Elle était quitte avec ce savant nouvelle mode qu'était Nonomiya, assez fantaisiste pour louer une maison pareille et vivre à regarder des bambous qui datent de l'époque féodale. Il a bien le droit d'être fantaisiste, mais il serait bien à plaindre si la nécessité le chassait un jour vers les faubourgs. D'après ce qu'on dit, le salaire que donne l'université chaque mois à un savant de sa trempe ne dépasse pas cinquante yen. C'est sûrement pour cela qu'il est obligé d'aller enseigner dans des écoles privées. Il doit tirer le diable par la queue avec une sœur hospitalisée. C'est peut-être pour des raisons économiques qu'il a déménagé à Ôkubo…

C'est la tombée de la nuit et, en un pareil endroit, pas un bruit ne vient troubler le calme. On entend le chant des cigales dans le jardin. Dans la solitude du soir monte la douce mélancolie du nouvel automne. Tout à coup, une voix se fit entendre au loin :

— Ouf, ouf ! Il n'y en a plus pour longtemps.

La voix semblait venir du derrière de la maison mais ce n'était pas sûr car elle semblait lointaine. De plus, elle s'était tue sans laisser le temps de distinguer la direction d'où elle parvenait. Cependant, ces quelques mots avaient clairement résonné aux oreilles de Sanshirô comme ceux de quelqu'un délaissé de tout et n'attendant aucune réponse de rien. Il se sentit mal à l'aise. C'est alors que le lointain grondement d'un train perça le silence. Le bruit s'amplifia peu à peu et quand le train fut sous le bosquet, il fit un vacarme deux fois plus fort que le précédent, puis il s'éloigna. Avec la soudaineté de l'étincelle, Sanshirô, qui était resté interdit jusqu'à l'arrêt des légères vibrations de la pièce, établit une sorte de lien de cause à effet entre la voix plaintive perçue quelques instants auparavant et le grondement du train qui venait de passer. Il sursauta aussitôt. Ce lien était une chose effroyable.

Sanshirô découvrit alors combien il était malaisé de rester assis au même endroit sans bouger. Un frisson de frayeur le parcourt de l'échine jusqu'à la plante des pieds. Il se leva et partit aux toilettes. Au-dehors, par la fenêtre, il distingua le ciel étoilé avec son clair de lune ; la voie ferrée en contrebas du talus est plongée dans un silence de mort. Il scrutait l'obscurité en laissant dépasser son nez à travers le treillis de bambous.

C'est alors que des hommes arrivent de la gare avec des falots allumés ; ils avancent le long des rails. A en juger par les voix, ils doivent être trois ou quatre. Lorsque la lueur des falots quitta le passage à niveau et disparut derrière le talus en contrebas du bosquet de bambous, on n'entendit plus que les voix. Les paroles étaient nettement compréhensibles.

— C'est un peu plus loin.

Les pas s'éloignèrent dans l'autre direction. Sanshirô sortit dans le jardin et, enfilant simplement ses *geta*, il se laissa glisser du bosquet de bambous, qui faisait à peine deux mètres de large, jusqu'au bas du talus, puis il courut pour rattraper les falots.

Il n'a pas marché une dizaine de mètres qu'un autre saute en bas du talus.

— Est-ce que quelqu'un ne s'est pas fait écraser ?

Sanshirô voulut répondre quelque chose mais il resta sans voix. L'ombre noire de l'homme passa son chemin. En le suivant, il se dit que c'était peut-être le propriétaire de Nonomiya qui habitait dans le fond. Après avoir marché une cinquantaine de mètres, il a rejoint les falots qui sont immobilisés. Les gens aussi se sont arrêtés. Ils tiennent les falots à bout de bras, silencieux. Sanshirô regarda sous les falots sans dire mot. Dessous, il y avait la moitié d'un cadavre. Le train avait sectionné le corps avec une netteté remarquable depuis le bas du sein sous l'épaule droite, jusqu'au-dessus de la hanche, et il a laissé derrière lui un tronc en forme de fuseau. Le visage est indemne. C'est une jeune femme.

Sanshirô se souvient encore de ce qu'il a ressenti alors. Il a tourné les talons pour rentrer tout de suite mais ses jambes figées lui interdisaient presque tout mouvement. Il a escaladé le talus, rejoint le salon et senti son cœur commencer à palpiter. Il appelle la bonne pour lui demander de l'eau, mais heureusement, elle ne semble rien savoir. Peu après, il y eut du remue-ménage dans la maison du fond. Sanshirô comprit que le propriétaire était de retour. Ensuite, il y a eu du raffut en bas du talus. Après, tout redevient calme. C'est un calme à peine supportable.

Le visage de la femme apparaît à nouveau clairement devant les yeux de Sanshirô. Quand il relie entre eux ce visage, la voix épuisée qui proférait des « Ouf, ouf ! » quelques instants auparavant et le destin cruel qui devait être caché au fond de ces deux choses, il lui semble que la vie, cette racine vitale en apparence solide, peut à tout moment se relâcher et se perdre dans l'obscurité. Sanshirô avait si peur qu'aucun désir, aucun intérêt ne comptait plus. Il n'y a plus que l'instant du grondement. Elle devait être encore vivante juste avant.

Sanshirô se souvint alors des paroles de l'homme qui lui avait donné des pêches dans le train : « C'est dangereux ; si l'on n'y prend garde, c'est dangereux. » Cet homme avait gardé un calme exaspérant en disant que c'était dangereux. C'est donc qu'il est possible de devenir ce genre d'homme en occupant une position suffisamment à l'abri des dangers pour se permettre de répéter que c'est dangereux. C'est peut-être en cela que réside l'intérêt des gens qui passent leur temps à observer le monde en spectateurs, tout en étant dans le monde. Sa façon de manger les pêches, de passer du thé à la cigarette et de la cigarette au thé, en fixant le regard devant lui, le désignent tout à fait comme ce genre de personnage. – C'est un critique. – Sanshirô utilisa le terme de critique dans un sens inhabituel. Il trouva que sa tentative était réussie. Bien plus, il alla même jusqu'à vouloir faire son avenir comme critique. La vue du visage glacé de la morte faisait naître en lui ce genre de velléité.

Sanshirô regarda la table qui se trouvait dans le coin de la pièce, la chaise qui était devant la table, l'étagère de livres qui était à côté de la chaise, les livres occidentaux qui étaient rangés avec soin sur l'étagère, et il se dit que le maître de cette bibliothèque paisible devait mener une vie aussi calme et heureuse que le critique. Il n'avait sûrement pas besoin de provoquer la mort d'une femme sous un train pour tester les rayons lumineux. La sœur du maître est malade. Mais ce n'est pas le frère qui l'a rendue malade. Elle est tombée malade toute seule. Sa pensée voguait d'une chose à une autre, quand il s'aperçut qu'il était déjà onze heures. Il ne passe plus de tramway en direction de Nakano. A nouveau, l'inquiétude monte en lui, car c'est peut-être à cause de la maladie qu'il ne rentre pas. C'est alors qu'on apporta un télégramme de la part de Nonomiya : *Sœur pas grave. Rentre demain matin.*

Rassuré, Sanshirô se glissa dans la couche mais il fit un rêve des plus dangereux : la femme qui s'est donné la mort sous le train était connue de Nonomiya et c'est parce qu'il est au courant qu'il ne rentre pas à la maison. Il a envoyé un télégramme à Sanshirô dans le seul but de le rassurer. Les mots « sœur pas grave » sont une supercherie et la sœur est morte à la même heure que l'accident du train. La sœur se trouve être la femme que Sanshirô a rencontrée au bord de l'étang…

Le lendemain, Sanshirô se leva tôt, contrairement à son habitude.

Il fuma une cigarette en considérant la couche défaite à l'endroit inhabituel où il avait dormi ; les événements de la veille lui apparaissaient comme dans un rêve. Sortant sur la véranda, il regarda le ciel par-dessous l'auvent bas : c'est une belle journée. Le ciel revêt cette couleur quand le monde vient de s'éveiller à la clarté riante du jour. Il prit son repas, but le thé, sortit une chaise sur la véranda ; pendant qu'il était plongé dans la lecture du journal, Nonomiya arriva comme il l'avait promis.

— Il paraît que quelqu'un s'est fait écraser par un train hier soir ? dit-il.

Il a dû en entendre parler à la gare ou quelque part en cours de route. Sanshirô raconta son expérience sans rien omettre.

— Voilà qui n'est pas ordinaire. C'est une chose qu'on a rarement l'occasion de voir. Je regrette de ne pas avoir été à la maison à ce moment-là. Ils ont sûrement enlevé le cadavre. Ce n'est sûrement pas la peine d'aller voir.

— Non, sûrement pas, répondit simplement Sanshirô, stupéfait de la désinvolture de Nonomiya.

Sanshirô jugea que cette insensibilité provenait uniquement de la différence qui existe entre le jour et la nuit. Il ne se rendait pas compte le moins du monde que les travers des gens qui testent la pression des rayons lumineux se manifestent par une attitude inchangée même dans ce genre de cas. C'était sans doute à cause de son jeune âge.

Sanshirô dévia la conversation et s'enquit de l'état de la malade. La réponse de Nonomiya fut qu'il n'y avait rien d'anormal chez elle, comme il l'avait supposé. Seulement, comme il n'y avait pas été depuis cinq ou six jours, il commençait à lui manquer et elle lui avait tendu un piège pour le faire venir et tromper son ennui. Il paraît qu'elle était en colère après lui de ne pas s'être donné la peine de venir alors que c'était dimanche. C'est pour cela que Nonomiya dit qu'elle est idiote. Il a vraiment l'air de penser qu'elle est bête. Il trouve stupide de lui faire gaspiller un temps précieux alors qu'il est si occupé. Mais Sanshirô avait du mal à comprendre. Puisque sa sœur avait envie de le voir au point de lui envoyer un télégramme, il pouvait bien lui consacrer une ou deux soirées le dimanche. Les moments vécus en présence de ce genre de personne étaient les vrais moments, tandis que les mois et les jours passés à tester des rayons lumineux dans une cave tenaient plutôt d'une existence facile, à l'écart de la vie. S'il était à la place de Nonomiya, il se réjouirait d'être dérangé dans ses études à cause de sa sœur. Tel était son sentiment en l'écoutant et il ne pensait plus à la morte du train.

Nonomiya commença à dire qu'il n'avait pas les idées claires parce qu'il n'avait pas bien dormi la veille au soir. Heureusement, c'est le jour où il se rend à l'école de Waseda l'après-midi et n'a pas de cours à l'université ; il va en profiter pour dormir d'ici là.

— Vous vous êtes couché tard hier soir ? demanda Sanshirô.

Le hasard avait fait qu'il s'était trouvé au chevet de sa sœur en compagnie d'un certain Hirota, qui avait été son professeur au lycée, et la conversation avait été si animée qu'il avait laissé passer le dernier tramway et décidé de dormir sur place. Il aurait dû dormir chez Hirota mais sa sœur avait fait un caprice et n'avait rien voulu savoir, si bien qu'il avait été obligé de se trouver un coin à l'étroit pour s'étendre et qu'il n'avait pas fermé l'œil de la nuit tant c'était inconfortable. Vraiment, c'était une idiote. Il l'accablait encore. Sanshirô avait envie d'intervenir. Il voulut dire quelques mots à la décharge de la sœur mais il y renonça, trouvant cela un peu gênant.

Il préféra l'interroger au sujet de M. Hirota. Cela faisait trois ou quatre fois qu'il entendait prononcer ce nom. Dans son for intérieur, il l'avait attribué à l'homme aux pêches et à celui de chez Aokidô. D'ailleurs, il avait aussi donné le nom de Hirota à celui qui s'était fait malmener par un cheval têtu près du portail principal sous les rires moqueurs des coiffeurs de Kitadoko. De fait, il s'avéra que l'histoire du cheval était bel et bien arrivée à M. Hirota. Il en conclut que l'homme aux pêches ne pouvait en aucun cas être une autre personne. Mais réflexion faite, c'était tout de même un peu forcé.

Au moment de rentrer, on lui confia un kimono doublé qu'il devait porter à l'hôpital avant midi. Sanshirô fut ravi.

Sanshirô porte un chapeau carré neuf. Il est tout fier d'aller à l'hôpital avec ce chapeau. Il quitta la maison de Nonomiya l'air radieux.

Il descendit à la station d'Ochanomizu et prit sans hésitation une chaise à porteur. Ce n'est guère dans les habitudes de Sanshirô. Il venait de franchir le portail rouge à vive allure quand retentit la cloche de la faculté de droit. En principe, c'est l'heure où il entre dans la salle numéro huit avec son cahier et son encrier. Ne voyant pas d'inconvénient à manquer une ou deux heures de cours, il fila tout droit et arriva devant l'entrée de la clinique Aoyama.

Franchissant le seuil, il se dirigea vers le fond et prit le second couloir à droite, puis il marcha jusqu'au bout, tourna à gauche, continua à marcher et trouva bien la chambre côté est, comme on lui avait indiqué. A l'entrée de la pièce était suspendu un écriteau peint en noir, portant le nom de Yoshiko Nonomiya écrit en *kana*[1]. Sanshirô resta un instant immobile devant la porte à regarder ce nom. Provincial d'origine, il ne lui vient pas à l'idée de frapper. « La femme qui est à l'intérieur est la sœur cadette de Nonomiya et s'appelle Yoshiko. »

Sanshirô se tenait là avec cette idée en tête. Il voudrait bien ouvrir la porte pour la voir mais il ne voudrait pas non plus être déçu en la voyant. Il est fâcheux que la femme qui va et vient dans sa tête ne ressemble pas du tout à Sôhachi Nonomiya.

Une infirmière s'approcha par derrière en faisant du bruit avec ses sandales de raphia. Sanshirô se décida à ouvrir la porte à moitié. Alors, gardant une main sur la poignée, son regard rencontra celui de la femme qui était à l'intérieur.

La femme avait de grands yeux, un nez fin, des lèvres minces, un front si large qu'on aurait dit un crâne ouvert, et un menton maigrichon. C'est tout pour les traits du visage. Cependant, Sanshirô vit pour la première fois de sa vie l'expression fugitive qui émana de ce genre de visage à ce moment-là. La chevelure épaisse retombant derrière le front pâle sans aucun artifice est visible jusqu'aux épaules. Comme elle reçoit de dos le soleil ascendant qui filtre par la fenêtre à l'orient, la limite des cheveux et de la lumière s'est embrasée d'une lueur violette en une vivante auréole. Le visage et le front sont néanmoins très sombres. Sombres et pâles. Au milieu, les yeux ont une expression lointaine. Les nuages sont dans le fond du ciel et ne bougent pas facilement. Mais ils ne peuvent pas ne pas bouger. Simplement, ils bougent comme si leur forme se brisait. C'était de cette façon que la femme avait regardé Sanshirô.

1. *Kana* : Abréviation de *katakana*, l'un des deux syllabaires japonais.

Sanshirô découvrit dans son expression l'unité réalisée entre la tristesse mélancolique et la joie non dissimulée. Ce sentiment d'unité était pour lui la parcelle la plus précieuse de la vie humaine. En même temps, c'était une grande découverte. Tenant la poignée dans sa main, le visage à moitié rentré dans la pièce, Sanshirô se fondit dans le sentiment de cet instant.

— Entrez.

La femme parle comme si elle avait attendu la venue de Sanshirô. Il y avait dans le ton de la voix une sérénité qu'il était impossible de trouver chez une femme à la première rencontre. Il fallait que ce fût une véritable enfant ou une femme qui ait frayé avec toutes sortes d'individus dans sa vie. Ce n'est pas non plus de la vulgaire familiarité. Ils étaient d'emblée de vieilles connaissances. En parlant, la femme mut sa joue peu arrondie et sourit. De la pâleur naquit une chaleur pleine de réminiscences. Les jambes de Sanshirô pénétrèrent d'elles-mêmes dans la pièce. A cet instant, l'esprit du jeune homme fut traversé par la pensée de sa mère qui habite dans le lointain pays natal.

Quand il fut passé derrière la porte et qu'il se présenta de face, une femme d'une bonne cinquantaine d'années salua Sanshirô. Cette femme s'est levée, semble-t-il, avant que le corps de Sanshirô ne soit sorti de l'ombre de la porte ; elle attendait, debout.

— Vous êtes M. Ogawa ? demanda-t-elle la première.

Elle ressemble à Nonomiya. Elle ressemble aussi à sa fille. Mais ce n'est qu'une ressemblance. Il tendit le carré de tissu qu'on lui avait confié ; elle le prit en remerciant, puis l'invita à prendre place sur la chaise : 3« Je vous en prie » et passa de l'autre côté du lit.

Il regarda le matelas étendu sur le lit : il est tout blanc. La couette aussi est toute blanche. La femme roula celle-ci obliquement jusqu'en sa moitié et, comme évitant l'extrémité plus volumineuse, elle s'assit le dos tourné à la fenêtre. Ses pieds n'atteignent pas le sol. Elle tient des aiguilles à tricoter. Une pelote de fil roula sous le lit. Un long fil rouge part de la main de la femme. Sanshirô voulut ramasser la pelote sous le lit mais il se ravisa, car la femme ne s'en souciait pas le moins du monde.

De l'autre côté, la mère ne tarit pas de remerciements pour la veille au soir.

— Cela vous a bien dérangé, dit-elle.

— Mais non, je ne suis pas si occupé que cela, répond Sanshirô.

Pendant qu'ils parlaient, Yoshiko gardait le silence. Lorsqu'ils eurent terminé, elle demanda subitement :

— Vous avez vu l'accident hier soir ?

En effet, il y a un journal dans le coin de la pièce.

— Oui, répond Sanshirô.

— Vous avez dû avoir peur ?

Ce disant, elle pencha un peu le cou de côté et regarda Sanshirô. La femme a un long cou, comme son frère. Sans répondre s'il avait eu peur ou non, Sanshirô considéra la courbure du cou. D'une part, il était à court de réponse tant la question était simple. D'autre part, il oubliait de répondre. La femme s'en aperçut, sembla-t-il, et redressa le cou aussitôt. Ce faisant, le fond de ses joues pâles s'empourpra quelque peu. Sanshirô se dit que c'était l'heure de partir.

Il salue, quitte la pièce, arrive en face de l'entrée et voit, à l'extrémité du couloir qui se termine par un carré lumineux, la femme de l'étang qui se tient sur le seuil, avec la verdure en arrière-plan, dehors. Stupéfait, Sanshirô sentit l'élan de sa marche brisé. A cet instant, la silhouette de la femme qui se dessinait, sombre, sur le canevas de l'éther limpide, avança d'un pas en avant. Sanshirô avança aussi d'un pas, comme s'il avait été invité à le faire. Ils se rapprochèrent l'un de l'autre, porteurs d'un destin qui devait les faire se croiser quelque part dans le couloir. C'est alors que la femme se retourna. Seule la verdure du premier automne flottait dans la clarté vaporeuse du dehors. Rien n'est apparu dans le carré en réponse au regard de la femme, rien ne l'y a attendu. Pendant ce temps, Sanshirô s'imprégna de son attitude et de ses vêtements.

Il ne sait quel nom donner à la couleur du *kimono*. Elle ressemble au reflet nuageux des arbres à feuilles persistantes dans l'étang de l'université. Des bandes nettes le traversent de haut en bas. En le traversant, les bandes ondoient, elles se rapprochent et se séparent, se superposent et grossissent, se divisent et se dédoublent. Elles sont irrégulières sans être désordonnées, coupées latéralement par un large *obi* au tiers de la hauteur. L'*obi* a quelque chose de chaud. Sans doute est-ce parce qu'il y a du jaune.

Quand elle se retourna, l'épaule droite tirée en arrière entraîna la main gauche qui apparut par-devant le long de la manche. Elle tient un mouchoir. La partie échappant à ses doigts est déployée. Sans doute est-ce parce qu'il est en soie. – Le corps est droit en-dessous des hanches.

La femme reprit bientôt son attitude initiale. Soudain, après avoir fait deux pas en direction de Sanshirô, elle renversa légèrement le cou en arrière et regarda l'homme en face. Les yeux bridés aux paupières plissées ont une expression calme. Ils vivent sous les sourcils d'un noir très marqué. En même temps apparurent de belles dents. Ces dents et ce teint formaient un contraste inoubliable.

Aujourd'hui, elle s'est enduite d'une mince couche de blanc. Cependant, ce n'est pas dénué de goût au point de cacher le grain de la peau. La chair fine, qui a de belles couleurs et semble bien résister au soleil ardent, est très légèrement poudrée. Le visage n'est pas brillant.

La chair est bien ferme, que ce soit celle du menton ou de la joue. Il y a tout juste ce qu'il faut sur les os. Malgré tout, l'ensemble du visage est tendre. Ce n'est pas la chair qui est tendre : on dirait que les os sont tendres. Le visage donne une impression de grande profondeur.

La femme pencha le buste. Sanshirô ne s'étonnait pas tant d'être salué par une inconnue que par l'aisance avec laquelle elle l'avait salué. Toute la partie supérieure du corps tomba en avant, aussi légère qu'un papier porté par le vent. De plus, le mouvement est rapide. Parvenue à un certain angle, elle s'arrêta net sans la moindre difficulté. Il va de soi que cela ne s'apprend pas.

— Excusez-moi… résonna la voix à travers les dents blanches.

Elle est ferme. Elle est néanmoins généreuse. Ce n'est pas le genre de femme, semble-t-il, à demander au premier venu si le fruit du chêne mûrit par les grosses chaleurs de l'été. Sanshirô n'a pas le loisir de s'en rendre compte.

— Oui, dit-il en s'arrêtant.

— Savez-vous où se trouve la chambre quinze ?

La chambre quinze est celle que Sanshirô vient de quitter.

— La chambre de M. Nonomiya ?

Cette fois-ci, c'est la femme qui répond « oui ».

— Pour la chambre de M. Nonomiya, vous prenez à cet angle, vous allez jusqu'au bout, vous tournez à gauche et c'est la deuxième à droite.

— Cet angle-là… dit-elle en tendant son doigt fin devant elle.

— Oui, l'angle qui est juste là.

— Merci beaucoup.

La femme continua. Debout sans bouger, Sanshirô la regarde s'éloigner. Elle atteignit l'angle. Sanshirô était rouge tant il était gêné. La femme sourit et demanda d'un signe de tête si c'était bien par là. Sanshirô acquiesça machinalement. La silhouette de la femme tourna à droite et disparut entre les murs blancs.

Sanshirô franchit le hall d'entrée et sortit. Il fit cinq ou six pas dehors en se disant qu'elle avait dû s'adresser à lui parce qu'elle le prenait pour un étudiant en médecine, quand une idée lui vint soudain à l'esprit : quand elle lui avait demandé où se trouvait la chambre quinze, il aurait dû faire demi-tour et la conduire auprès de Yoshiko. Il s'y était mal pris.

Sanshirô ne se sentit pas le courage de retourner sur ses pas. Il n'eut d'autre ressource que de faire encore cinq ou six pas, puis il s'arrêta net. La couleur du ruban noué que portait la femme lui revint à l'esprit. Lorsqu'il réalisa que la couleur et le tissu étaient bien les mêmes que ceux du ruban acheté par Nonomiya chez Kaneyasu, ses jambes s'alourdirent d'un seul coup. Alors qu'il arrivait à proximité du portail principal en longeant la bibliothèque d'un pas mal assuré, Yojirô sortit d'on ne sait où et l'interpella subitement :

— Hé ! Pourquoi tu n'es pas venu ? Aujourd'hui, le professeur nous a expliqué comment les Italiens mangent les *macaroni*, dit-il en s'approchant et en tapant sur l'épaule de Sanshirô.

Ils firent un bout de chemin ensemble. Lorsqu'ils furent à proximité du portail principal, Sanshirô reprit :

— Dis donc, est-ce qu'on porte encore des rubans minces à cette époque de l'année ? Est-ce que cela n'est pas réservé pour les grosses chaleurs ?

— Ha, ha ! Tu n'as qu'à demander au professeur « trois astérisques ». Lui, il sait tout, répondit-il sans prendre parti.

Quand ils eurent atteint le portail, Sanshirô annonça qu'il manquerait les cours aujourd'hui car il était mal en point. Yojirô retourna vers les salles de classe, renfrogné pour avoir perdu un temps précieux à le suivre inutilement.

Chapitre 4

L'esprit de Sanshirô devint flottant. Les cours parviennent à ses oreilles comme de loin. Pour un peu, il oublie de noter ce qui est important. Dans les cas extrêmes, il a l'impression d'avoir loué les oreilles de quelqu'un sans y trouver son compte. Sanshirô n'y tient plus tant il trouve cela ridicule. Ne sachant que faire, il prend Yojirô à partie, se plaint que les cours sont inintéressants. La réponse de Yojirô est toujours la même.

— On n'a jamais vu des cours qui soient intéressants. C'est parce que tu sors de ta province que tu t'es contenté d'écouter sans rien dire jusqu'à maintenant en t'imaginant qu'il en sortirait quelque chose de grand. C'est le comble de la bêtise. Leurs cours sont ainsi depuis que le monde est monde. Cela ne sert à rien de désespérer maintenant !

— Ce n'est pas tellement ça… plaide Sanshirô.

Le ton volubile de Yojirô et l'élocution pâteuse de Sanshirô forment un contraste tout à fait cocasse.

Ce genre de propos fut échangé à deux ou trois reprises au cours des deux semaines qui suivirent. Les oreilles de Sanshirô semblaient revenir peu à peu à leur propriétaire. Puis ce fut au tour de Yojirô d'émettre une critique :

— Tu as vraiment un drôle d'air. Tu as l'air tellement fatigué de la vie. Un air de fin de siècle.

A cette critique, il répondait invariablement la même chose :

— Ce n'est pas tellement ça…

Sanshirô n'avait pas encore assez frayé avec les milieux artificiels pour se réjouir d'entendre utiliser l'expression « fin de siècle » à son endroit. Il n'était pas non plus assez au fait des usages d'une certaine société pour pouvoir la manier comme un jouet intéressant pour l'esprit. Toutefois, l'expression « fatigué de la vie » lui plaisait quelque peu. Il lui semblait en effet commencer à ressentir de la fatigue. Sanshirô ne pensait pas que la diarrhée pût en être la cause unique. Ceci étant, il n'était pas non plus assez collet monté, dans sa manière de considérer la vie, pour arborer de grands airs fatigués. Aussi la conversation n'eut pas de développement et tourna court.

L'automne monte vers son apogée. L'appétit va bon train. C'est l'époque où un jeune homme de vingt-trois ans ne peut en aucun cas se sentir fatigué de la vie. Sanshirô sort beaucoup. Il a souvent refait le tour de l'étang à l'université mais il n'a rien constaté de particulier. Il est passé et repassé plusieurs fois devant l'hôpital mais il ne rencontre que des gens ordinaires. Quand il retourne à la cave de la faculté des sciences pour avoir des nouvelles, Nonomiya lui apprend que sa sœur est sortie de l'hôpital. Il voulut évoquer la femme rencontrée dans le hall d'entrée mais il se ravisa, voyant son interlocuteur occupé à ses travaux. Il aurait tout le temps d'en parler lorsqu'il irait à Ôkubo ; il obtiendrait alors plus d'informations à son sujet – le nom, les antécédents ; il se retira donc sans presser les choses. Il va et vient sans but précis, l'esprit flottant : le quartier de Tabata, Dôkan-yama, le cimetière de Somei, la prison de Sugamo, le temple de Gokoku ; Sanshirô pousse même jusqu'au temple Yakushi d'Arai. En revenant du Yakushi d'Arai, il voulut faire un crochet à Ôkubo pour passer chez Nonomiya, mais il se perdit dans le quartier du four crématoire d'Ochiai, se retrouva à Takada, tant et si bien qu'il prit le train à Mejirô pour regagner sa pension. Dans le train, il piocha gloutonnement dans les marrons qu'il avait achetés pour offrir. Le reste fut terminé le lendemain dans les règles de l'art quand Yojirô passa le voir.

Plus son esprit devenait flottant, plus Sanshirô trouvait cela plaisant. Au début, comme il écoutait les cours avec une attention trop soutenue, ses oreilles le trahissaient et il avait du mal à prendre des notes, mais ces derniers temps, il n'est plus du tout gêné car il suit dans les grandes lignes. Pendant les cours, il pense à toutes sortes de choses. Il peut en laisser passer un peu sans en éprouver de dépit. L'observation montre que les autres font tous la même chose, à commencer par Yojirô. Sanshirô en vint à penser que c'était la bonne mesure.

Alors qu'il pense à toutes sortes de choses, il voit parfois apparaître le ruban. Alors, l'inquiétude s'empare de lui. C'est tout à fait déplaisant. L'envie le prend subitement d'aller à Ôkubo. Mais cela passe au bout d'un moment avec les associations de l'imagination et les excitations du monde extérieur. Aussi est-il en général d'humeur nonchalante. Il fait des rêves. Avec cela, il ne va pas du tout à Ôkubo.

Un après-midi, alors qu'il flânait comme à l'accoutumée, il partit du haut de la côte de Dango, tourna à gauche et parvint dans la grande avenue du quartier de Sendagi-bayasi. C'était par une de ces belles journées d'automne, quand le ciel de Tôkyô devient profond comme à la campagne. La seule pensée de vivre sous un ciel pareil rend les idées claires. Ajoutez à cela une randonnée dans les champs et vous êtes comblé. L'esprit est libre de tout souci et l'âme se dilate aux dimensions du ciel. Tout le corps recouvre une vigueur nouvelle. Ce n'est pas la douceur molle du printemps. Il allait par les rues bordées de haies vives et respirait à pleins poumons les effluves du premier automne passé à Tôkyô.

En bas de la côte, les poupées de chrysanthèmes venaient d'ouvrir leurs portes deux ou trois jours auparavant. On apercevait déjà les étendards quand on prenait le coude de la côte. Pour l'instant, on n'entend que les échos rythmés d'une fanfare lointaine. Le bruit monte peu à peu d'en bas, et après s'être répandu dans le pur éther de l'automne, il devient une onde à peine audible. L'ultime vague s'évanouit en arrivant près des tympans de Sanshirô. Ce n'est pas vraiment bruyant, c'est même plutôt agréable.

C'est alors que deux individus surgirent tout à coup de la rue transversale de gauche. L'un d'eux voyant Sanshirô l'interpella : « Hé ! »

Pour une fois, la voix de Sanshirô est posée. Cette fois-ci, il est accompagné. Quand il vit celui qui l'accompagnait, Sanshirô comprit que le buveur de thé de chez Aokidô était bien M. Hiroda, comme il le supposait depuis longtemps. Il y avait un lien étrange entre lui et cet homme depuis les pêches. Il en avait gardé un souvenir encore plus marqué depuis qu'il l'avait fait courir à la bibliothèque en buvant son thé et en fumant sa cigarette chez Aokidô. Il a son éternel visage de prêtre shintoïste affublé d'un nez occidental. Aujourd'hui aussi, il porte le vêtement d'été de l'autre jour et ne semble pas avoir particulièrement froid.

Sanshirô voulut lui adresser quelques mots de salutations mais il ne trouva rien à dire, car beaucoup de temps avait passé depuis lors. Il souleva simplement son chapeau et salua. Vis-à-vis de Yojirô, c'est trop poli. Vis-à-vis de M. Hirota, c'est un peu trop succinct. Sanshirô choisit le milieu, sans paraître saluer l'un plutôt que l'autre. Yojirô intervint tout de suite :

— C'est un camarade de classe. Il est venu du lycée de Kumamoto à Tôkyô pour la première fois de sa vie.

On ne lui a pourtant pas demandé de soigner sa réputation de provincial !

Puis il se tourne vers Sanshirô :

— Voici M. Hirota. Du lycée… dit-il.

Voilà maintenant qu'il fait les présentations. Comme M. Hirota a dit : « Je sais, je sais » à deux reprises,

Yojirô fait une drôle de tête. Mais il ne s'embarrassa pas à lui demander pourquoi il le connaissait. Il enchaîna aussitôt :

— Dis donc, est-ce qu'il n'y a pas une maison à louer dans ce quartier ? Grande, propre, avec une chambre d'étudiant ?

— Une maison à louer… Il y en a une.

— Où ça ? Il ne faut pas que ce soit sale !

— Non, il y en a une propre. Une maison avec un grand portail de pierre.

— Ça, c'est une trouvaille. Où ça ? Monsieur, c'est très bien, un portail de pierre ! C'est d'accord pour celle-là ?

Yojirô est très enthousiaste.

— Pas question de portail de pierre.

— Pas question ? Allons bon. Et pourquoi pas ?

— Parce que c'est comme ça.

— C'est pourtant bien, un portail de pierre ! Cela fait nouveau baron, c'est bien, non ?

Yojirô est sérieux. M. Hirota a un sourire narquois. Finalement, le sérieux l'emporta et l'on se mit d'accord pour aller au moins la voir ; c'est Sanshirô qui ouvre la marche.

Revenant sur leurs pas dans la rue latérale, ils arrivent dans une rue de derrière et, après avoir marché une cinquantaine de mètres, ils trouvent une sente qui semble finir en cul-de-sac. S'engageant dans la sente, Sanshirô entraîna les deux autres. Continuant tout droit, ils arrivèrent dans la cour d'un jardinier. Ils s'arrêtèrent à une dizaine de mètres devant l'entrée. Deux colonnes de granit assez imposantes se dressent sur la droite. La porte est en fer. Sanshirô indique que c'est ici. Il y a en effet un écriteau : *A louer*.

— Quel monstre ! dit Yojirô en donnant une poussée sur la porte en fer, mais elle est verrouillée.

— Attendez un peu, je vais me renseigner.

Aussitôt dit, il courut vers le fond du jardin. Hirota et Sanshirô sont pour ainsi dire laissés en plan. Ils entament la conversation.

— Que pensez-vous de Tôkyô ?

— Euh…

— C'est très grand et plutôt sale.

— Oui…

— On n'y trouve rien qui puisse être comparé au mont Fuji.

Sanshirô a complètement oublié le mont Fuji. Grâce à la remarque de M. Hirota, réflexion faite, le mont Fuji qu'il a vu pour la première fois de la fenêtre du train est effectivement quelque chose de sublime. Il ne peut en aucune manière être comparé au monde désordonné qui s'agite en ce moment dans sa tête. Sanshirô se sentit honteux d'avoir oublié les impressions de ce moment.

Puis survint une question pour le moins surprenante :

— Est-ce que tu as déjà essayé de traduire le mont Fuji ?

— Que voulez-vous dire par traduire ?

— C'est intéressant de traduire la nature car on finit toujours par lui donner des traits humains. C'est sublime, c'est majestueux, c'est grandiose…

Sanshirô comprit ce qu'il entendait par traduire.

— On prend toujours des mots qui ont trait à la personnalité. La nature ne peut pas exercer la moindre influence sur ceux qui ne peuvent pas la traduire avec des mots ayant trait à la personnalité.

Sanshirô écoutait en silence, pensant qu'il y avait une suite. Mais M. Hirota en resta là. Il parla comme pour lui-même, le regard dirigé vers le fond du jardin :

— Que peut bien faire Sasaki ? Il est bien long.

— Voulez-vous que j'aille voir ? demanda Sanshirô.

— Oh, il n'est pas du genre à revenir parce qu'on va voir ce qui se passe. Il est plus simple de rester, dit-il en s'accroupissant sous la haie de mandariniers sauvages.

Ramassant un caillou, il se mit à dessiner sur la terre. Voilà qui est désinvolte. Sa désinvolture est à l'opposé de celle de Yojirô mais la mesure est à peu près la même.

C'est alors que retentit la voix sonore de Yojirô de derrière les sapins en pots.

— Monsieur, Monsieur !

« Monsieur » continue de dessiner par terre. Cela a tout l'air d'être un phare. Comme il ne répondait pas, Yojirô se décida à venir.

— Monsieur, regardez un peu. C'est une belle maison. Elle est au jardinier. On peut faire ouvrir le portail mais il vaut mieux passer par derrière.

Ils passèrent par derrière. Ouvrant les volets, ils visitèrent la maison pièce par pièce. Elle est faite de telle façon qu'un homme de la classe moyenne ne peut concevoir aucune honte à l'habiter. Il paraît que le loyer est de quarante yen et la caution de trois mois. Ils sortirent.

— Pourquoi est-ce qu'on est venu voir une si belle maison ? demande M. Hirota.

— Pourquoi ? Mais on ne fait rien de mal en la regardant !

— On ne va quand même pas la louer.

— C'était pourtant mon intention. Malheureusement, ils n'acceptent pas d'abaisser le loyer à vingt-cinq yen…

M. Hirota a simplement dit : « C'est normal. » Yojirô se met alors à raconter l'histoire du portail en pierre. Celui-ci se trouvait encore tout récemment à l'entrée d'une propriété que le jardinier fréquente et, comme celui-ci en avait hérité à l'époque où il reconstruisait sa maison, il l'avait aussitôt fait transporter ici. Il n'y a que Yojirô pour aller enquêter sur des sujets pareils…

Ils rejoignirent ensuite la grande avenue et descendirent de Dôzaka vers la cuvette de Tabata ; une fois arrivés en bas, ils ne font que marcher. Ils ont tout oublié de l'histoire du loyer. Seul Yojirô reparle du portail en pierre de temps à autre. Il raconte qu'il a fallu payer cinq yen pour traîner cela de Kôji-machi à Sendagi. Le jardinier a l'air d'être bigrement riche. Yojirô se mêle même de savoir ce qui lui a pris de construire une maison à louer pour quarante yen et il se demande aussi qui aurait l'idée saugrenue de la prendre. Il conclut pour finir qu'il faudrait revenir sans faute dès qu'il aurait abaissé le prix, ce qu'il ne manquerait pas de faire, car il ne trouverait sûrement aucun acquéreur. Ne semblant pas spécialement partager son avis, Hirota déclara :

— Tu te perds en bavardages inutiles et cela n'en finit pas. Il ne faut pas faire attendre comme ça.

— J'ai été si long que ça ? Vous étiez en train de dessiner. Vous êtes désinvolte, vous aussi.

— J'aimerais bien savoir qui est le plus désinvolte des deux.

— Qu'est-ce que cela représente ?

Le professeur se tait. Sanshirô prit un air sérieux et demanda :

— Est-ce que ce ne serait pas un phare ?

Le dessinateur et Yojirô se mirent à rire.

— Un phare, quelle idée saugrenue ! Je parie que vous étiez en train de dessiner Sôhachi Nonomiya.

— Pourquoi ?

— Parce que Nonomiya brille à l'étranger mais, au Japon, il est dans l'obscurité totale. Personne ne le connaît. C'est pour cela qu'il s'enferme dans une cave pour un salaire de misère. Ce n'est vraiment pas un commerce rentable. A chaque fois que je le vois, il me fait une peine insupportable.

— Et toi, tu éclaires faiblement à quelques centimètres à la ronde, on dirait un lumignon japonais.

Yojirô, qui venait d'être comparé à un lumignon japonais, se tourna vers Sanshirô :

— Ogawa, tu es né en quelle année ?

— J'ai vingt-trois ans, répondit simplement Sanshirô.

— C'est bien ce qu'il me semblait. – Monsieur, j'ai horreur des lumignons japonais, des fourneaux de pipe japonaise et autres choses du même genre. C'est peut-être parce que je suis né après l'an quinze de Meiji mais je trouve ça vieillot et déplaisant. Et toi, qu'en dis-tu ?

— Cela ne me déplaît pas spécialement.

— Tu viens juste de quitter ta province du Kyûshû, tu dois avoir le même âge que l'ère Meiji.

Ni Sanshirô ni Hirota ne firent de commentaire particulier. Un peu plus loin, on a défriché un bois de cryptomérias, à côté d'un vieux temple, on a aplani le sol soigneusement et on a construit un bâtiment de style occidental peint en bleu. M. Hirota toise équitablement le temple et le bâtiment occidental.

— C'est un anachronisme. Le milieu matériel et le milieu spirituel du Japon sont ainsi. Tu connais certainement le phare de Kudan ? – Le voilà qui reparle de phares – C'est un vieux phare qu'on trouve dans les *Cartes des sites célèbres d'Edo*[1].

— Il ne faut pas plaisanter. Le phare de Kudan a beau être vieux, où allons-nous s'il existait déjà dans les *Sites célèbres d'Edo* ?

M. Hirota se mit à rire. En fait, il s'avéra qu'il avait confondu avec les *Sites célèbres de Tôkyô*, un recueil récent d'estampes en couleur. La théorie du professeur est celle-ci : on n'a pas hésité à construire le bâtiment de Kaikôsha[2] en brique rouge, dans un style moderne, à côté d'un phare aussi ancien ; ces deux choses placées l'une à côté de l'autre produisent un effet complètement ridicule mais personne n'y prête attention ; c'est l'indifférence générale. Et c'est tout à fait à l'image de la société japonaise.

---

1. Edo est l'ancien nom de Tôkyô.

2. *Kaikôsha :* Sorte de « maison de cercle » pour les officiers de garnison et autres gradés de terre qui se trouvait, à l'époque, sur la côte de Kudan.

Yojirô et Sanshirô dirent simplement : « En effet. »

Dépassant le temple, ils trouvent, à quelques centaines de mètres de là, un grand portail noir. Yojirô déclara qu'il fallait le franchir pour rejoindre Dôkanyama. L'un d'eux s'inquiète de savoir s'il est permis de traverser l'endroit, ce à quoi l'autre répond que c'est la résidence secondaire des Satake et que tout le monde a le droit de passer ; ils se décident tous deux à franchir le portail les premiers, passent sous un bosquet et parviennent au bord d'un vieil étang ; là, un garde les surprend et les tance tous les trois vertement. Yojirô qui n'en revenait pas fit ses excuses au garde. Ensuite, rejoignant Yanaka, il traversa Nezu et regagna sa pension de Hongô dans la soirée.

Sanshirô eut l'impression d'avoir passé une demi-journée agréable, chose qui ne lui était pas arrivée depuis longtemps.

Le lendemain, il va à la faculté maïs Yojirô n'y est pas. Il s'attend à le voir l'après-midi, mais il ne vient pas. Il alla aussi à la bibliothèque mais ne l'y trouva pas non plus. De cinq à six heures a lieu le cours magistral des étudiants en lettres. Sanshirô y assista. Il fait trop sombre pour prendre des notes. Il est trop tôt pour que les lampes s'allument. C'est l'heure où le fond des grands ormes visibles à travers les fenêtres oblongues s'assombrit peu à peu, où les visages du professeur et des auditeurs se voilent d'un flou égal. L'atmosphère dégage je-ne-sais-quoi de mystique, comme lorsqu'on mange des boules de pain farcies de haricots sucrés dans l'obscurité. Sanshirô trouva mystérieux le fait de ne pas comprendre le cours. Pendant qu'il écoute, la joue dans une main, ses nerfs s'engourdissent et son esprit devient distant. Il lui semble que toute la valeur des cours se trouve là. Tout à coup, les lampes s'allumèrent et tout redevint un peu plus clair. L'envie le prend subitement de rentrer manger à sa pension. Le professeur qui devinait bien les dispositions des élèves ne les fit pas souffrir plus longtemps. Sanshirô se dépêcha de rentrer à Oiwake.

Il changea de vêtement et s'assit devant la table basse ; il y avait, sur la table, une lettre posée à côté d'une coupe cuisinée au bain-marie. Dès qu'il vit l'enveloppe, Sanshirô comprit que c'était sa mère. Il n'y avait pas de quoi être fier : cela faisait plus d'une quinzaine de jours qu'il l'avait complètement oubliée. Depuis hier, avec l'anachronisme, la personnalité du mont Fuji et le cours mystique, pas même l'ombre de la femme de l'autre jour ne lui est revenue à l'esprit. Sanshirô est satisfait ainsi. Décidant de remettre à plus tard la lecture de la lettre, à tête reposée, il commença par le repas et fuma une cigarette. La vue de la fumée lui rappelle le cours de tout à l'heure.

Sur ces entrefaites, Yojirô arriva. Il lui demanda pourquoi il avait séché le cours, à quoi celui-ci répondit qu'il avait autre chose à faire avec la location à chercher.

— Tu es si pressé de déménager ?

— Pressé ! On devait déjà déménager le mois dernier et on a préféré attendre le jour anniversaire de l'empereur, après-demain ; il faut absolument trouver quelque chose demain. Tu n'as pas une idée ?

Tout pressé qu'il est, il a tout de même passé la journée de la veille à flâner sans trop qu'on sache si c'était pour la promenade ou pour trouver une maison. Sanshirô a du mal à l'admettre. Yojirô plaida qu'il ne pouvait pas faire ce qu'il voulait quand le professeur était avec lui.

— Il n'est pas du tout fait pour chercher une maison. Il n'en a jamais cherché de sa vie ; il n'était sûrement pas dans son état normal hier. Ça nous a valu un bon savon dans la propriété des Satake, c'était bien fait pour nous… Dis-moi, tu n'as pas une idée ? insiste-t-il subitement.

Il semble même que ce soit le seul but de sa visite. Voulant en savoir plus sur la raison d'une telle insistance, Sanshirô apprend que son propriétaire actuel est un usurier, qu'il impose des augmentations de loyer inadmissibles et que c'est lui, Yojirô, qui a dû lui signifier sa propre expulsion ! Aussi est-ce à lui qu'incombe la responsabilité de l'affaire.

— Aujourd'hui, j'ai poussé jusqu'à Ôkubo, mais sans succès. Comme j'étais dans le quartier, je suis passé chez Sôhachi et j'ai vu Yoshiko. La pauvre, elle a encore mauvaise mine : une beauté qui vient de l'échalote ! Tu as le bonjour de sa mère. Mais le calme semble être revenu là-bas depuis l'autre jour. Il n'y a plus eu de mort sous le train à ce qu'il paraît.

Yojirô passe d'un sujet à l'autre. En plus de son habituel relâchement dans la conversation, il est un peu impatient aujourd'hui à cause de la maison à trouver. Quand la conversation retombe, il repose toujours la même question : « Tu n'as pas une idée ? Tu n'as pas une idée ? » A la fin, cela fait rire Sanshirô. Yojirô prend racine peu à peu ; il se trouve si bien qu'il se met à citer des adages chinois tels que : « La lueur d'une chandelle est l'amie du lettré. »

Sans transition, la conversation s'engagea sur M. Hirota.

— Quel est le prénom de ton professeur ?

— Il s'appelle Chô, dit-il en traçant le caractère avec son doigt.

— La clef[1] de l'herbe est en trop. Je me demande si cela se trouve dans le dictionnaire. C'est un drôle de nom tout de même.

— Il est professeur de lycée ?

— Professeur de lycée, depuis toujours. C'est méritoire. On dit que « dix années sont comme un jour », mais lui, ça fait bien douze ou treize ans.

1. La « clef » est un élément constitutif de l'idéogramme chinois. Il en existe plus de 200 qui permettent le classement des idéogrammes et leur recherche dans les dictionnaires.

— Il a des enfants ?

— Penses-tu ! Il est célibataire.

Sanshirô fut quelque peu surpris. Il avait du mal à croire qu'on pût rester célibataire jusqu'à cet âge-là.

— Pourquoi ne se marie-t-il pas ?

— C'est justement cela qui fait son originalité ; il a sur la question une théorie bien arrêtée. Il a décrété une fois pour toutes qu'il ne lui fallait pas de femme, avant même d'en avoir pris une. Il est bête, voilà tout. Tout est contradictoire chez lui. Il dit qu'il n'y a pas d'endroit plus sale que Tôkyô. C'est sans doute pour cela que la vue d'un portail en pierre l'impressionne et qu'il s'obstine à le refuser parce que c'est trop beau.

— Il devrait essayer de se marier.

— Il dirait peut-être qu'il est tout à fait d'accord.

— Il dit que Tôkyô est sale, que les Japonais sont laids, mais est-ce qu'il a déjà été en Occident ?

— Penses-tu ! Il est ainsi fait. En toute chose son esprit est plus développé que la réalité, et voilà le résutat. Cela ne l'empêche pas d'étudier l'Occident sur des photos. Il en a beaucoup de l'Arc de Triomphe de Paris, du Parlement de Londres, que sais-je ? Dire qu'ils mènent le Japon avec ces photos ! C'est sale. Mais l'endroit qu'il habite peut être sale comme tout, ça lui est bien égal ; c'est étrange, tout de même.

— Il était en troisième classe dans le train.

— Est-ce qu'il ne se plaignait pas tout le temps que c'était sale ?

— Non, je ne l'ai pas entendu spécialement se plaindre.

— C'est un philosophe.

— Il enseigne la philosophie à l'école ?

— Non, à l'école, il n'assure que les cours d'anglais mais je trouve qu'il est intéressant de voir combien tout en lui est philosophique.

— Il a écrit des livres ?

— Aucun. Il lui arrive de publier des articles spécialisés mais ils n'ont aucun retentissement. Cela ne mène à rien. Cela ne sert à rien puisqu'il est complètement ignoré du public. Il m'a dit que je ressemblais à un lumignon japonais mais le maître lui-même est une prestigieuse obscurité.

— Ce serait bien qu'il sorte dans le monde d'une manière ou d'une autre.

— Ce serait bien qu'il sorte, mais il ne fait rien de lui-même. D'abord, si je n'étais pas là, il ne prendrait même pas ses trois repas.

Sanshirô partit d'un rire incrédule.

— Ce ne sont pas des histoires. Il ne fait rien de lui-même, c'en est lamentable à voir. C'est moi qui donne les ordres à la bonne et qui règle tout pour son contentement... Mais laissons là ces vétilles : j'ai l'intention de mener une action énergique pour le faire nommer professeur à l'université.

Yojirô est sérieux. Sanshirô s'étonna de cette déclaration pompeuse. Peu importe qu'il s'étonne ! Le laissant aux prises avec son étonnement, l'autre continue sur sa lancée ; il lui demande pour finir :

— Viens nous aider pour le déménagement.

Il s'échauffe comme si une maison lui était promise depuis longtemps.

Il était près de dix heures quand Yojirô se décida à rentrer chez lui. Quand il se retrouve seul assis dans la pièce, il a une sensation de froid. Il s'aperçut que la fenêtre devant la table était restée ouverte. Faisant glisser la cloison de papier opaque, il découvre un beau clair de lune. Le cyprès, dont la vue lui est à chaque fois déplaisante, baigne dans une lueur bleue ; la bordure sombre se découpe dans une légère brume. Laissant le premier automne descendre sur le cyprès du jardin, il ferma les volets.

Sanshirô se coucha aussitôt. Comme il est plus enclin à s'attarder au goût subtil des choses qu'à s'adonner de longues heures à l'étude, il ne lit pas tellement de livres. En revanche, quand il rencontre un paysage qui l'émeut, il se complaît à l'évoquer en esprit autant de fois qu'il le veut. Il a l'impression que la vie acquiert une profondeur de cette façon. Aujourd'hui, il devrait en principe prendre plaisir à se remémorer la scène où les lampes s'allument tout d'un coup pendant le cours mystique, mais la lettre de sa mère exigeait qu'il commençât par là.

Elle écrit que Shinzô a offert du miel qu'elle mélange à de l'eau-de-vie et qu'elle en boit un verre tous les soirs. Shinzô est un tenancier attaché à la maison, et qui apporte chaque année, au début de l'hiver, une redevance de vingt sacs de riz. Il est tout ce qu'il y a de plus honnête, mais il a un tempérament coléreux et il lui arrive de battre sa femme avec du bois à brûler. Dans sa couche, Sanshirô se souvint même de l'époque où Shinzô avait commencé l'élevage des abeilles. Il y a environ cinq années de cela. Ayant trouvé un nid de deux ou trois cents abeilles qui pendait à un hêtre japonais, il les avait toutes capturées vivantes en les aspergeant de saké avec un entonnoir à riz. Puis il les avait mises dans une boîte qu'il avait trouée pour qu'elles puissent entrer et sortir, et il les avait posées sur une pierre bien ensoleillée. Alors, les abeilles se mirent à proliférer peu à peu. Une boîte ne suffit plus. Il en met une deuxième. Cela ne suffit toujours pas. Il en met une troisième. A force de les faire proliférer, il doit bien y en avoir six ou sept maintenant. Il disait qu'il en enlevait une du dessus de la pierre chaque année, dont il prélevait le miel pour les abeilles. Il promettait bien d'en apporter à chaque fois qu'il rentrait pendant les congés d'été, mais il ne l'avait jamais fait jusque-là. Toutefois, cette année, il a subitement recouvré la mémoire et mis sa promesse à exécution.

Elle écrit que Heitarô est venu lui demander de venir voir la pierre funéraire qu'il a élevée à la mémoire de son père. Elle y est allée : c'est une pierre en granit posée au milieu du jardin sur un sol d'argile sans arbre et sans herbe. Elle précise que Heitarô est fier que ce soit du granit. Il a passé plusieurs jours à le découper à flanc de montagne et l'a confié à un tailleur de pierre qui lui a pris dix yen. Il a dit que les paysans du coin n'y connaissent rien mais que son gars doit bien connaître la valeur des pierres puisqu'il va à l'université. Il lui a donc demandé de poser la question dans sa prochaine lettre et de lui obtenir quelques félicitations pour la pierre qu'il a élevée à la mémoire de son père et qui lui a coûté dix yen.

Sanshirô se mit à rire tout seul. Il faut croire que c'est plus fort que le portail en pierre de Sendagi.

Elle lui demande de lui envoyer une photo de lui portant l'uniforme de l'université. Il se dit qu'il se ferait photographier plus tard et passa à la suite ; évidemment, elle reparlait d'Omitsu de Miwata… La mère d'Omitsu est venue l'autre jour et lui a demandé si Sanshirô n'accepterait pas la main de sa fille puisqu'il allait bientôt terminer ses études à l'université. Omitsu est jolie, douce de tempérament, sa famille possède pas mal de terres et, ce qui ne gâte rien, les deux familles ont toujours eu de bonnes relations ; ce serait une bonne affaire pour les deux parties et elle ajoutait cette précision : « Omitsu aussi serait contente et moi, je ne veux pas d'une fille de Tôkyô, on ne sait pas ce qu'elles ont dans la tête. »

Sanshirô replia la lettre, la replaça dans l'enveloppe qu'il posa à son chevet ; il ferma les yeux. Les souris se mirent soudain à faire du raffut dans le plafond, puis le calme revint.

Sanshirô avait trois univers. L'un est lointain. Il sent la période antérieure à l'an quinze de Meiji, comme dit Yojirô. Tout y est paisible et, du coup, tout y est engourdi de sommeil. Mais il peut y retourner sans l'aide de personne. Il peut y retourner sur-le-champ dès qu'il le veut. Seulement, il n'a pas envie d'y retourner si l'occasion n'est pas favorable. C'est en quelque sorte une retraite. Sanshirô reléguait dans cette retraite le passé dont il s'était dépouillé. Quand il se souvient qu'il y a enterré jusqu'à sa chère mère, il le regrette aussitôt. Aussi les lettres qu'il reçoit d'elle constituent l'unique moment où il s'attarde quelque temps dans cet univers et fait revivre les impressions d'antan.

Dans le second univers, il y a un bâtiment en briques clairsemé de mousse. Quand on l'examine de fond en comble, on découvre une salle de lecture tellement vaste qu'on distingue mal le visage de ceux qui sont à l'autre bout. Il y a des livres entassés si haut qu'on ne peut les atteindre sans l'aide d'une échelle. Ils ont été noircis par le frottement des mains et la crasse des doigts. Ils brillent avec leurs lettres d'or. Il y a les peaux de mouton, les peaux de bœuf, le papier vieux de deux cents ans et, par-dessus tout, la poussière accumulée. C'est une vénérable poussière qui a mis vingt ou trente ans pour s'accumuler. C'est une poussière paisible, victorieuse des mois et des jours paisibles.

Les hommes qui se meuvent dans le second univers portent généralement une barbe mal entretenue. Les uns marchent en regardant le ciel. Les autres marchent la tête baissée. Leur mise est immanquablement sale. Leur train de vie est infailliblement pauvre. Ceci étant, ils ne s'en font pas. Encerclés par le vacarme des tramways, ils respirent à pleins poumons le grand air des espaces qui se perdent dans l'infini. Ils sont malheureux parce qu'ils ignorent le monde actuel, et ils sont heureux parce qu'ils ont fui les demeures en péril. Hirota s'y trouve. Nonomiya s'y trouve aussi. Sanshirô est parvenu à comprendre *grosso modo* la tendance de cet univers. Il peut en sortir quand il veut. Il trouve néanmoins dommage de goûter si peu la saveur exquise dont il vient juste de commencer à comprendre la subtilité.

Le troisième univers resplendit et vibre comme l'éther printanier. Il y a des lampes. Il y a des cuillers en argent. Il y a des clameurs. Il y a des boutades. Il y a des coupes moussantes de champagne. Et pour couronner le tout, il y a de jolies femmes. Sanshirô parla à l'une des femmes. Il regarda une autre deux fois. Pour Sanshirô, cet univers est le plus profond et le plus dense. Cet univers est à portée de la main. Seulement, il est difficile de s'en approcher. En ce qu'il est difficile à approcher, il s'apparente à l'éclair qui sillonne le ciel. Le considérant de loin, Sanshirô trouve cela étrange : il sent qu'il doit se trouver une place quelque part dans cet univers, de peur qu'un défaut ne vienne affecter celui-ci. Il lui semble avoir le droit d'y jouer un rôle. Cependant, alors qu'il est en droit d'en attendre un développement harmonieux de sa personne, il l'entrave et lui barre le passage où il devrait pouvoir aller et venir sans difficulté. C'était cela qui paraissait étrange à Sanshirô.

Dans sa couche, il aligna ces trois univers et se mit à les comparer. Ensuite, il les mélangea et obtint un certain résultat : l'idéal serait de faire venir sa mère de province, prendre chez lui une jolie épouse, tout en se consacrant à ses études.

Le résultat est des plus banals. Toutefois, comme il a beaucoup réfléchi avant d'y parvenir, si l'on considère la chose du point de vue du penseur enclin à faire monter ou baisser la valeur de la conclusion en fonction de l'effort accompli par la pensée, ce n'est pas si banal qu'il y paraît.

Ceci dit, poser les choses ainsi revient à caractériser le troisième monde par une épouse de rien du tout. Les jolies femmes sont légion. Traduire de jolies femmes se fait de toutes sortes de façon. – Sanshirô essaya d'utiliser le mot traduire, à l'instar de M. Hirota. – Pour autant que la traduction en est possible avec des mots ayant trait à la personnalité, il se doit d'entrer en relation avec le plus grand nombre de jolies femmes pour élargir le domaine d'influence de ses traductions et atteindre au plus haut degré d'épanouissement personnel. Se contenter de connaître une seule épouse reviendrait à limiter le développement de sa personnalité.

Parvenu à ce point du raisonnement, Sanshirô se dit qu'il s'était laissé un peu trop influencer par les idées de Hirota. A la vérité, il ne ressentait pas le manque aussi douloureusement.

Le lendemain, il se rendit à l'université ; les cours étaient ennuyeux comme à l'accoutumée, mais comme l'atmosphère de la classe était toujours aussi détachée des vulgarités du monde, il se fondit entièrement dans le second univers avant trois heures de l'après-midi. Il arrivait à hauteur du poste de police d'Oiwake avec des allures de grand seigneur, lorsqu'il se trouva nez à nez avec Yojirô.

— Ha, ha, ha, ha ! Ha, ha, ha, ha !

Pour le coup, c'en était fait de ses allures de grand seigneur. Même le gendarme du poste avait un rictus aux lèvres.

— Qu'est-ce qui te prend ?

— Ne me demande pas ce qui me prend. Marche donc un peu plus comme tout le monde. Tu as tout du genre de l'« ironie romantique ».

Sanshirô ne comprenait pas bien le sens de cette expression occidentale. Faute de répartie, il demanda :

— Tu as trouvé une maison ?

— Je suis justement passé chez toi pour ça. Enfin on déménage demain. Viens nous aider.

— Où est-ce que tu déménages ?

— Au trois ter du dix de Nishikata. Sois-y avant neuf heures et fais le ménage. Et attends. Je t'y rejoindrai. T'as compris ? Avant neuf heures. Au trois ter. Salut !

Yojirô s'éloigna en hâte. Sanshirô se dépêcha de rentrer à sa pension. Mais ce soir-là, il revint sur ses pas pour chercher l'expression « ironie romantique » dans le dictionnaire ; il apprit qu'elle était de Schlegel, un Allemand selon lequel tout génie devait, par définition, passer ses journées à flâner sans but et sans effort. Enfin rassuré, Sanshirô rentra à sa pension et s'endormit sur-le-champ.

Bien que le lendemain soit la fête de l'anniversaire de l'empereur, il se lève à l'heure habituelle, comme pour aller à l'université ; il s'engage dans le pâté numéro dix de Nishikata et cherche le trois ter ; la maison est située vers le milieu d'un passage curieusement étroit.

Une pièce à l'occidentale avance à l'endroit où aurait dû se trouver l'entrée et forme un angle avec une pièce à la japonaise. Derrière celle-ci se trouve un salon à thé, puis il y a la cuisine et la chambre de bonne dans l'alignement. Il y a aussi un étage. Mais il ignore combien l'étage compte de *tatami*.

On a demandé à Sanshirô de faire le ménage mais il s'aperçoit que ce n'est pas vraiment nécessaire. Evidemment, ce n'est pas propre. Mais on ne trouve rien non plus qui vaille la peine d'être jeté. Pour ce qui est d'être jeté, il y aurait tout au plus la cloison pliable, se dit-il en ouvrant simplement les volets ; puis il s'assit sur la véranda de la pièce à la japonaise et regarda le jardin.

Il y a un grand arbre de lagerstrœmia. Cependant, comme sa racine est chez le voisin, plus de la moitié du tronc empiète latéralement de ce côté-ci par-dessus la haie de cryptomérias. Il y a un grand cerisier. De toute évidence, il pousse dans la haie. Ses branches dépassent à moitié dans la rue et il s'en faut de peu qu'elles ne touchent les fils téléphoniques. Il y a un pied de chrysanthèmes. Mais ce doit être un chrysanthème d'hiver car il ne porte aucune fleur. Il n'y a rien d'autre. C'est un jardin qui fait de la peine à voir. Seule la terre plane, d'un grain fin, est très belle. Sanshirô regardait la terre. En vérité, c'est un jardin fait pour regarder la terre.

Peu après, la cloche d'un lycée retentit pour annoncer le début de la cérémonie en l'honneur de l'empereur. Au son de la cloche, Sanshirô se dit qu'il devait être neuf heures. Quand il s'aperçut enfin qu'il pourrait, par exemple, balayer les feuilles mortes du cerisier, car il n'était pas convenable de rester sans rien faire, mal l'en prit : il n'y avait pas de balai. Il se rassit sur la véranda. Deux minutes à peine s'étaient écoulées que la porte en bois du jardin tourna sur ses gonds. A sa grande surprise, il vit apparaître dans le jardin la femme de l'étang.

Les deux côtés sont délimités par la haie vive. Le jardin ne mesure pas quarante mètres carrés. Dès qu'il vit la femme se tenir dans cet enclos étroit, Sanshirô eut une intuition subite : les fleurs se regardent coupées et disposées dans un vase.

A cet instant, le postérieur de Sanshirô se souleva de la véranda. La femme s'éloigna de la porte à charnière.

— Excusez-moi…

Après cette entrée en matière, la femme salua. De sa façon particulière, elle laissa tomber la moitié supérieure du corps mais ne baissa aucunement la tête. En saluant, elle fixe Sanshirô. Vu de face, le cou de la femme s'allongea. En même temps, ses yeux se reflétèrent dans sa prunelle.

Deux ou trois jours auparavant, son professeur d'esthétique a montré à Sanshirô des peintures de Greuze. Ce faisant, le professeur lui a expliqué que les portraits de femmes réalisés par ce peintre sont tous riches d'expressions voluptueuses. Voluptueux ! Il n'existe pas d'autre mot pour qualifier le regard de la femme de l'étang à ce moment-là. Il supplie. Il supplie pour séduire. Il supplie les sens. Il supplie en transperçant l'os des sens pour atteindre la moelle. Il supplie en dépassant le niveau où il est encore possible de résister à la douceur pour passer au stade de l'excitation violente. Ce n'est plus doux, c'est douloureux. Evidemment, il n'y a là aucune commune mesure avec de la vile flatterie. Le regard est si cruel que celui qui est regardé se prend d'une envie irrésistible de flatter. Pourtant, cette femme n'a rien de ressemblant avec les tableaux de Greuze. Ses yeux sont deux fois plus petits.

— C'est ici que M. Hirota va emménager ?

— Oui, c’est ici.

La réponse de Sanshirô est beaucoup plus sèche que la voix et le ton de la femme. Sanshirô s’en rend compte. Mais il ne trouvait pas d’autre façon de parler.

— Il n’a pas encore emménagé ?

Les paroles de la femme sont dites avec netteté. Elle ne laisse pas traîner la fin des phrases comme la plupart des femmes.

— Il n’est pas encore là. Il ne saurait tarder.

La femme hésita un instant. Elle tient un grand panier à la main. Comme toujours, on serait bien en peine de décrire son kimono. La seule chose qui frappe est qu’il ne brille pas comme d’habitude. Le tissu semble rugueux. Il est couvert de quelque chose ressemblant à des raies ou à des motifs. Ces motifs sont des plus fantaisistes.

De temps à autre, des pétales de cerisier virevoltent dans l’air. L’un d’entre eux se posa sur le couvercle du panier. A peine s’était-il posé qu’il fut emporté par un souffle. Le vent enveloppa la femme. La femme se tient debout au cœur de l’automne.

— Vous êtes… ? commença-t-elle quand le vent s’en fut allé.

— On m’a demandé de venir faire le ménage, dit-il en sentant bien le cocasse de la situation, alors qu’elle l’avait trouvé assis à bâiller aux corneilles.

La femme sourit à son tour.

— Eh bien, je vais attendre avec vous.

Comme le ton semblait attendre un acquiescement de sa part, Sanshirô en conçut un immense plaisir.

— Oui, répondit-il.

Dans son esprit, c’était une façon abrégée de dire : « Oui, vous êtes la bienvenue. » La femme reste néanmoins debout. Ne pouvant plus insister, Sanshirô lui retourna sa question :

— Vous êtes… ?

Alors, la femme posa son panier sous la véranda et sortit une carte de visite de son *obi*, qu'elle remit à Sanshirô.

Il lut : *Mineko Satomi*. Elle habite à Masago-chô de Hongô ; c'est juste de l'autre côté de la cuvette. Pendant que Sanshirô considérait la carte de visite, la femme s'assit sur la véranda.

— Nous nous sommes déjà rencontrés, dit Sanshirô en relevant la tête après avoir introduit la carte dans la manche de son kimono.

— Oui, à l'hôpital...

Elle est tournée vers lui.

— Ce n'est pas tout.

— Et aussi au bord de l'étang... reprit la femme aussitôt.

Elle se souvient bien. Du coup, Sanshirô n'avait plus rien à ajouter. La femme conclut :

— Excusez-moi de vous avoir importuné...

— Je vous en prie.

C'est très succinct. Ils regardèrent les branches du cerisier. La cime porte encore quelques rares feuilles rongées par les vers. Les malles du déménagement se font toujours attendre.

— Vous êtes venue parler au professeur ? demanda soudain Sanshirô.

La femme qui avait les yeux fixés sur les branches fanées du grand cerisier se retourna brusquement vers lui. « Vous alors ! Quel rustre ! » semblait dire son visage. Mais la réponse est ordinaire :

— Moi aussi, on m'a demandé de venir aider.

Sanshirô se rendit compte pour la première fois qu'il y avait beaucoup de sable accumulé sur la véranda.

— C'est plein de sable, vous allez salir votre kimono !

— Oui, dit-elle en regardant simplement à gauche et à droite.

Elle ne se lève pas. Après avoir parcouru la véranda des yeux, elle les reposa sur Sanshirô et demanda aussitôt :

— Vous avez fait le ménage ?

Elle sourit. Sanshirô remarque quelque chose d'attachant dans ce sourire.

— Pas encore.

— Je vais vous aider, nous pourrions commencer ?

Sanshirô se leva aussitôt. La femme ne bouge pas. Assise, elle demande où se trouvent le balai et le plumeau. Il dit qu'étant venu les mains vides, ils ne se trouvent nulle part, et propose d'aller jusqu'à la rue en acheter, mais elle répond que cela ne vaut pas la peine, qu'il est préférable d'en emprunter chez le voisin. Il se dépêcha d'aller chercher un balai, un plumeau, sans oublier le seau, et même un chiffon ; à son retour, la femme était toujours assise au même endroit à regarder les branches du grand cerisier.

— Vous avez trouvé ? dit-elle simplement.

Sanshirô, qui porte le balai sur l'épaule et tient le seau à la main droite, donne la réponse qui s'impose :

— J'ai ce qu'il faut.

La femme qui porte des *tabi* blancs aux pieds se met debout sur la véranda. Ses pas laissent des traces fines sur le sol. De la manche pendante du kimono, elle sort un tablier blanc qu'elle noue par-dessus l'*obi*. Le bord du tablier est liseré comme de la dentelle. C'est du gâchis de faire le ménage avec un tissu d'un si beau coloris. La femme prit le balai.

— On peut toujours commencer à balayer, dit-elle en sortant la main droite de sa manche dont elle ramena le pan lâche par-dessus l'épaule.

Le bras délicat apparut jusqu'à l'avant-bras. De l'extrémité du pan ramené sur l'épaule, on aperçoit la jolie doublure à fleur de peau. Sanshirô qui restait ébahi empoigna soudain le seau à grand fracas et, contournant la maison, il entra par la porte de service.

Sanshirô passe le chiffon à l'endroit où Mineko a balayé. Mineko époussette les cloisons de papier opaque, pendant que Sanshirô frappe les *tatami*. Quand le ménage fut terminé, tant bien que mal, leurs rapports étaient devenus beaucoup plus familiers.

Après que Sanshirô soit parti changer l'eau du seau à la cuisine, Mineko est montée au premier étage avec le plumeau et le balai.

— Venez voir un peu, appelle-t-elle du premier étage.

— Qu'est-ce que c'est ?

Sanshirô répond du bas de l'escalier, le seau à la main. La femme se tient dans l'obscurité. Seul le tablier apparaît, tout blanc. Sanshirô gravit deux ou trois marches, le seau à la main. La femme est immobile. Sanshirô gravit encore deux marches. Leurs visages parvinrent à une trentaine de centimètres l'un de l'autre, dans la pénombre.

— Qu'est-ce que c'est ?

— Il fait noir, je ne comprends pas très bien comment ça marche.

— Pourquoi ?

— Pourquoi…

Sanshirô n'avait plus envie d'insister. Il frôla Mineko et parvint en haut. Il pose le seau sur la véranda sombre et ouvre le volet coulissant. On ne sait effectivement pas très bien comment sont mises les traverses. Entre-temps, Mineko l'a rejoint.

— Ça ne s'ouvre toujours pas ?

Mineko passa de l'autre côté.

— C'est par ici.

Sans dire mot, Sanshirô s'approcha de Mineko. Il s'en fallut de peu que sa main ne touchât la sienne, mais il trébuche sur le seau. Cela produit un grand fracas. Quand ils furent enfin parvenus à ouvrir le volet, un soleil radieux inonda la pièce. C'en est éblouissant. Ils se regardèrent et partirent d'un joyeux éclat de rire.

Ils ouvrent aussi la fenêtre de derrière. Elle est munie d'un treillis de bambou. On voit le jardin du propriétaire. Il élève des poules. Mineko se remit à balayer.

Sanshirô, à quatre pattes, passait le chiffon après elle. Tenant le balai à deux mains, Mineko le regarda.

— Eh bien !

Peu après, laissant choir le balai sur les *tatami*, elle se dirige vers la fenêtre de derrière et considère le jardin, debout. Dans le même temps, Sanshirô a fini d'essuyer. Jetant le chiffon mouillé dans l'eau du seau, il vint se placer à côté d'elle.

— Qu'est-ce que vous regardez ?

— Devinez un peu.

— Les poules ?

— Non.

— Le grand arbre ?

— Non.

— Alors, qu'est-ce que vous regardez ? Je donne ma langue au chat.

— Je regarde ces nuages blancs depuis tout à l'heure.

Il y a effectivement de grands nuages blancs qui parcourent le ciel. Dans le ciel dégagé à perte de vue, sur le bleu limpide où le regard se perd, c'est un défilement ininterrompu de nuages épais, comme une ouate brillante. Quand leur extrémité est dispersée par le souffle du vent, qui doit être puissant, ils laissent transparaître le fond bleu tant ils s'amincissent. Ou bien, tout en étant dispersés par le vent, ils s'assemblent et s'effilochent en formant comme des amas d'aiguilles blanches et souples. Mineko montra ces amas du doigt :

— On dirait des boas d'autruche.

Sanshirô ne connaissait pas le mot boa. Il répondit donc qu'il ne comprenait pas. Mineko reprit :

— Comment ? Puis elle expliqua consciencieusement le sens de boa.

Alors Sanshirô reprit :

— Si c'est ça, je connais.

Il lui exposa ensuite la théorie de Nonomiya entendue quelque temps auparavant, selon laquelle tous ces nuages blancs sont des flocons de neige qui doivent avancer plus vite qu'un ouragan pour paraître bouger à une telle allure quand ils sont vus d'en bas.

— Ah bon ? dit-elle en regardant Sanshirô.

— De la neige, c'est sans intérêt, reprit-elle d'un ton qui n'admettait pas de réplique.

— Pourquoi ?

— Pourquoi... Les nuages doivent être des nuages. Ils ne vaudraient plus la peine qu'on les regarde de loin comme ceci.

— Ah bon.

— Comment « ah bon » ? Cela vous est égal que ce soit de la neige ?

— Vous semblez aimer regarder les lieux élevés.

— Oui.

Mineko regarde toujours le ciel à travers le treillis de bambou. Les nuages blancs défilent sans interruption.

On entendit alors le bruit lointain d'une charrette. D'après le raclement des roues sur le sol, il ne fait pas de doute qu'elle s'est engagée dans la ruelle silencieuse et qu'elle se rapproche.

— Les voilà, remarqua Sanshirô.

— Ils sont en avance, dit seulement Mineko qui ne bouge pas.

Elle tend l'oreille comme si le bruit de la charrette en mouvement avait un rapport quelconque avec les nuages blancs en mouvement. La charrette avance sans merci dans l'automne paisible. Elle arriva bientôt devant le portail et s'arrêta.

Laissant Mineko en plan, Sanshirô se précipita en bas. Il atteignit l'entrée au moment précis où Yojirô passait le portail.

Yojirô parla le premier.

— Tu es en avance.

— Tu es en retard, répondit Sanshirô.

Il dit le contraire de Mineko.

— En retard... Que veux-tu, on a chargé tous les bagages en une fois. Et puis j'étais seul. Il n'y avait que la bonne et le charretier, alors, comment veux-tu ? Et le professeur ?

— Il est à l'école.

Le charretier commença à décharger les bagages pendant qu'ils entamaient la conversation. La bonne entra à son tour. Confiant le travail de la cuisine à la bonne et au charretier, Yojirô et Sanshirô transportent les livres dans la pièce à l'occidentale. Il y a beaucoup de livres. Ce n'est pas une petite affaire que de les aligner.

— Mlle Satomi n'est pas encore arrivée ?

— Elle est là.

— Où ?

— Elle est à l'étage.

— Qu'est-ce qu'elle fait à l'étage ?

— Ce qu'elle fait… Elle est à l'étage.

— Je ne plaisante pas.

Longeant le couloir jusqu'à l'escalier avec un volume dans les bras, Yojirô fit résonner sa voix de stentor :

— Mlle Satomi ! Mlle Satomi ! Nous rangeons les livres, venez nous aider un peu !

— J'arrive tout de suite.

Mineko descendit en silence avec le balai et le plumeau.

— Que faisiez-vous donc ? demande Yojirô d'un ton pressant depuis le bas de l'escalier.

— Le ménage du premier étage, répondit la voix d'en haut.

Rendu impatient par l'attente, Yojirô conduisit Mineko devant l'entrée de la pièce à l'occidentale. Les livres déchargés par le porteur sont amoncelés un peu partout. Sanshirô s'est accroupi entre les tas, le dos tourné, et il a commencé de lire quelque chose avec avidité.

— Oh ! la la ! C'est un travail de titan ! Mais qu'est-ce qu'on va faire de tout ça ?

En l'entendant parler, Sanshirô se retourna, toujours accroupi. Il sourit de contentement.

— Cela n'a rien d'un travail de titan. Nous allons rentrer ça dans la pièce et le ranger. Mon professeur ne va pas tarder et il va nous aider, sans problème. Dis donc, toi, ce n'est pas le moment de t'accroupir pour lire. Tu n'auras qu'à l'emprunter, tu auras tout le temps de lire plus tard ! Yojirô le rappelle à l'ordre.

Ils se répartissent la tâche : Mineko et Sanshirô alignent les livres à l'entrée, Yojirô les prend et les place dans les étagères disposées à cet effet.

— Ne les passe pas si brutalement ! Il doit y en avoir un avec celui-ci, dit Yojirô qui brandit un livre plat à couverture bleue.

— Mais il n'y est pas.

— Il n'a tout de même pas disparu.

— Le voilà ! Le voilà !

— Faites voir, dit Mineko en rapprochant son visage.

— *History of Intellectual Development*. Ah, il était bien là.

— Ce n'est pas le moment de palabrer. Passe-le vite.

Ils travaillèrent dur pendant une bonne demi-heure. A la fin, même Yojirô montre moins d'empressement : il s'est assis en tailleur face à l'étagère et ne dit plus rien. Mineko tapota du doigt l'épaule de Sanshirô.

— Eh, Yojirô ! Qu'est-ce qui t'arrive ? demanda celui-ci en riant.

— Eh bien, je me demande ce qu'il a en tête pour amasser tant de livres dont il n'a pas besoin. C'est à s'arracher les cheveux. Et dire qu'il pourrait les vendre et acheter des actions, cela lui ferait des rentrées, soupire-t-il.

Il est toujours tourné vers le mur, assis en tailleur.

Sanshirô et Mineko se regardèrent et sourirent. Le maître d'œuvre ne bougeant pas, ils ont arrêté d'aligner les livres. Sanshirô tira vers lui un recueil de poésies. Mineko déploya un grand album de peintures sur ses genoux. Du côté de la cuisine, le porteur de louage et la bonne sont en grande discussion. Ils sont très bruyants.

— Regardez un peu, dit Mineko à voix basse.

Sanshirô se soulève à moitié et avance le visage au-dessus de l'album. La chevelure de Mineko exhale une odeur de parfum.

La peinture représente une sirène. La partie inférieure de la femme nue est en forme de poisson à partir de la taille ; le corps du poisson forme une boucle qui revient au niveau de la ceinture en laissant juste dépasser la queue de l'autre côté. Tout en peignant ses longs cheveux, la femme en retient l'excédent de l'autre main et regarde de ce côté. Il y a la vaste étendue de la mer en arrière-plan.

— Une sirène.

— Une sirène.

Ils murmurèrent la même chose, la tête posée l'un contre l'autre. Yojirô, assis en tailleur, trouva-t-il cela suspect ?

— Qu'est-ce que c'est ? Qu'est-ce que vous regardez ? dit-il en sortant dans le couloir.

Leurs trois têtes s'alignèrent au-dessus de l'album qu'ils feuilletèrent page par page. Ils font toutes sortes de remarques. Elles sont aussi fantaisistes les unes que les autres.

C'est alors que M. Hirota rentra de la cérémonie d'anniversaire de l'empereur, vêtu de sa redingote. Ils refermèrent l'album et firent les salutations. Le professeur étant d'avis qu'il faut d'abord en finir avec les livres, ils se remettent à travailler durement. Cette fois-ci, comme le maître de maison est là, il n'a pas été possible de bavarder autant, semble-t-il, et tous les livres qui se trouvaient dans le couloir ont été alignés tant bien que mal dans les rayons en l'espace d'une heure. Ils se tinrent tous les quatre en rang et regardèrent le travail qu'ils avaient accompli.

— On fera le reste demain, dit Yojirô.

Autrement dit, il n'a qu'à se contenter de cela pour l'instant.

— Vous en avez beaucoup, remarque Mineko.

— Vous avez lu tous les livres qu'il y a là ? demande Sanshirô pour finir.

A la vérité, il semble qu'il ait eu besoin de se faire confirmer ce point à titre d'information.

— Comment voulez-vous que je lise tout ? Sasaki, lui, en serait peut-être capable.

Yojirô se gratte la tête. Sanshirô prend un ton sérieux : depuis l'autre jour, il a commencé d'emprunter petit à petit des livres à la bibliothèque universitaire et, quel que soit le livre qu'il emprunte, il y a toujours quelqu'un qui l'a parcouru. Pour voir, il a emprunté un roman d'une dénommée Aphra Behn [1] et il était visible que quelqu'un l'avait déjà lu, aussi lui a-t-il posé la question pour savoir où s'arrêtent les limites de la lecture.

— Aphra Behn, moi aussi, je l'ai lue.

Cette déclaration de M. Hirota étonna Sanshirô.

— Vous m'étonnez. Vous avez la manie de lire des ouvrages que personne ne lit, critiqua Yojirô.

Hirota se mit à rire et se dirigea vers le salon à la japonaise. Sans doute voulait-il changer de vêtement. Mineko sortit à sa suite. Quand ils furent seuls, Yojirô déclara à Sanshirô :

— C'est cela, la prestigieuse obscurité. Il a tout lu. Mais il ne brille pas du tout. Il pourrait tout de même lire des choses un peu plus à la mode et faire un peu plus d'esbroufe.

Les propos de Yojirô n'étaient en rien une critique acerbe. Sanshirô considérait les rayons de livres en silence. C'est alors que retentit la voix de Mineko depuis la pièce à la japonaise :

— Il y a de bonnes choses à manger, venez un peu tous les deux.

---

1. Aphra Behn, *op. cit.*, cf. note p. 47.

Sortant de la bibliothèque, ils longent le couloir en direction du salon au milieu duquel ils découvrent le panier qu'elle a apporté. Le couvercle est enlevé. A l'intérieur, il y a beaucoup de sandwichs. Mineko s'est assise à côté et en répartit le contenu dans de petites assiettes. Yojirô et Mineko entament la conversation.

— C'est bien d'avoir pensé à apporter tout ça.

— On me l'a demandé.

— Vous avez acheté aussi le panier ?

— Non.

— Il était chez vous ?

— Comme il est grand ! C'est le pousse-pousse qui vous a amenée ? Vous devriez saisir l'occasion pour en engager un à demeure pendant quelque temps.

— Aujourd'hui, je l'ai envoyé faire une course. Une femme est tout de même capable de porter ça.

— C'est parce que c'est vous. Les autres jeunes filles y renonceraient.

— Vous croyez ? Alors, j'aurais mieux fait d'y renoncer.

Mineko converse avec Yojirô tout en remplissant les petites assiettes. Elle ne cherche pas du tout ses mots. De plus, elle est calme et posée. C'est tout juste si elle regarde Yojirô. Sanshirô est rempli d'admiration.

La bonne arrive de la cuisine avec le thé. La compagnie, assise autour du panier, commença à manger les sandwichs. Après un court silence, Yojirô s'adressa de nouveau à M. Hirota, comme s'il venait de s'en souvenir :

— A propos, j'aimerais vous demander : ce Behn quelque chose de tout à l'heure…

— Aphra Behn ?

— Qui est-ce donc, cet Aphra Behn ?

— C'est une romancière anglaise. Du XVIIe.

— Le XVIIe siècle, c'est trop ancien. Cela ne peut pas servir pour un article de revue.

— C'est ancien. Mais elle a été la première femme à faire profession de l'activité de romancier, c'est pour cela qu'elle est célèbre.

— C'est gênant qu'elle soit célèbre. Mais j'aimerais en savoir un peu plus. Quel genre d'œuvre a-t-elle écrit ?

— Je n'ai lu d'elle que le roman *Oronoko* ; Ogawa, tu as certainement vu un roman qui porte ce titre dans les œuvres complètes ?

Sanshirô a soigneusement oublié. Il demande de quoi cela parle : c'est l'histoire d'une famille royale nègre, les Oronoko, trompés par le commandant d'un bateau anglais et vendus comme esclaves, en butte à toutes sortes de terribles épreuves. Ce récit, dit-on, a été transmis aux générations comme le témoignage d'une expérience vécue par l'écrivain.

— C'est intéressant. Mlle Satomi, que diriez-vous d'écrire votre *Oronoko* ? dit-il en se tournant à nouveau vers Mineko.

— Je n'ai rien contre, mais je n'ai pas ce genre d'expérience à raconter.

— Si vous avez besoin d'un héros nègre, Ogawa ici présent ne ferait-il pas l'affaire ? C'est un homme du Kyûshû, il a la peau sombre.

— Mauvaise langue, dit Mineko comme pour défendre Sanshirô.

Puis elle ajouta tout de suite en se tournant vers lui :

— Vous voulez bien ?

Lorsqu'il vit son regard, Sanshirô se rappela la femme à l'instant où elle avait surgi de la porte du jardin. Il en est chaviré. Il en est chaviré et pétrifié à la fois. Evidemment, il ne pouvait pas la prier de le faire.

M. Hirota se mit à fumer de sa manière habituelle. Yojirô a dit qu'il soufflait de la fumée philosophique par son nez. Il est vrai que la fumée ne sort pas de façon ordinaire. Deux gros bâtons vigoureux s'échappent tranquillement des trous. Yojirô considère ces colonnes de fumée en silence, le dos à moitié appuyé sur la cloison coulissante. Le regard vague de Sanshirô est posé sur le jardin. Ce n'est pas un emménagement. On dirait un petit rassemblement. Aussi la conversation a-t-elle un tour détendu. Seule Mineko, dans l'ombre de M. Hirota, a commencé de plier le costume occidental qu'il a quitté tout à l'heure. Il semble que ce soit elle aussi qui lui a fait enfiler son vêtement japonais.

— A propos d'*Oronoko*, je précise en passant, car tu es distrait et tu risques de te tromper…

La fumée du professeur s'interrompit un instant.

— Bien, je vous écoute, dit Yojirô sur un ton scolaire.

— Depuis la parution de ce roman, un certain Southern a adapté l'histoire pour la scène. Sous le même titre. Il ne faut pas les confondre.

— Bien, je ne confondrai pas.

Mineko, qui était en train de plier le costume, jeta un regard furtif sur Yojirô.

— Il y a une phrase célèbre dans la pièce : *Pity's akin to love*[1]… dit-il, puis il se remit tout de suite à cracher sa fumée philosophique.

— Il me semble que cette phrase existe aussi au Japon, observa Sanshirô.

Les autres aussi croyaient qu'elle existait au Japon. Mais personne ne se la rappelle. On décide alors de la traduire pour voir ce que cela donne, et les quatre de faire des tentatives variées mais il n'en sort rien de concluant. Pour finir, Yojirô émet une opinion bien à lui :

— Il n'y a qu'une seule solution : traduire ça sur un air populaire. La phrase est dans le goût de l'air populaire.

---

1. « La compassion s'apparente à l'amour. » En anglais dans le texte.

Les trois autres décidèrent de céder entièrement le droit de traduction à Yojirô. Celui-ci réfléchit un moment puis il reprit :

— C'est un peu tiré par les cheveux, mais que dites-vous de ça : « Si t'as d'la pitié, c'est qu't'es amoureux. »

— Affreux ! Affreux ! C'est le comble de la vulgarité, tonna le professeur d'un air dégoûté.

La vulgarité du ton était tellement bien rendue que Sanshirô et Mineko éclatèrent de rire. Leur rire résonnait encore quand la porte en bois du jardin grimaça : Nonomiya entra.

— Vous avez à peu près terminé ? demanda Nonomiya.

Il s'approcha face à la véranda et, du dehors, il examina l'intérieur de la pièce où se trouvaient les quatre occupants.

— Il y a encore du travail, réplique aussitôt Yojirô.

— Vous pourriez nous aider un peu, renchérit Mineko.

Nonomiya sourit d'un air complice :

— Vous m'avez l'air bien enjoués. Y aurait-il quelque chose d'intéressant ?

Tournant le dos à la pièce, il s'assit à même la véranda, les pieds dans le jardin.

— Je viens de me faire gronder par le professeur à cause d'une traduction.

— Une traduction ? De quel genre de traduction s'agit-il ?

— Oh, c'est sans intérêt : « Si t'as d'la pitié, c'est qu't'es amoureux… »

— Hein ?

Ce disant, il se tourna de côté, assis au même endroit.

— Qu'est-ce que c'est que ça ? Je ne comprends pas.

— Personne n'en serait capable, intervint le professeur.

— Non, j'ai un peu trop contracté le texte... En langue normale, cela donne ceci : Si tu as éprouvé de la pitié, c'est que l'amour a parlé en toi.

— Ha ha ha ha ! Et quel est donc le texte original ?

— *Pity's akin to love*, répéta Mineko.

La prononciation est correcte et plaisante à entendre.

Quittant la véranda sur laquelle il était assis, Nonomiya fit deux ou trois pas dans le jardin, puis il tourna sur ses talons et vint se planter à nouveau face à la pièce :

— En effet, c'est une belle traduction.

Sanshirô ne pouvait s'empêcher de prêter attention à l'attitude et aux regards de Nonomiya.

Mineko vint laver les tasses à la cuisine, puis elle y versa du thé et vint les poser au bord de la véranda.

— Voilà du thé, dit-elle simplement en s'asseyant sur ses talons. Comment va Yoshiko ?

— Pour ce qui est de la santé, elle a retrouvé la forme.

Il s'assit de nouveau et but le thé. Puis se tournant vers le professeur :

— Maintenant que j'ai déménagé du côté d'Ôbuko, j'aurais certainement l'occasion de revenir par ici.

— Pourquoi ?

— Ma sœur s'est mis dans l'idée qu'elle a peur de traverser les champs de Toyama pour aller à l'université. Et comme je fais mes expériences à la nuit tombée, elle dit que ça lui donne des idées noires d'attendre jusqu'à une heure tardive. Pour l'instant, cela ne pose pas de problèmes parce que ma mère est là, mais elle doit rentrer au pays sous peu et il n'y aura plus que la bonne. Peureuses comme elles sont, elles n'auront jamais le courage de rester toutes seules. Me voilà dans de beaux draps ! conclut-il avec un soupir mi-sérieux.

— Que diriez-vous, Mlle Satomi, de la prendre chez vous comme pensionnaire ? ajouta-t-il en regardant Mineko.

— Je l'accepterai quand vous voudrez.

— Lequel des deux ? Vous parlez de M. Sôhachi ou de Yoshiko ? intervint Yojirô.

— L'une ou l'autre.

Sanshirô était le seul à ne rien dire. M. Hirota reprit sur un ton plus sérieux :

— Et toi, qu'est-ce que tu comptes faire ?

— Pourvu que j'arrive à placer ma sœur, je veux bien habiter en pension pour l'instant. Sinon, il faudra que nous déménagions à nouveau quelque part. Je me demande si je ne ferais pas mieux de la mettre au foyer de l'université. Avec une enfant pareille, il faut que je puisse y aller à tout moment et qu'elle puisse venir me voir à tout moment.

— Alors, la maison de M. Satomi est toute désignée, remarqua Yojirô.

Sans tenir compte de la remarque, M. Nonomiya continua :

— Je veux bien te prendre chez moi au premier étage mais avec quelqu'un comme Yojirô dans la maison…

Yojirô adressa lui-même sa requête à Nonomiya :

— Je vous en prie, acceptez de loger Sasaki au premier étage !

Nonomiya se mit à rire :

— Bah, on trouvera bien une solution. Mais je ne sais vraiment pas quoi faire de cette grande dégingandée qui n'a rien dans la cervelle. Et avec ça, elle veut encore que je l'emmène voir les poupées de chrysanthèmse à Dangozaka.

— Vous devriez l'y emmener. Moi aussi, j'aimerais aller les voir, dit Mineko.

— Nous pourrions y aller ensemble ?

— Oh oui ! Venez avec nous, M. Ogawa.

— Oui, allons-y.

— M. Sasaki aussi.

— Les poupées de chrysanthèmes, non merci. Puisque certains se permettent d'aller voir des poupées de chrysanthèmes, moi, je vais au cinématographe.

— Les poupées de chrysanthèmes valent la peine d'être vues, commença M. Hirota.

— Même à l'étranger, on ne trouve sûrement rien qui soit aussi artificiel que ces choses-là. Il faut voir ce que l'artifice humain est capable de faire. Si elles ressemblaient à de vrais hommes, qui donc ferait le déplacement jusqu'à Dangozaka ? De vrais hommes, il s'en trouve quatre ou cinq dans n'importe quelle maison. Il n'y a pas de quoi se déranger.

— Voilà une logique bien à vous, observe Yojirô.

— Quand j'étais sur les bancs de l'école autrefois, je me laissais souvent abuser par ce genre de raisonnement, dit Nonomiya.

Pour finir, Mineko invita le professeur :

— Alors, venez aussi.

Le professeur se tait. Les rires fusèrent.

La bonne appelle de la cuisine.

— Quelqu'un, s'il vous plaît !

— Voilà ! s'écria Yojirô aussitôt debout.

Sanshirô restait assis, pensif.

— Oh, mais je dois prendre congé moi aussi, dit Nonomiya en se levant.

— Vous rentrez déjà ? Si vite… proteste Mineko.

M. Hirota interpelle Nonomiya :

— Pour l'autre jour, je te demanderais d'attendre encore un peu.

— Oui, ce n'est pas grave, lance Nonomiya en quittant le jardin.

Lorsque sa silhouette eut disparu derrière la porte à charnières, Mineko sembla se souvenir de quelque chose :

— Ah oui, c'est vrai.

Enfilant les *geta* laissés devant la véranda, elle se dépêche de rattraper Nonomiya. On les entend parler dans la rue.

Sanshirô restait assis, sans rien dire.

Chapitre 5

Quand on a franchi le portail, le lespedeza de l'autre jour se dresse plus haut que taille d'homme ; au niveau des racines s'est formée une ombre noire. Cette ombre noire rampe sur le sol en fuyant vers le fond. Elle donne même l'impression de grimper derrière les feuilles qui s'accumulent sur la hauteur. C'est dire combien le soleil frappe fort à l'extérieur. Des nandines domestiques poussent à côté d'une fontaine. Ils dépassent eux aussi la hauteur normale. Leurs trois pieds chétifs et resserrés ont triste mine. Les feuilles sont situées au-dessus de la fenêtre des cabinets.

Entre le lespedeza et les nandines, on distingue un petit morceau de véranda. Celle-ci fuit obliquement en partant des nandines. La partie cachée par le lespedeza en est l'extrémité la plus éloignée. C'est donc le lespedeza qui est le plus proche. Yoshiko se trouvait dans l'ombre de ce lespedeza. Assise à même la véranda.

Sanshirô se tenait debout et touchait presque le lespedeza. Yoshiko se leva de la véranda. Ses pieds sont posés sur une pierre plate. Sanshirô fut frappé une fois de plus par sa grande taille.

— Entrez.

Comme la fois précédente, elle parle comme si elle avait attendu la venue de Sanshirô. Il se souvint de leur rencontre à l'hôpital. Il dépassa le lespedeza et vint se placer près du bord de la véranda.

— Asseyez-vous.

Sanshirô a ses chaussures aux pieds. Exécutant l'ordre, il s'assit. Yoshiko apporta un coussin.

— Prenez-le.

Sanshirô prit le coussin. Depuis qu'il a passé le portail, il n'a pas prononcé une seule parole. Cette jeune fille simple lui dit tout ce qu'elle veut mais ne semble pas le moins du monde attendre une réponse. Sanshirô avait l'impression d'être en face d'une reine enfantine. Il écoute simplement ses ordres. Il n'a pas besoin d'être flatteur à son égard. Un seul mot d'acquiescement venant de lui briserait tout le charme. Il lui suffit de se comporter en tout selon son bon vouloir, tel un esclave muet, pour en éprouver de l'agrément. Il ne se sent aucunement blessé dans son amour-propre d'être traité comme un enfant par Yoshiko qui est comme une enfant.

— C'est pour mon frère ? demande-t-elle ensuite.

Il n'est pas venu spécialement pour voir Nonomiya. Il n'est pas venu non plus spécialement pour ne pas le voir. En réalité, Sanshirô ne sait pas pourquoi il est venu.

— M. Nonomiya est encore à l'université ?

— Oui, il rentre toujours tard le soir.

Cela, Sanshirô aussi le sait. Il est embarrassé pour répondre. Déplaçant son regard, il aperçoit une boîte de couleurs posée sur la véranda. Il y a une aquarelle inachevée.

— Vous apprenez la peinture ?

— Oui, j'aime bien peindre.

— Qui est votre professeur ?

— Je ne suis pas assez douée pour apprendre avec un professeur.

— Faites voir un peu.

— Ça ? Ce n'est pas encore terminé, dit-elle en lui tendant l'œuvre commencée.

En effet, elle a commencé à peindre son jardin. Elle a seulement terminé le ciel, le plaqueminier de la maison d'en face et le lespedeza de l'entrée. Le plaqueminier est d'un rouge très marqué par rapport au reste.

— Ce n'est pas mal du tout, dit Sanshirô en considérant la peinture.

— Ça ?

Yoshiko est un brin surprise. Elle est vraiment surprise. Le ton de la voix est entièrement exempt d'affectation, ce qui n'est pas le cas de Sanshirô.

Maintenant, Sanshirô ne pouvait plus tourner en plaisanterie ce qu'il venait de lui dire, pas plus qu'il ne pouvait en faire une matière sérieuse. Dans un cas comme dans l'autre, il était passible du mépris de Yoshiko. Les yeux fixés sur l'aquarelle, il eut honte dans son for intérieur.

Assis sur la véranda, il parcourt des yeux l'intérieur de la pièce : un grand calme y règne. La cuisine semble déserte, sans parler du salon à thé.

— Votre mère est retournée dans son village natal ?

— Pas encore. Elle doit partir bientôt.

— Elle est là, en ce moment ?

— Elle est sortie faire des courses.

— Est-il vrai que vous allez habiter chez Mlle Satomi ?

— Pourquoi ?

— Pourquoi ?... Parce qu'il en a été question l'autre jour chez M. Hirota.

— Ce n'est pas encore décidé. Cela se pourrait, effectivement.

Sanshirô avait tout de même eu une réponse.

— M. Nonomiya et Mlle Satomi se connaissent bien.

— Oui. Ils sont amis.

Il se demanda s'il s'agissait d'amitié entre un homme et une femme ; cela paraît curieux. Mais Sanshirô ne pouvait pas en demander plus.

— Il paraît que M. Hirota a été le professeur de M. Nonomiya ?

— Oui.

La conversation buta sur ce « oui ».

— Vous préféreriez aller habiter chez Mlle Satomi ?

— Moi ? Pourquoi pas. Mais je plaindrais le frère aîné de Mineko.

— Mineko a donc un frère aîné ?

— Oui. Il a terminé ses études la même année que le mien.

— Il est aussi licencié ès sciences ?

— Non. Ce n'est pas la même faculté. Il est licencié en droit. Il avait encore un frère plus âgé qui était ami avec M. Hirota, mais il est mort jeune et, maintenant, il n'y a plus que Kyôsuke.

— Et son père et sa mère ?

— Elle ne les a plus, répondit Yoshiko en esquissant un sourire.

Elle semble vouloir dire qu'il est comique d'imaginer Mineko avec un père et une mère. Ils ont dû mourir très tôt. Yoshiko ne se les rappelle sûrement pas.

— Ceci explique donc que Mineko ait ses entrées chez M. Hirota.

— Oui. Il paraît que son frère décédé était en très bons termes avec M. Hirota. Et puis, comme Mineko aime l'anglais, elle vient prendre des leçons de temps à autre.

— Elle vient ici aussi ?

Yoshiko s'est remise à son aquarelle. Elle n'est pas du tout gênée par la présence de Sanshirô. Cela ne l'empêche pas non plus de répondre aux questions.

— Mineko ? demanda-t-elle tout en fonçant le toit de chaume sous le plaqueminier.

— C'est un peu sombre, dit-elle en tendant la peinture vers Sanshirô.

Cette fois-ci, il répondit sincèrement :

— Oui, c'est un peu sombre.

Yoshiko imbiba le pinceau d'eau, puis tout en lavant la zone d'ombre, elle répondit enfin :

— Elle vient ici.

— Souvent ?

— Oui, souvent, dit Yoshiko, toujours tournée vers le carton.

Sanshirô trouvait la conversation beaucoup plus facile depuis qu'elle s'était remise à peindre.

Après avoir considéré son aquarelle quelque temps en silence, Yoshiko s'appliqua à laver la zone d'ombre du toit de chaume, mais comme il y avait trop d'eau, et qu'elle ne maîtrisait pas, tant s'en fallait, le maniement du pinceau, des traînées noires partirent dans toutes les directions et les kakis, de rouge qu'ils étaient, prirent la couleur des kakis astringents quand ils sèchent à l'ombre. Posant son pinceau, elle tendit les deux bras, renversa le menton en arrière de façon à regarder le carton Whatman avec le plus de recul possible et, pour conclure, elle déclara d'une petite voix :

— C'est fichu.

Comme c'est effectivement fichu, il serait mal placé de la contredire. Sanshirô était désolé pour elle.

— Abandonnez. Commencez-en une autre.

Le visage tourné vers l'aquarelle, Yoshiko lui jeta un regard en coin. Elle a de grands yeux langoureux. Sanshirô était de plus en plus désolé pour elle. Soudain, elle partit d'un rire sonore :

— Quelle imbécile ! Passer deux heures pour rien.

Ce disant, elle traça deux ou trois gros traits sur la longueur et sur la largeur de son aquarelle et referma d'un bruit sec le couvercle de sa boîte de couleurs.

— J'abandonne. Entrez dans le salon. Je vais apporter le thé, dit-elle en montant sur la véranda.

Sanshirô trouvait fastidieux de se déchausser et il préféra rester assis. Dans son for intérieur, il trouvait très intéressante cette femme qui avait attendu jusqu'à ce moment pour dire qu'elle allait apporter le thé. Il n'avait pas du tout l'intention de chercher un divertissement dans l'observation d'une femme qui échappait aux normes habituelles, mais il n'avait pu réprimer une sorte d'amusement intérieur à l'entendre tout à coup annoncer qu'elle allait servir le thé. Cette sensation, de quelque façon qu'il la considérât, ne s'apparentait aucunement à celle qu'on peut éprouver à proximité du sexe opposé.

Des bruits de voix parviennent du petit salon à thé. La bonne devait y être. Peu après, la cloison de bois glissa et Yoshiko apparut avec le plateau de thé. Quand il vit son visage de face, Sanshirô trouva qu'elle avait le visage le plus féminin de toutes les femmes vues dans sa vie.

Yoshiko versa le thé, le posa sur la véranda, puis elle s'assit à l'intérieur sur les tatami. Sanshirô estime que le moment est venu de rentrer, mais il a l'impression, lorsqu'il est en présence de cette femme, qu'il peut aussi bien ne pas rentrer sans qu'elle en soit gênée pour autant. A l'hôpital, il s'était esquivé rapidement car il l'avait fait un peu rougir à force de la regarder, mais il n'en était rien aujourd'hui. Le thé fut l'occasion de reprendre la conversation entre la véranda et l'intérieur de la pièce. Alors qu'ils parlaient de choses et d'autres, Yoshiko lui posa une question saugrenue : elle voulait savoir s'il aimait ou s'il n'aimait pas Nonomiya, son frère aîné. A s'en tenir là, on croirait entendre parler une enfant dénuée d'arrière-pensée, mais le sens de la question va un peu plus loin. Les gens qui sont très versés dans les recherches et attachés à leurs études considèrent tout ce qu'ils rencontrent dans la seule perspective de la recherche, ce qui a pour effet d'affaiblir leur capacité à éprouver de la tendresse. Or, quand on regarde les choses avec des sentiments humains, tout se résume à aimer ou à ne pas aimer. On n'a pas du tout envie de faire des recherches. Comme son frère est un scientifique, il fait des recherches sur elle et ce n'est pas bien. Plus il fait des recherches sur elle, plus sa tendresse diminue et plus il est rustre à son égard. Et pourtant, puisque son frère qui aime tant les recherches lui prodigue tant de tendresse, c'est qu'il doit être, conclut-elle, le meilleur de tous les hommes japonais.

En entendant cette théorie, Sanshirô eut l'impression qu'elle était tout à fait admissible et, en même temps, qu'elle devait être viciée quelque part ; toutefois, il était totalement incapable de dire en quoi elle était viciée tant ses idées étaient confuses dans son esprit. Aussi ne formula-t-il pas de critique particulière. Mais dans son for intérieur, il se troubla à la pensée qu'il n'était pas digne d'un homme de se laisser impressionner par les propos d'une femme de cet acabit. En même temps, il convint en lui-même qu'il ne fallait en aucun cas se payer la tête des étudiantes de Tôkyô.

Sanshirô regagna sa pension animé d'un sentiment d'estime vis-à-vis de Yoshiko. Il trouve une carte en arrivant : *Nous irons voir les poupées de chrysanthèmes demain à une heure de l'après-midi. Rendez-vous chez M. Hirota. Mineko.*

Comme l'écriture ressemblait à celle de l'enveloppe qui dépassait à moitié de la poche de Nonomiya, Sanshirô relut la carte plusieurs fois.

Le lendemain est un dimanche. Sanshirô déjeuna et alla tout de suite à Nishikata. Il a mis son costume tout neuf et ses chaussures brillent. Quittant l'avenue, il s'engage dans une rue paisible et arrive bientôt devant chez M. Hirota ; on entend des bruits de voix.

Quand on a franchi le portail, il y a le jardin tout de suite à gauche et après la porte de bois qu'on ouvre, ce n'est pas l'entrée de la maison, mais le bord de la véranda qu'on trouve immédiatement devant soi. S'apprêtant à retirer la traverse visible à travers la haie d'arbustes, Sanshirô distingua les voix du jardin. La conversation a lieu entre Nonomiya et Mineko.

— Si vous faites ça, vous allez vous tuer en tombant.

C'est la voix de l'homme.

— Peu importe, je pense que c'est mieux ainsi.

C'est la voix de la femme.

— Il est vrai qu'une personne aussi intrépide a une valeur assez grande pour mourir en tombant d'une certaine hauteur.

— Vous tenez des propos cruels.

C'est à ce moment que Sanshirô ouvrit la porte de bois. Les deux conversants qui se tenaient au milieu du jardin se tournèrent vers lui. Pour toute réaction, Nonomiya laissa échapper un « tiens ! » ordinaire appuyé d'un hochement de tête. Il est coiffé d'un chapeau mou, neuf, de couleur thé. Mineko demanda aussitôt :

— Quand la carte est-elle arrivée ?

Ceci mettait fin à la conversation qu'ils échangeaient jusque-là.

Le maître de maison est assis sur la véranda, vêtu d'un costume occidental ; il fume avec philosophie, impassiblement. Il tient une revue occidentale dans les mains. A son côté se trouve Yoshiko. Prenant appui sur ses mains par-derrière, elle tend les jambes et se tient en équilibre dans cette position en regardant les sandales de raphia qu'elle porte aux pieds. Sanshirô semblait être attendu de tous. Le maître de maison jeta la revue de côté.

— Bon, on y va ? J'ai fini par être embrigadé.

— Merci pour votre peine, dit Nonomiya.

Les deux femmes se regardèrent en laissant échapper un rire complice. Elles se suivirent pour sortir du jardin.

— Vous êtes grande, observa Mineko par-derrière.

— Une perche, répondit Yoshiko simplement.

Lorsqu'elles se trouvèrent côte à côte près du portail, celle-ci expliqua :

— C'est pour ça que j'essaie de mettre des sandales de raphia autant que possible.

Au moment où Sanshirô allait quitter le jardin à leur suite, la cloison de papier opaque du premier étage glissa sur ses montants. Yojirô apparut derrière la balustrade :

— Tu y vas ?

— Ouais, et toi ?

— J'y vais pas. A quoi ça sert d'aller voir des ouvrages en chrysanthèmes ? C'est idiot.

— Allons-y ensemble ! On n'apprend rien en restant enfermé.

— Je suis en train d'écrire un mémoire. J'écris un grand mémoire. Ce n'est vraiment pas le moment.

Cette déclaration inattendue provoqua l'hilarité de Sanshirô qui emboîta aussitôt le pas aux quatre autres. Ils avaient déjà parcouru les deux tiers de la rue étroite qui menait à l'avenue. Lorsqu'il aperçut l'amas sombre que formaient leurs silhouettes sous la grande voûte du ciel, il sentit que sa vie actuelle était en train de revêtir un sens beaucoup plus profond que celle qu'il menait à Kumamoto. Des trois univers qu'il s'était forgé dans son esprit, le second et le troisième trouvaient dans ce groupe une excellente illustration. Une moitié est dans la pénombre. L'autre moitié est éclairée comme un champ de fleurs. Dans son esprit, les deux parties se fondent en une parfaite harmonie. Mieux encore, il finit par être lui-même imbriqué dans leur trame le plus naturellement du monde. Pourtant, quelque chose le laisse perplexe. Quelque chose l'inquiète. Il réfléchit en marchant : le sujet qui occupait tout à l'heure Nonomiya et Mineko dans le jardin en est la cause la plus immédiate. Pour stimuler ce sentiment d'inquiétude, Sanshirô eut envie de relancer la conversation.

Les quatre autres sont déjà arrivés au coin de la rue. Ils s'arrêtèrent et se retournèrent. Mineko porta la main au front pour mieux voir.

Sanshirô les rejoignit en moins d'une minute. Personne ne fait de commentaire. On s'est remis simplement à marcher. Au bout d'un moment, Mineko prit la parole :

— C'est parce que vous êtes un scientifique que vous dites cela.

Il semble que ce soit la suite.

— Oh, il n'y a pas besoin de faire des sciences. Il va de soi qu'il faut imaginer un appareil capable de voler si l'on veut voler dans les hauteurs. Comment voulez-vous faire si vous n'y réfléchissez pas avant ?

— Ceux qui ne tiennent pas à voler si haut s'en contenteront peut-être.

— Il faut bien qu'ils s'en contentent, sinon ils meurent.

— Alors, le mieux est encore de rester en sécurité sur la terre ferme. Je ne vois pas l'intérêt.

Nonomiya arrêta de répondre et se tourna vers M. Hirota :

— Il y a beaucoup de poètes chez les femmes, dit-il en riant.

M. Hirota lui fit cette repartie curieuse :

— Par contre, l'inconvénient chez les hommes, c'est qu'ils ne peuvent pas devenir entièrement et purement poètes.

Nonomiya n'ajouta rien. Yoshiko et Mineko se mirent à bavarder ensemble. Sanshirô trouva enfin l'occasion de se renseigner :

— De quoi parliez-vous à l'instant ?

— Eh bien, il s'agit des engins volants, dit Nonomiya d'un air désinvolte.

Sanshirô eut l'impression d'entendre la pointe d'un récit humoristique.

Après cela, il n'y eut pas de conversation particulière. D'ailleurs, il eût été difficile de mener une longue conversation dans le quartier populeux où ils arrivèrent. Il y a un mendiant devant le temple Ôgan-non. Il se frotte le front par terre, pousse des cris sans arrêt pour attiser la pitié des passants. Personne ne se préoccupe de lui. Ils passèrent leur chemin tous les cinq sans y prêter attention. Quand ils l'eurent dépassé d'une dizaine de mètres, M. Hirota se retourna subitement vers Sanshirô et lui demanda :

— Tu as donné quelque chose au mendiant ?

— Non, répond Sanshirô.

Il se retourne et regarde le mendiant qui pousse toujours des cris, le front posé sur ses mains jointes.

— Il ne donne guère envie de donner, enchaîne Yoshiko aussitôt.

Son frère aîné la regarde :

— Pourquoi ?

Le ton n'est pas assez fort pour être une brimade. L'expression de Nonomiya est plutôt impassible.

— Cette façon d'implorer sans arrêt neutralise tout l'effet qu'il pourrait en tirer ; c'est un four complet, critique Mineko.

— Non, c'est l'endroit qui ne convient pas.

Cette fois-ci, M. Hirota est intervenu.

— Il y a beaucoup de gens qui passent. Si l'on rencontrait ce genre d'homme au fond d'une montagne reculée, n'importe qui aurait envie de lui donner quelque chose.

— En contrepartie, il pourrait attendre une journée entière sans voir passer personne, remarqua Nonomiya avec un rire étouffé.

En entendant ses quatre compagnons faire la critique du mendiant, Sanshirô se sentit quelque peu atteint dans les conceptions morales qu'il nourrissait jusque-là. Cependant, non seulement il n'avait pas eu l'idée de lancer un seul *sen* [1] au mendiant, mais il se rendit compte, eu égard au fait qu'une sensation déplaisante était montée en lui, que les quatre autres étaient de meilleure foi que lui. Il comprit qu'ils appartenaient à cette race de citadins qui ont suffisamment d'espace pour respirer à leur aise et se permettre d'être de bonne foi.

La foule se fait plus nombreuse à mesure qu'ils avancent. Au bout d'un moment, ils rencontrent une enfant égarée. C'est une fillette d'environ sept ans. Tout en pleurs, elle va à droite, elle court à gauche en se faufilant sous les manches des passants. « Ma tante ! Ma

---

1. *Sen :* un centième de yen.

tante ! » dit-elle sans arrêt. Cette fois-ci, tous les gens qui sont sur le passage semblent s'émouvoir. Certains disent « La pauvre ! » Mais personne ne s'en approche. Attirant sur elle l'attention et la pitié de tous les gens, l'enfant cherche sa tante avec des cris et des pleurs entremêlés. C'est un phénomène étrange.

— C'est sûrement l'endroit qui ne convient pas non plus, dit Nonomiya en suivant des yeux l'enfant qui s'éloigne.

— Tout le monde se défile parce qu'un gendarme va bientôt venir la tirer d'affaire, comme il se doit, expliqua M. Hirota.

— Si elle venait jusqu'à moi, je la conduirai au poste, dit Yoshiko.

— Alors, tu n'as qu'à la rattraper toi-même et la conduire, fit remarquer son frère.

— Ah ça, pas question.

— Pourquoi ?

— Pourquoi ?... Il y a suffisamment de monde pour ça. Je ne suis pas la seule ici.

— C'est bien ça : elle se défile, dit Hirota.

— C'est bien ça : l'endroit ne convient pas, dit Nonomiya.

Cela fit rire les deux hommes. Ils arrivèrent au sommet de la côte de Dangozaka ; un attroupement s'était formé devant le poste de police, tel un essaim noir. L'enfant égarée a finalement échoué entre les mains d'un gendarme.

— Tout est bien qui finit bien, dit Mineko en se retournant vers Yoshiko.

— Ah, tant mieux.

Vue d'en haut, la côte forme un coude. On dirait la pointe d'un sabre. Evidemment, il n'y a guère de largeur. Les maisons à étage qui sont sur le côté droit cachent à moitié les grandes baraques, à gauche. Derrière celles-ci ont été hissés de grands étendards. La foule des gens semble dégringoler d'un seul coup dans le fond de la cuvette. Comme ceux qui dégringolent et ceux qui grimpent se croisent dans le plus grand désordre en obstruant complètement le passage, la partie correspondant au fond de la cuvette est animée d'ondulations bizarres sur toute sa largeur. Le mouvement est si irrégulier que les yeux se fatiguent à force de le regarder. M. Hirota se tient debout en haut de la côte :

— Nous voilà bien !

Il a envie de rentrer, semble-t-il. Les quatre autres s'engouffrèrent dans la descente en le poussant devant eux. En cours de route, au niveau du coude en pente douce où la direction change, l'étroite rue est surplombée de chaque côté par des baraques affublées de stores en roseaux qui confèrent au ciel lui-même quelque chose d'étriqué. Les rues sont bondées et cela jusqu'au déclin du jour. Çà et là, les racoleurs de théâtres donnent de leurs voix criardes.

— Ce ne sont pas des voix d'hommes. Ce sont des voix de poupées en chrysanthèmes, juge M. Hirota.

C'est dire à quel point ces voix sortent de l'ordinaire.

Le groupe entra dans la baraque de gauche. On joue l'irruption en armes des Soga. Gorô, Jûrô, Yoritomo, tous, sans distinction de classe, portent des habits de chrysanthèmes. Pour ce qui est des visages, des mains et des pieds, ils sont entièrement taillés dans le bois. Ensuite, il y a la neige qui tombe. Une jeune femme fait un esclandre. La partie centrale de la poupée est recouverte de chrysanthèmes ; les fleurs et les feuilles appliquées les unes contre les autres sans le moindre interstice forment le costume.

Yoshiko est absorbée par le spectacle. M. Hirota et Nonomiya commencent à échanger maints commentaires. Au moment où ils parlent de la façon de cultiver les chrysanthèmes qui n'est pas habituelle, Sanshirô est séparé d'eux par d'autres spectateurs qui le repoussent deux mètres plus loin. Mineko est déjà loin devant. La majeure partie de l'assistance est constituée de gens du quartier. Très peu ont l'air cultivé. Mineko se retourna au milieu de la foule. Tendant le cou, elle regarde dans la direction de Nonomiya. Celui-ci laisse dépasser la main droite de la rampe en bambou et, tout en pointant le doigt vers les racines des chrysanthèmes, il explique quelque chose avec un visible enthousiasme. Mineko se tourna à nouveau de l'autre côté. Ballottée de droite et de gauche, elle se presse vers la sortie. Se frayant un passage à travers les gens, Sanshirô laissa en plan les trois autres et la suivit.

Il parvint enfin à son côté :

— Mlle Satomi !

En l'entendant, Mineko posa les mains sur la rampe de bambou vert et regarda Sanshirô en reculant légèrement le cou. Elle ne dit rien. A l'intérieur de la rampe, on joue *La Cascade de Yôrô* : un homme au visage rond, une hache à la ceinture, est accroupi près du bassin de la cascade en tenant une calebasse. A la vue du visage de Mineko, Sanshirô eût été fort embarrassé pour dire ce qu'il y avait à l'intérieur du bambou vert.

— Vous ne vous sentez pas bien ? demanda-t-il instinctivement.

Mineko ne répond toujours pas. D'un air langoureux, elle posa ses yeux noirs sur le front de Sanshirô. A ce moment, il perçut dans le regard aux paupières plissées une signification mystérieuse. Cette signification contient la fatigue de l'âme. Elle contient le relâchement de la chair. Elle contient un appel pressant qui confine à la douleur. Oubliant qu'il était en situation d'attendre une réponse, Sanshirô s'abandonna complètement entre ces prunelles et ces paupières. Alors, Mineko parla :

— Sortons.

La distance entre la prunelle et la paupière parut diminuer peu à peu. A mesure qu'elle diminuait, Sanshirô sentait naître en lui la conscience de l'obligation qui s'imposait de sortir pour le bien de la femme. Quand celle-ci eut atteint son point culminant, la femme se tourna de l'autre côté comme en renversant le cou. Lâchant la rampe de bambou vert, elle se dirige vers la sortie. Sanshirô la suivit aussitôt et sortit.

Lorsqu'ils se tinrent dehors l'un à côté de l'autre, Mineko pencha la tête et porta la main droite au front. Alentour, les gens tourbillonnent. Sanshirô approcha sa bouche de l'oreille de la femme :

— Vous vous sentez mal ?

La femme se mit à marcher dans la foule en direction de Yanaka. Bien entendu, Sanshirô se mit à marcher aussi. Quand ils eurent fait une cinquantaine de mètres, la femme s'arrêta au milieu des gens.

— Où sommes-nous ?

— Par là, on arrive au temple Tennô de Yanaka. Pour rentrer, c'est la direction opposée.

— Ah bon ? Je me sens mal…

Sanshirô ressentit la douleur de se trouver au milieu de la rue sans lui être d'aucune aide. Debout, il réfléchit.

— Il n'y a pas un endroit calme quelque part ? demanda la femme.

Dans la cuvette où se rejoignent Yanaka et Sendagi, tout en bas, il y a un petit cours d'eau. Quand on longe le cours d'eau et qu'on laisse les maisons derrière soi en bifurquant à gauche, on arrive directement dans les champs. L'eau file droit vers le nord. Sanshirô se souvient nettement des jours où il a marché de l'autre côté de ce ruisseau et des jours où il est allé par ce côté-ci, depuis son arrivée à Tôkyô. L'endroit où se tient Mineko se trouve juste à côté du pont en pierre au niveau duquel le ruisseau traverse le quartier de Yanaka en direction de Nezu.

— Vous pouvez marcher encore une centaine de mètres ? demanda-t-il, prudent.

— Je vais marcher.

Ils traversèrent aussitôt le pont en pierre et tournèrent à gauche. Ils firent une vingtaine de mètres jusqu'au bout d'une allée qui semblait appartenir à une propriété, puis, du portail, ils revinrent de ce côté-ci par un pont en planches et gravirent pendant quelques instants la berge du cours d'eau ; là, les gens n'ont pas l'habitude de passer. Un champ vaste s'étend devant eux.

Quand il fut plongé dans le silence de l'automne, Sanshirô se mit soudain à parler :

— Comment vous sentez-vous ? C'est un mal de tête ? C'est sans doute parce qu'il y avait trop de monde. Parmi les gens qui regardaient les poupées, certains avaient l'air fichtrement vulgaire. Auraient-ils été incorrects ?

La femme ne dit rien. Peu après, elle leva les yeux et regarda Sanshirô. Les paupières plissées ont retrouvé leur fermeté. Il fut à moitié rassuré en voyant son regard.

— Merci. Ça va déjà beaucoup mieux, dit-elle.

— Reposons-nous un peu.

— Oui.

— Vous pouvez encore marcher un peu ?

— Oui.

— Si vous le pouvez, marchez encore un peu. C'est sale par ici. Là-bas, nous trouverons un endroit tout à fait propice au repos.

— Oui.

Ils ont fait une centaine de mètres. Il y a encore un pont. Sanshirô fit de grandes enjambées sur de vieilles planches d'à peine trente centimètres posées là en guise de gué. La femme passa après lui. Aux yeux de Sanshirô qui l'attendait, les jambes de la femme parurent aussi légères que lorsqu'elles foulaient la terre ferme. Cette femme lance droit devant elle ses jambes obéissantes. Elle ne marche pas en faisant des manières pour avoir l'air féminin. Aussi est-il malaisé de lui tendre la main par galanterie.

Il y a un toit de chaume de l'autre côté. La partie endessous du toit est toute rouge. Ils s'approchèrent : on a mis des piments rouges à sécher. Lorsqu'ils furent à une distance suffisante pour les identifier, la femme s'arrêta.

— Comme c'est joli ! s'exclama-t-elle en s'asseyant sur l'herbe.

L'herbe ne pousse que sur une minuscule bande de terre au bord de l'eau. Elle n'a même pas la couleur riante des belles journées d'été. Mineko ne se soucie nullement de préserver de la saleté son kimono chatoyant.

— Vous ne pouvez pas marcher encore un peu ? dit Sanshirô en se levant, comme pour l'encourager.

— Merci. Cela suffit.

— Vous vous sentez toujours aussi mal ?

— Je suis tellement fatiguée.

Sanshirô s'assit tout de même sur l'herbe sale. Ils sont à un peu plus d'un mètre de distance l'un de l'autre. A leurs pieds coule le petit cours d'eau. L'eau a baissé avec l'automne et il n'y a guère de profondeur. Une bergeronnette est même venue se poser sur une pierre dont l'angle dépasse. Sanshirô regardait l'eau. Elle se trouble peu à peu. En effet, un paysan lave des navets un peu plus haut. Le regard de Mineko se perd de l'autre côté. De l'autre côté, il y a un grand champ cultivé ; au-delà du champ, un bois ; par-dessus le bois, le ciel. La couleur du ciel se modifie peu à peu.

Plusieurs couleurs apparurent dans l'éther absolument limpide. Le fond indigo transparent pâlit graduellement comme s'il s'éteignait. De blancs nuages s'amoncellent, nonchalants. Après s'être amoncelés, ils fondent et s'écoulent. On ne sait pas où ils commencent, mélancolie qu'un voile jaune pâle recouvre d'un bout à l'autre de la voûte.

— La couleur du ciel s'est troublée, remarqua Mineko.

Détachant les yeux du courant, Sanshirô leva les yeux. Ce n'est pas la première fois qu'il voit ces aspects du ciel. Mais c'est la première fois qu'il entend dire que le ciel s'est troublé. A bien y regarder, il n'y avait pas d'autre façon de qualifier cette couleur. Avant que Sanshirô n'ait eu le temps de répondre, la femme reprit :

— Que c'est lourd ! On dirait du marbre.

Les yeux plissés, Mineko regardait vers les lieux élevés. Puis, les yeux toujours à demi fermés, elle se tourna doucement vers Sanshirô.

— N'est-ce pas qu'on dirait du marbre ? demanda-t-elle.

Sanshirô n'eut d'autre ressource que de répondre :

— Oui, on dirait du marbre.

La femme ne dit plus rien. Peu après, Sanshirô continua :

— Quand on se tient sous un ciel de ce genre, on a le cœur lourd, mais l'esprit léger.

— Que voulez-vous dire ?

Sanshirô ne voulait rien dire de spécial. Sans répondre à la question, il déclara :

— C'est un ciel qu'on peut regarder en toute sérénité comme dans un rêve.

— On dirait qu'ils bougent alors qu'ils ne bougent pas du tout.

Mineko se remit à regarder les lointains nuages.

Les voix des racoleurs de spectacles de chrysanthèmes arrivent par vagues jusqu'à l'endroit où ils sont assis.

— Comme ils crient fort !

— C'est à se demander s'ils crient comme cela du matin au soir. Ils ont du mérite, observa Sanshirô.

Il se souvint subitement des trois autres qu'ils avaient laissés en plan. Avant qu'il n'ait eu le temps de dire quelque chose, Mineko répondit :

— Mais ils vivent de ça, absolument comme le mendiant d'Ôgan-non.

— Est-ce que l'endroit ne conviendrait pas ?

Sanshirô plaisanta, chose rare chez lui, et il se mit à rire tout seul de son trait d'esprit. Il a dû trouver fort drôle le jugement de Hirota à propos du mendiant.

— M. Hirota fait souvent ce genre de réflexion, dit-elle très bas, comme pour elle-même, puis elle changea brusquement de ton.

— S'il restait assis par ici, il aurait un succès fou, ajouta-t-elle avec une relative vivacité.

Puis elle se mit à rire à son tour du trait d'esprit qu'elle venait de lancer.

— Effectivement, comme l'a dit Nonomiya, on peut attendre longtemps sans risquer de voir passer personne.

— N'est-ce pas très bien comme cela ? enchaîna Sanshirô en parlant vite, puis il conclut :

— Puisqu'il s'agit d'un clochard qui ne reçoit rien.

Ces mots semblaient ajoutés en manière de commentaire à la réflexion précédente.

A ce moment, un inconnu apparut tout à coup devant eux. Il a dû sortir de derrière la maison et passer de l'autre côté de la rivière sans attirer l'attention. Il se rapproche peu à peu de l'endroit où ils sont assis. Il est vêtu à l'occidentale et porte une barbe ; il doit avoir à peu près le même âge que M. Hirota. Quand l'homme se trouva devant eux, il tourna la tête et les regarda l'un et l'autre fixement. Son regard contient à l'évidence une expression haineuse. Sanshirô ressentit un sentiment d'oppression tel qu'il eut du mal à rester assis sans bouger. L'homme passa son chemin. Sanshirô le regarda s'éloigner.

— M. Hirota et Nonomiya ont dû nous chercher, dit-il comme si l'idée lui en venait à l'esprit pour la première fois.

Mineko est plutôt placide.

— Pensez-vous ! Ils savent bien que nous sommes de grands enfants égarés. – Sanshirô réitéra l'affirmation précédente.

— C'est très bien comme cela, pour quelqu'un qui veut se défiler, dit Mineko sur un ton encore plus placide.

— Qui ? M. Hirota ?

Mineko ne répondit pas.

— Nonomiya ?

Elle ne répondit pas non plus.

— Vous vous sentez mieux maintenant ? Nous pourrions rentrer si vous voulez.

Mineko regarda Sanshirô. Celui-ci reposa sur l'herbe le postérieur qu'il avait commencé de lever. A ce moment, quelque chose lui dit que cette femme était beaucoup trop forte pour lui. En même temps, il se sentit effleuré par une sorte de sentiment d'opprobre, suscité par la pensée d'avoir été mis à nu dans ses pensées intimes.

— Enfants égarés.

La femme répéta ces mots sans détacher les yeux de Sanshirô. Celui-ci ne répondit pas.

— Vous savez dire « enfants égarés » en anglais ?

La question était trop inattendue pour que Sanshirô pût dire s'il savait ou s'il ne savait pas.

— Voulez-vous que je vous l'apprenne ?

— Je veux bien.

— *Stray sheep*[1]... Vous comprenez ?

Dans ces cas-là, Sanshirô était toujours embarrassé pour répondre. Quand l'instant crucial est passé et que son esprit retrouve ses capacités, il se souvient et regrette de n'avoir pas dit ceci, de n'avoir pas fait cela. Toutefois, il n'était pas frivole au point d'anticiper ce regret et de débiter une réponse faite de toutes pièces pour la circonstance, d'un air naturel et sûr de soi. Aussi préfère-t-il se taire. Ceci étant, il sait combien il est sot de se taire.

Il semble avoir compris le sens de *stray sheep*. Et il semble tout aussi bien ne pas l'avoir compris. Ce qu'il comprend, ou ne comprend pas, ce n'est pas tant le sens des mots que celui que leur attribue la femme qui les a utilisés. Silencieux, Sanshirô regardait le visage de la femme. Celle-ci devint brusquement sérieuse :

1. *Stray sheep* : brebis égarée. En anglais dans le texte.

— Ai-je donc l'air si impertinente ?

Une nuance d'autojustification est perceptible jusque dans le ton. C'était inattendu pour Sanshirô. Jusque-là, il était dans la brume. Il espérait que la brume se dissiperait. La brume se dissipa avec ces paroles. La femme apparaissait au grand jour. Il regretta que la brume se fût dissipée.

Sanshirô voulait restituer à l'attitude de Mineko la signification qu'elle avait au début – semblable au ciel qui s'étendait au-dessus de leur tête, dont on ne pouvait dire s'il était limpide ou s'il était trouble. Mais il jugea que cela ne pouvait se faire au prix d'une simple formule destinée à flatter ses dispositions.

— Bon, rentrons, dit-elle tout à coup.

La manière de parler n'était pas affectée. Mais la façon posée dont elle l'avait dit signifiait pour Sanshirô qu'elle renonçait à lui vouer un quelconque intérêt.

Le ciel changea à nouveau. Le vent parvient du lointain. Le soleil émerge encore à la limite des grands champs, le paysage est si désolé qu'il donne froid. Les vapeurs exhalées par les herbes refroidissent le corps. Du coup, il se demanda comment ils ont pu rester assis par terre en pareil endroit. Seul, il n'aurait sûrement pas fait long feu ici. Mineko non plus... Mineko serait peut-être du genre à rester assise en pareil endroit.

— Le temps se rafraîchit, semble-t-il, ne restons pas là. Il ne faut pas attraper froid. Mais vous sentez-vous tout à fait rétablie ?

— Oui, ça va, maintenant, répondit-elle distinctement.

Elle se releva d'un bond. Au moment de se relever, elle dit à voix basse, comme pour elle :

— *Stray sheep.*

Elle étira longuement les mots. Bien entendu, Sanshirô ne répondit pas.

Mineko pointe le doigt dans la direction d'où est venu l'homme habillé à l'occidentale et dit qu'elle aimerait bien repasser à côté des piments s'il y a un chemin. Ils partirent dans cette direction. Il y avait bien un chemin d'environ un mètre de large qui passait derrière le toit de chaume. Quand ils eurent parcouru la moitié du chemin, Sanshirô demanda :

— A-t-on décidé si Yoshiko allait habiter chez vous ?

La femme eut un sourire en coin. Elle demanda à son tour :

— Pourquoi demandez-vous cela ?

Alors qu'il s'apprête à dire quelque chose, Sanshirô trouve un bourbier devant ses pieds. La terre affaissée sur plus d'un mètre et demi retient une eau stagnante. Quelqu'un a jeté une pierre au milieu pour qu'on puisse passer sans se mouiller. Sanshirô sauta directement de l'autre côté sans prendre appui sur la pierre. Puis il se retourna vers Mineko. Elle posa le pied droit sur la pierre qui était au milieu du bourbier. La pierre n'est pas très stable. Elle donne une poussée de son pied, secoue les épaules, prend son élan. Sanshirô tendit la main.

— Agrippez-vous.

— Non, ça va, dit la femme en riant.

Pendant le temps qu'il tient sa main tendue, elle ne fait que prendre son élan sans traverser. Sanshirô retira sa main. Alors Mineko fit porter le poids de son corps sur sa jambe droite appuyée sur la pierre et, de sa jambe gauche, elle passa de ce côté-ci. Comme elle s'était trop appliquée à ne pas salir ses *geta*, les hanches se soulevèrent sous l'effet de la force excédentaire. La poitrine avance comme si elle allait trébucher. Les deux mains de Mineko furent projetées sur les bras de Sanshirô.

— *Stray sheep*, dit-elle à mi-voix.

Sanshirô put sentir son haleine.

Chapitre 6

La cloche retentit et le professeur quitta la salle de classe. Sanshirô secoua son porte-plume dans lequel il restait de l'encre et voulut refermer son cahier. Yojirô qui était à côté l'interpella :

— Eh ! Passe-le moi un peu. J'ai oublié de marquer quelque chose.

Yojirô tira à lui le cahier de Sanshirô et se pencha dessus. La page était noircie de *stray sheep*.

— Qu'est-ce que c'est que ça ?

— J'en avais assez de prendre des notes, j'écrivais des bêtises.

— Il ne faut pas être dissipé comme ça. Il a dit que le spiritualisme transcendantal de Kant était à l'existentialisme transcendantal de Berkeley, quoi au juste ?

— Il a dit quelque chose, comme…

— Tu n'écoutais pas ?

— Eh non.

— Tu es un véritable *stray sheep*. Voilà ce que tu es.

Yojirô se leva, le cahier sous le bras.

Quittant son pupitre, il appela Sanshirô :

— Eh ! Viens voir un peu.

Sanshirô le suivit hors de la classe. Ils descendirent l'escalier et arrivèrent sur la pelouse devant l'entrée. Il y a un grand cerisier. Ils s'assirent dessous.

Au début de l'été, l'endroit est recouvert de luzerne. Quand Yojirô était venu déposer sa demande d'inscription au secrétariat, il y avait deux étudiants allongés sous le cerisier. L'un disait à l'autre : « Si tu acceptes de te laisser coller à l'oral pour une chansonnette, je t'en chanterai autant que tu voudras » ; l'autre fredonnait : « J'aimerais bien passer l'épreuve de l'amour devant un docteur ès galanteries. » Depuis lors, Yojirô aimait revenir se mettre à l'ombre du cerisier et il y amenait Sanshirô chaque fois qu'il avait quelque chose d'important à lui dire. Quand il entendit l'histoire de Yojirô, Sanshirô comprit qu'il n'y avait rien d'étonnant à ce qu'il sût traduire *Pity's akin to love* sur un air populaire.

Aujourd'hui cependant, Yojirô était d'un sérieux inaccoutumé. A peine fut-il assis en tailleur sur l'herbe qu'il sortit de sa poche une revue portant le nom de *Critique des arts et des lettres* ; il l'ouvrit à une page, la retourna et la tendit à Sanshirô :

— Qu'en penses-tu ?

Le titre était écrit en grosses lettres : *La Prestigieuse Obscurité*. En dessous, un nom de plume a été utilisé : Rei Yoshi. La prestigieuse obscurité est l'expression utilisée en toute circonstance par Yojirô pour qualifier M. Hirota et Sanshirô la lui a déjà entendu prononcer deux ou trois fois. Mais il ignore totalement le nom de Rei Yoshi. Lorsqu'il s'entendit demander ce qu'il en pensait, Sanshirô, dans un premier temps, préféra regarder le visage de son interlocuteur avant de répondre. Sans rien dire, celui-ci avança son visage plat, appuya sur le bout de son nez avec son index droit et ne bougea plus. Un étudiant qui se tenait debout un peu plus loin se mit à rire en voyant la scène. Yojirô qui s'en aperçut détacha enfin le doigt de son nez.

— C'est moi qui l'ai écrit, dit-il.

Sanshirô comprit de quoi il retournait.

— C'est donc cela que tu étais en train d'écrire quand nous sommes allés voir les ouvrages de chrysanthèmes ?

— Mais non ! Ça, c'était il y a seulement deux ou trois jours. Comment veux-tu que ce soit imprimé aussi vite ? Ça sortira le mois prochain. Cela, je l'ai écrit il y a longtemps. Tu comprends de quoi ça parle en voyant le titre ?

— C'est à propos de M. Hirota ?

— Oui. Je commence par sensibiliser le public. Cela sert à préparer le terrain pour qu'il puisse entrer à l'université…

— Cette revue est si influente que ça ?

Sanshirô ignorait jusqu'au nom de la revue.

— Non, elle est sans influence, c'est cela qui m'ennuie, répondit Yojirô.

Sanshirô ne put s'empêcher de rire.

— A combien d'exemplaires se vend-elle ?

Yojirô ne donne pas de réponse précise.

— Peu importe. Cela vaut mieux que de ne rien écrire, plaide-t-il.

Mine de rien, Sanshirô s'informe : en fait, Yojirô a toujours eu des rapports avec cette revue ; dès qu'il a un moment, il écrit dans presque tous les numéros, mais comme il change de nom de plume à chaque fois, personne ne sait de qui il s'agit, à part deux ou trois collaborateurs. – C'était bien ce qu'il pensait. Sanshirô entendait parler pour la première fois des rapports qu'entretenait Yojirô avec les milieux littéraires. Toutefois, ce qu'il n'arrivait pas à comprendre, c'était pourquoi Yojirô se cachait derrière des pseudonymes qui tenaient de la farce pour publier ce qu'il appelait de grands mémoires.

Lorsqu'il lui demanda sans détour s'il ne faisait pas ce travail pour gagner un peu d'argent de poche, Yojirô fit les yeux ronds :

— Tu tiens des propos oiseux parce que tu arrives de ta province et que tu ignores les tendances des milieux littéraires du centre. Comment un homme qui a des idées et qui se trouve au cœur du monde intellectuel peut-il rester sans rien faire en voyant les bouleversements intenses qui s'y produisent ? Le pouvoir des lettres aujourd'hui est bel et bien entre nos mains, nous les jeunes, et nous perdons notre temps si nous ne saisissons pas la moindre occasion de dire tout ce qui est en notre pouvoir, ne serait-ce qu'un mot, une moitié de phrase. Les milieux littéraires sont en train de connaître une révolution prodigieuse à une vitesse vertigineuse. Tout est en train de bouger, d'évoluer vers des courants nouveaux et il serait catastrophique d'être laissé pour compte. Ce n'est pas la peine de vivre si nous ne mettons pas tout en œuvre pour façonner ces courants de notre propre initiative. On parle de littérature à tous propos, à un point que c'en est trivial, mais cette littérature-là est celle dont on nous rebat les oreilles à l'université. Ce que nous entendons par littérature et qui est nouveau, c'est le grand reflet de la vie considérée pour elle-même. Les nouveaux courants littéraires doivent influencer les activités de toute la société japonaise. Et c'est ce qui est vraiment en train d'arriver. Pendant qu'ils font la sieste et passent leur temps à rêver, l'influence travaille, imperceptible. C'est terrible…

Sanshirô écoutait sans rien dire. Cela sonne un peu comme du bluff. Mais pour du bluff, Yojirô déploie vraiment beaucoup de verve. L'intéressé, du moins, a l'air on ne peut plus sérieux. Sanshirô était passablement ému.

— C'est donc dans cet esprit-là que tu le fais ? Alors, cela t'est indifférent de ne pas être payé pour tes articles ?

— Si, je me fais payer. Je demande le plus possible. L'ennui, c'est qu'ils ne m'envoient rien parce que la revue ne se vend pas. Il faut trouver quelque chose pour qu'elle se vende un peu mieux. Tu n'aurais pas une idée ?

Voilà maintenant qu'il demande conseil à Sanshirô. La conversation était tout à coup ramenée à des questions pratiques. Sanshirô trouve cela curieux. Cela ne gêne pas du tout Yojirô. La cloche retentit d'un bruit strident.

— Enfin, je t'en passe un exemplaire, lis-le toujours. Le titre de *La Prestigieuse Obscurité* est une trouvaille.

Avec un titre pareil, on est sûr de provoquer l'étonnement. Si on n'étonne pas les gens, ils ne vous lisent pas.

Gravissant les marches de l'entrée, ils pénétrèrent dans la classe et prirent place à leur pupitre. Le professeur ne tarda pas à arriver. Ils commencent à prendre des notes. Préoccupé par *La Prestigieuse Obscurité*, Sanshirô laissa *La Critique des lettres et des arts* ouverte à côté de son cahier et se mit à lire à l'insu du professeur, en profitant des moments où il ne prenait pas de notes. Par chance, le professeur est myope. De surcroît, il est complètement absorbé par son cours. Il ne se soucie nullement de l'inconduite de Sanshirô. Celui-ci s'enhardit, prenant des notes d'un côté, lisant la revue de l'autre ; mais comme c'est trop demander à un seul homme d'assumer la charge de deux personnes en même temps, il finit par perdre le fil et de *La Prestigieuse Obscurité* et des notes du cours. Seule une phrase de Yojirô parvint clairement à son esprit : « Combien de lustres a-t-il fallu à la nature pour fabriquer la pierre précieuse ? Combien de lustres a-t-il fallu à cette pierre précieuse pour que son éclat resplendisse jusqu'au moment fatidique de l'extraction ? » Tout le reste s'est terminé dans le vague. Pour le coup, il n'a pas écrit une seule fois *stray sheep* pendant le cours.

A peine celui-ci fut-il terminé que Yojirô demanda à Sanshirô :

— Qu'en penses-tu ?

Il répondit qu'il n'avait pas encore eu le loisir de bien lire l'article, ce qui lui valut le reproche de ne pas savoir utiliser le temps à bon escient. Yojirô le presse de le lire. Sanshirô promit qu'il le lirait sans faute dès qu'il serait rentré chez lui. Midi sonna bientôt. Ils franchirent ensemble le portail de l'université.

— J'espère que tu seras présent ce soir ?

Yojirô s'arrêta à l'angle d'une rue pénétrant dans le quartier de Nishikata. Ce soir, il y a réunion des étudiants de même année. Sanshirô avait oublié. Il se ressaisit et répondit qu'il irait.

— Passe me prendre avant d'y aller. J'ai à te parler.

Il a calé son stylo derrière l'oreille. Il a l'air fier de lui. Sanshirô accepta.

Il rentra à sa pension, prit un bain et rejoignit sa chambre, frais et dispos ; sur la table, une carte dessinée l'attend. On a dessiné un ruisseau, on a fait pousser de l'herbe, on a couché deux brebis sur le bord ; un homme de grande taille se tient à l'autre extrémité avec une canne à la main. Le visage de l'homme a une expression féroce très marquée. Il rappelle tout à fait le diable qu'on voit représenté sur les peintures occidentales et d'ailleurs, c'est écrit en *kana* pour qu'il n'y ait pas d'équivoque : *Devil*[1]. Sur le recto, il y a simplement écrit en petits caractères, sous le nom du destinataire qui est Sanshirô, « enfant égaré ». Sanshirô comprit tout de suite qui était l'enfant égaré. Bien plus, il fut très heureux de voir qu'elle avait dessiné deux brebis et qu'elle suggérait par là qu'il était l'une de ces brebis. Parmi les brebis égarées, il n'y a pas seulement Mineko, il fait lui aussi partie du lot. Il semble que c'est cela qu'elle veuille signifier. Il comprenait enfin ce qu'elle entendait par *stray sheep*.

Il a l'intention de lire *La Prestigieuse Obscurité*, comme promis à Yojirô, mais il n'en a pas vraiment envie. Il réfléchit, gardant les yeux fixés sur la carte. Elle est d'un goût humoristique qu'on ne retrouverait même pas chez Esope. Elle est naïve. Elle est d'une simplicité exquise. Et par-dessus tout, elle dégage quelque chose qui parle au cœur de Sanshirô.

La facture en est tout à fait remarquable. Chaque chose est représentée avec netteté. C'est bien autre chose que le plaqueminier de Yoshiko. – Tel était, du moins, l'avis de Sanshirô.

---

1. Le mot *devil* (diable) a été transcrit phonétiquement de l'anglais en *katakana*.

Au bout d'un moment, il commença à lire *La Prestigieuse Obscurité*. En fait, il a commencé à lire avec des idées confuses, mais après deux ou trois pages, son intérêt s'est peu à peu laissé capter et il a poursuivi encore cinq ou six pages dans la foulée ; finalement, il est venu sans difficulté à bout de ce long mémoire de vingt-sept pages. Ce n'est qu'arrivé à la fin de la dernière phrase qu'il s'aperçut que c'était fini. Détachant les yeux de la revue, il éprouva la satisfaction d'avoir lu l'article en entier.

Cependant, l'instant suivant, quand il tente de se souvenir de ce qu'il vient de lire, il n'y a plus rien. C'en est même curieux. Il a simplement l'impression d'avoir lu beaucoup, avec avidité. Sanshirô était impressionné par le brio de Yojirô.

Le mémoire commence par la critique acerbe des hommes de lettres actuels et se termine par l'apologie de M. Hirota. La critique est particulièrement acerbe vis-à-vis des professeurs occidentaux de la faculté des lettres. Il faut inviter rapidement des Japonais compétents pour assurer des cours dignes de notre université si l'on ne veut pas qu'elle devienne comparable aux anciennes écoles de temple, en tout point semblable à des momies de briques, elle qui est pourtant la plus haute instance du monde de la connaissance. Passe encore s'il n'y avait personne de disponible, mais nous avons M. Hirota. Dix années ont passé comme un jour depuis qu'il enseigne dans un lycée à gagner un salaire de misère, ignoré du public. Il n'en est pas moins un savant authentique. Un homme comme lui est fait pour contribuer aux nouveaux courants intellectuels et prendre la responsabilité d'une chaire de professeur qui le mette en rapport avec les forces vives de la société japonaise.

En résumé, c'était à peu près tout ce qu'il y avait dans l'article, mais c'était développé en quelque vingt-sept pages avec une verve tout à fait convaincante et dans un style flamboyant.

On y trouve toutes sortes de tournures amusantes du genre « Se targuer d'être chauve est l'apanage des vieillards », ou « Vénus naquit des flots, mais les esprits clairvoyants ne naissent pas à l'université », ou encore « Voir dans les docteurs ès chose des perles secrétées par les milieux intellectuels, c'est croire que la méduse est une denrée rare sortie de la baie de Tago ». A part cela, il n'y a rien dans l'article. Ce qui est le plus cocasse, c'est qu'après avoir comparé M. Hirota à une prestigieuse obscurité, il en profite pour qualifier les autres savants de lumignons japonais qui émettent tout au plus une vague lueur à quelques centimètres à la ronde, reprenant la même comparaison employée par Hirota à son sujet. Il avertit le lecteur, comme il l'a dit la dernière fois, que les lumignons japonais, les fourneaux de pipes japonaises et autres vestiges d'une époque révolue, ne sont d'aucune utilité aux jeunes d'aujourd'hui.

A bien y réfléchir, le mémoire de Yojirô est plein de vie. Il a l'air tellement convaincu de représenter le nouveau Japon à lui seul qu'on finit par se laisser prendre au jeu. Pourtant, il n'y a aucune substance. On dirait une bataille sans base d'opération. Avec un peu de malice, on pourrait lui prêter des intentions de menées stratégiques. Sanshirô qui venait de sa province n'était pas capable d'en déceler la raison précise, mais quand il examinait le fond de sa pensée, il sentait que la lecture de l'article le laissait perplexe. Reprenant la carte dessinée par Mineko, il considéra les deux brebis et le diable. Là, tout est agrément. Avec l'agrément, la perplexité antérieure ne fit qu'augmenter. Aussi ne pensa-t-il plus du tout au mémoire. Il veut répondre à Mineko. Malheureusement, il ne sait pas dessiner. Il veut faire des phrases. S'il fait des phrases, il faut qu'elles soient d'un niveau égal au dessin de la carte. Il a du mal à trouver les phrases. De fil en aiguille, quatre heures arrivèrent.

Il enfila son *hakama*[1] et sortit en direction de Nishikata où habite Yojirô. Entrant par la porte de service, il trouve M. Hirota assis dans le salon à thé en train de prendre son dîner sur une petite table basse. A son côté, Yojirô fait le service avec déférence.

— Qu'en pensez-vous ? demanda-t-il.

Le professeur semble avoir mordu quelque chose de dur. Sur la table, il y a une assiette où est alignée une dizaine de choses de la taille d'une montre de poche, rouges, noires, brûlées.

— Tiens, prends-en un.

Yojirô lui tend une des choses qu'il a prise dans l'assiette avec ses baguettes. La recevant dans la paume de la main, il voit que c'est la chair d'une coque séchée et revenue dans la sauce de soja.

— Tu manges des choses bizarres.

— Comment bizarre ? C'est bon, essaie. J'ai acheté ça en voyage pour Monsieur. Monsieur dit qu'il n'en a jamais mangé.

— D'où cela vient-il ?

— De Nihonbashi.

C'était trop drôle[2]. Pour ce genre de plaisanterie, il avait une manière de s'exprimer toute différente du mémoire de tout à l'heure.

— Qu'en pensez-vous ?

— C'est dur.

— C'est dur, mais c'est bon. Il faut bien mastiquer. Le goût vient en mastiquant.

— S'il faut mastiquer pour en sentir le goût, les dents se fatiguent. Quelle mouche t'a piqué d'aller acheter des antiquités pareilles ?

— Il ne fallait pas ? Il se pourrait en effet que cela ne vous convienne pas. Cela plairait sans doute à Mlle Mineko Satomi.

---

1. *Hakama* : sorte de jupe-culotte portée sur le kimono.

2. Nihonbashi étant un quartier de Tôkyô, l'expression « en voyage » employée précédemment par Yojirô prend un tour cocasse.

— Pourquoi ? demanda Sanshirô.

— Avec le calme qui la caractérise, elle n'hésiterait sûrement pas à mastiquer jusqu'à en sentir le goût.

— Cette femme est calme et brutale, déclara Hirota.

— Oui, elle est brutale. Elle a quelque chose des femmes qu'on trouve dans Ibsen.

— Les femmes d'Ibsen sont sans vergogne, mais cette femme-là a un fond brutal. Mais brutal n'a pas ici le sens habituel. La sœur de Nonomiya a l'air brutal à première vue, mais elle est bien féminine. C'est curieux, tout de même.

— Vous voulez dire que, chez Satomi, la brutalité est intérieure ?

Sanshirô écoutait en silence les critiques des deux hommes. Elles lui paraissaient aussi inadmissibles l'une que l'autre. La première chose qu'il trouvait étrange était qu'on pût utiliser le terme de brutal à propos de Mineko.

Peu après, Yojirô va mettre son *hakama*, puis il revient d'un air digne et annonce qu'il part. Le professeur boit son thé sans rien dire. Les deux amis sortent. Il fait sombre dehors. Ils franchissent le portail et marchent pendant quelques mètres ; Sanshirô entama la conversation aussitôt :

— Le professeur a dit que Mlle Satomi était brutale…

— Oui, cet homme dit tout ce qui lui passe par la tête, et il dit n'importe quoi selon le moment et la circonstance. D'abord, il est comique de l'entendre faire la critique des femmes. Sa connaissance des femmes est sans doute nulle. Comment quelqu'un qui n'a jamais aimé pourrait-il émettre un jugement sur les femmes ?

— Admettons qu'il ne s'en porte pas plus mal, mais n'as-tu pas toi-même abondé dans son sens ?

— Oui, j'ai dit qu'elle était brutale. Pourquoi ?

— Qu'est-ce que tu trouves de brutal chez elle ?

— Je ne pense pas à tel ou tel trait particulier. Les femmes de notre époque sont forcément brutales. Elle n'est pas la seule.

— N'as-tu pas dit qu'elle ressemblait aux femmes qu'on trouve chez Ibsen ?

— Je l'ai dit.

— A quel personnage d'Ibsen pensais-tu ?

— A qui ?… Elle leur ressemble.

Evidemment, Sanshirô n'est pas convaincu. Mais il n'insiste pas. Ils firent quelques pas en silence. Yojirô intervint tout à coup :

— Il n'y a pas que Mlle Satomi qui ressemble aux personnages d'Ibsen. La plupart des femmes de notre époque leur ressemblent. Pas seulement les femmes. Tous les hommes qui ont été un tant soit peu en contact avec les nouveaux courants ont des points communs avec les personnages d'Ibsen. En revanche, ni les hommes ni les femmes de ce temps ne se comportent à leur guise, comme c'est le cas chez Ibsen. Mais dans leur for intérieur, ils en sont à peu près tous coiffés.

— Je ne suis pas tellement coiffé.

— Tu t'imagines à tort que tu ne l'es pas. Aucune société n'est exempte de défauts.

— Certainement aucune.

— Et s'il n'y en a aucune, les animaux qui vivent en société doivent bien sentir qu'il y manque quelque chose. Les personnages d'Ibsen sont ceux qui ont ressenti les défauts du système social contemporain avec le plus d'acuité. Nous marchons sur leurs pas.

— C'est ton avis ?

— Je ne suis pas le seul. Tous les esprits clairvoyants sont de cet avis.

— C'est aussi l'avis du professeur qui te loge ?

— Lui ? Il n'en sait rien.

— Mais il a pourtant dit tout à l'heure à propos de Satomi qu'elle était calme et brutale. Si on interprète, cela veut dire qu'elle sait rester calme parce que cela lui permet de se maintenir en harmonie avec l'entourage, mais que dans le fond, elle est brutale parce qu'elle sent qu'il lui manque quelque chose.

— En effet, il est remarquable par certains côtés. Pour ce genre d'observation, force est de reconnaître qu'il est remarquable.

Yojirô se mit soudain à faire l'éloge du professeur. Sanshirô aurait voulu approfondir un peu plus la discussion sur le caractère de Mineko, mais elle tourna court avec cette réflexion. Yojirô reprit :

— J'ai dit que j'avais quelque chose à te demander aujourd'hui. Ah oui ! Avant cela, est-ce que tu as lu *La Prestigieuse Obscurité* ? Il faut l'avoir lue pour bien comprendre ce que j'ai à te demander.

— Je l'ai lue aujourd'hui après être rentré chez moi.

— Qu'en dis-tu ?

— Le professeur l'a-t-il lue ?

— J'en doute. Il n'est même pas au courant.

— Comment dire... Pour être intéressant, c'est intéressant, mais c'est un peu comme de la bière qui ne vous remplit pas l'estomac.

— C'est suffisant. L'objectif est atteint si l'on se sent revigoré par la lecture de l'article. C'est pour cela que je garde l'anonymat. De toute façon, c'est la période préparatoire. Je continue comme ça pour l'instant, et le moment venu, je dévoilerai mon vrai nom. Mais venons-en à ce que je voulais te demander.

La demande de Yojirô est la suivante : comme il va se plaindre de la situation déplorable de la faculté à la réunion de ce soir, Sanshirô est prié de se lamenter avec lui. Etant donné que cette situation déplorable est une réalité, les autres vont forcément se plaindre aussi. Ensuite, toute la compagnie prendra ensemble les mesures adéquates pour y remédier. Alors, il dira qu'en tout état de cause il est urgent de faire nommer un Japonais compétent à l'université. Tout le monde sera d'accord. Il va de soi qu'ils seront d'accord puisque c'est normal. On discutera ensuite pour savoir qui est le plus approprié pour ce poste. A ce moment-là, il citera le nom de M. Hirota. Sanshirô devra alors abonder dans son sens pour faire une apologie sans réserve du professeur. Sinon, ceux qui savent qu'il vit à ses crochets risqueraient d'avoir des doutes. Comme il vit effectivement à ses crochets, il se moque des critiques en ce qui le concerne, mais il ne voudrait pas que le professeur ait à subir un quelconque préjudice. Heureusement qu'il a trois ou quatre autres sympathisants – ce n'est pas un problème – mais il est toujours bon d'avoir un allié supplémentaire et Sanshirô est prié de parler autant que faire se peut. Enfin, quand l'assemblée aura pris la décision à l'unanimité, on choisira un délégué qui se rendra chez le recteur, puis chez le président. Mais l'affaire n'avancera peut-être pas aussi loin ce soir. Ce n'est pas nécessaire non plus. On verra bien sur le moment…

Le parler de Yojirô est très volubile. L'ennui, c'est qu'il n'a rien de convaincant, car il est plat d'un bout à l'autre. D'une certaine manière, on peut se demander s'il ne raconte pas une histoire drôle sur un ton sérieux. Sanshirô jugea tout de même saine la motivation de sa campagne et donna son accord de principe. Il ajouta simplement que sa manière de procéder était un peu trop artificielle pour être intéressante. Alors, Yojirô s'arrêta au milieu de la rue. Ils se trouvaient juste devant le grand portique rouge qui marque l'entrée du temple de Morikawa.

— Tu dis que c'est artificiel, mais je ne fais que disposer les choses avec des moyens humains pour faciliter leur déroulement naturel. Cela n'a rien à voir avec de sombres machinations. L'artifice n'est pas gênant. L'artifice n'est pas mauvais. C'est le mauvais artifice qui est mauvais.

Sanshirô resta sans voix. Il sent qu'il y a quelque chose à répondre, mais les mots ne viennent pas. Son esprit n'a retenu clairement que ce qui est tout à fait nouveau pour lui. C'est plutôt cela qu'il admire.

— Tu dis vrai, dit-il en restant des plus vagues.

Ils se mirent à marcher l'un à côté de l'autre. Quand on a franchi le portail principal de l'université, le champ visuel s'élargit d'un coup. De grands bâtiments se dressent çà et là, comme autant de masses sombres. Le ciel lumineux se détache à la limite précise de leur toit. Le ciel est constellé d'étoiles.

— Quel ciel splendide ! s'exclama Sanshirô.

Les yeux tournés vers le haut, Yojirô marcha encore quelques mètres.

— Dis-moi un peu, demanda-t-il soudain.

Sanshirô crut qu'il allait continuer sur le même sujet.

— Quoi ?

— Qu'est-ce que tu ressens quand tu vois un ciel comme ça ?

C'était une question inattendue de la part de Yojirô. Il y a bien des réponses toutes faites comme l'infini, l'éternité, mais Sanshirô eut peur de s'attirer des moqueries et préféra garder le silence.

— Que nous sommes stupides, nous autres ! Est-ce que je ne ferais pas mieux de renoncer à mener cette campagne... Ecrire *La Prestigieuse Obscurité* ne semble pas devoir servir à grand-chose.

— Qu'est-ce qui te prend tout d'un coup ?

— C'est la vue du ciel qui me donne ces pensées. Dis-moi, es-tu déjà tombé amoureux ?

Sanshirô ne put donner une réponse immédiate.

— Les femmes sont une espèce terrible, enchaîna Yojirô.

— Une espèce terrible, je le sais moi aussi, approuva Sanshirô.

Yojirô partit d'un rire sonore. Sa voix retentit très haut dans le silence du soir.

— Comment peut-il savoir ? Comment peut-il savoir ?

Sanshirô était dépité.

— Demain aussi, il fera beau. C'est une chance pour la rencontre sportive. Il y aura beaucoup de jolies filles. Ne manque surtout pas de venir.

Ils continuèrent dans l'obscurité et arrivèrent bientôt devant la salle où les étudiants se réunissent. Une lampe électrique éclaire l'intérieur.

Faisant le tour par un couloir fait de planches, ils pénétrèrent dans la salle ; les premiers arrivés forment des groupes. Il y en a trois en tout, d'importance inégale. A l'intérieur des groupes, certains se tiennent décalés par rapport aux autres et regardent en silence les revues et les journaux mis à disposition. On entend parler de tous côtés. C'est à croire que les conversations sont plus nombreuses que les groupes. Ils parlent, toutefois, assez posément et assez doucement. La fumée des cigarettes s'élève envers et contre tout.

Les gens continuent d'arriver les uns après les autres. Des ombres noires sortent de la nuit sombre, surgissant dans le couloir surélevé, mal isolé du vent ; elles s'éclairent une par une et arrivent dans la salle. Il arrive que cinq à six personnes s'éclairent à la suite. Bientôt, la plupart des gens sont là.

Yojirô allait et venait inlassablement depuis un moment, bravant la fumée des cigarettes. Quand il passe près d'un groupe, il dit toujours quelque chose à voix basse. Sanshirô le regardait en se disant qu'il devait avoir commencé son travail.

Au bout d'un moment, le secrétaire général demanda d'une voix forte qu'on prenne place. Evidemment, les mets ont été disposés à l'avance sur la table. On prit place dans le plus grand désordre. Il n'y a pas la moindre préséance. Le repas commence.

A Kumamoto, Sanshirô ne buvait que du saké rouge. Le saké rouge est un saké de qualité médiocre fabriqué dans la région. Tous les étudiants de Kumamoto boivent du saké rouge. C'est tout à fait normal. Et s'il arrive qu'ils entrent dans un restaurant, c'est toujours un de ceux où l'on sert de la viande de bœuf. Mais rien ne prouve que ce ne soit pas de la viande de cheval. Alors, un étudiant saisit avec ses doigts l'un des morceaux de viande disposés dans le plat et le lance contre le mur : si le morceau tombe, c'est du bœuf, s'il reste collé, c'est du cheval. Ce qu'ils faisaient là tenait tout à fait de l'exorcisme. Aussi, ce genre de réunion amicale d'étudiants bien élevés était pour Sanshirô entièrement nouveau. Il était content de se servir d'un couteau et d'une fourchette. Entre deux bouchées, il faisait honneur à la bière.

— La cuisine qu'on sert ici n'est pas fameuse, lui dit son voisin de table.

C'est un garçon tranquille au crâne rasé, avec des lunettes à bordure dorée.

— Pas fameuse, dit Sanshirô en restant vague.

A Yojirô, il aurait répondu sincèrement qu'elle était excellente pour un provincial comme lui, mais cet aveu risquait d'être pris pour de l'ironie et il préféra s'abstenir de répondre par égard pour son voisin. Celui-ci enchaîna :

— Tu viens de quel lycée ?

— De Kumamoto.

— De Kumamoto ? J'avais un cousin là-bas ; il paraît que c'est un endroit bien peu civilisé.

— C'est un endroit sauvage.

Pendant qu'ils parlaient, une voix forte retentit soudain à l'autre bout de la salle. Ils se tournèrent pour regarder : Yojirô est en train de s'évertuer à expliquer quelque chose à plusieurs de ses voisins. On l'entend parfois dire *« De te fabula »*. Sanshirô ne comprend pas ce que cela veut dire. Mais les interlocuteurs se mettent à rire chaque fois qu'ils entendent l'expression. Yojirô prend de plus en plus d'assurance et continue sur sa lancée : « *De te fabula, fabula,* nous autres, les jeunes de la nouvelle époque… »

Un étudiant à la peau blanche et à l'air distingué, assis obliquement par rapport à Sanshirô, arrêta un instant sa main qui maniait le couteau, puis il se mit à rire.

— *Il a le diable au corps*, dit-il en français pour plaisanter.

A ce moment-là, ceux de l'autre bout qui n'avaient rien entendu, semblait-il, levèrent ensemble leurs quatre verres de bière. Ils portent un toast, l'air triomphant.

— Ce garçon est d'une nature très enjouée, fit observer le voisin de Sanshirô qui portait des lunettes à monture dorée.

— Oui, il parle beaucoup.

— Un jour, il m'a payé un riz au curry chez Yodomiken. Je ne le connaissais même pas, il m'a accosté tout d'un coup et il m'a dit : « On va chez Yodomiken » et il m'a entraîné sans que je le lui demande…

L'étudiant éclata de rire. Sanshirô réalisa pour la première fois qu'il n'était pas le seul à qui Yojirô avait payé un riz au curry.

On servit le café. L'un des convives se leva de sa chaise. Yojirô tapa des mains bruyamment, suivi aussitôt par les autres qui scandèrent en rythme.

Celui qui s'est levé porte un costume noir, neuf, et arbore déjà une moustache sous le nez. Il est très grand. Il est bel homme quand il se tient debout. Il entama ce qui avait tout l'air d'un discours.

Il est en soi fort plaisant que nous soyons tous ici rassemblés ce soir pour fêter l'amitié, mais si l'envie m'a pris de me lever, c'est que le hasard a voulu que je me rende compte que cette amitié n'a pas seulement une signification mondaine et qu'elle peut générer, de surcroît, une certaine influence non négligeable. Cette réunion a commencé avec la bière et se termine avec le café. C'est une réunion tout à fait ordinaire. Cependant, les presque quarante personnes qui ont bu cette bière et qui ont bu ce café ne sont pas des personnes ordinaires. Bien plus, depuis qu'ils ont commencé à boire la bière, jusqu'au moment où ils ont terminé leur café, ils ont pris conscience, déjà, de la dilatation de leur propre destin.

Les temps sont révolus où l'on parlait de liberté politique. Ils sont aussi révolus, les temps où l'on parlait de liberté d'opinion. Le mot liberté ne doit pas être monopolisé pour désigner simplement ces réalités que tout le monde connaît. Je crois que les jeunes de la nouvelle époque sont arrivés à un tournant décisif de l'histoire où ils doivent prêcher la prestigieuse liberté du cœur.

Nous, les jeunes, nous sommes placés dans une situation telle que nous ne pouvons plus supporter le joug de l'ancien Japon. Et nous ne pouvons pas non plus supporter le nouveau joug de l'Occident : voilà le message que nous devons proclamer à la face du monde. Que ce soit dans le domaine social ou dans celui des lettres et des arts, nous, les jeunes de la nouvelle époque, nous souffrons autant du nouveau joug de l'Occident que de celui de l'ancien Japon.

Nous étudions les lettres et les arts de l'Occident. Mais les études ne sont jamais que des études. Il ne faut en aucun cas nous laisser posséder par ces lettres et ces arts. Nous ne les étudions pas pour nous laisser posséder. Nous les étudions pour affranchir notre cœur soumis. Nous sommes fortifiés par l'assurance et la résolution de ne pas nous instruire des lettres et des arts qui ne serviraient pas ce but, quelle que soit la pression qui voudrait nous y contraindre.

Cette assurance et cette résolution nous distinguent du commun des hommes. Les arts et les lettres ne sont ni une technique ni un travail de gratte-papier. Ils sont le moteur de la société, ils pénètrent beaucoup plus profondément jusqu'aux racines de la vie humaine. C'est dans cet esprit que nous les étudions, c'est dans cet esprit que nous sommes animés de l'assurance et de la résolution, c'est dans cet esprit que nous voyons s'exercer au travers de la réunion de ce soir une influence hors du commun.

La société est en plein bouleversement. Les lettres et les arts, qui sont le produit de la société, sont aussi en plein bouleversement. Pour orienter les lettres et les arts dans le sens de notre idéal à la faveur de ces bouleversements, il faut mobiliser les individus affaiblis pour donner un sens à leur destin, le développer et le dilater. La bière et le café de ce soir, parce qu'ils nous ont permis de progresser d'un pas vers le but caché qui est le nôtre, sont de précieux breuvages dont la valeur dépasse de cent coudées les bières et les cafés ordinaires.

Telle était à peu près la teneur du discours. Quand il fut terminé, les étudiants restés assis firent monter une commune ovation. Sanshirô fut l'un des plus ardents à ovationner. Tout à coup, Yojirô se leva.

« De te fabula », et combien de dizaines de milliers de mots Shakespeare a-t-il utilisés, et combien de cheveux blancs Ibsen avait-il sur le crâne… A quoi servent ces bêtises ? Certes, ce n'est pas ce genre de cours débile qui risque de faire de nous des gens soumis, mais il y va de la dignité de notre université. Il faut absolument faire venir des hommes capables de répondre aux aspirations des jeunes de la nouvelle époque. Il ne faut surtout plus d'Occidentaux. D'ailleurs, ils n'ont aucune envergure…

L'assistance fit à nouveau monter une commune ovation. Un rire général s'ensuivit. Celui qui était assis à côté de Yojirô déclara :

— Levons un toast à *« De te fabula »* !

L'étudiant qui avait fait le discours approuva aussitôt. Malheureusement, toutes les bières sont vides.

— Qu'à cela ne tienne, dit Yojirô qui se dépêcha d'aller en chercher à la cuisine.

Un serveur apporte du saké. Tout de suite après le toast, un autre enchaîna :

— Encore un. Cette fois-ci, à la prestigieuse obscurité !

Ceux qui entouraient Yojirô s'esclaffèrent en chœur. Yojirô se gratta la tête.

Quand l'heure des séparations fut venue et que les jeunes gens furent tous dispersés dans la nuit sombre, Sanshirô demanda :

— Qu'est-ce que ça veut dire, *« De te fabula »* ?

— C'est du grec.

Yojirô ne dit rien d'autre. Sanshirô n'en demanda pas plus. Ils rentrèrent chez eux sous un beau ciel étoilé.

Le lendemain, il fait beau, comme il l'avait prévu. Cette année, le climat est beaucoup moins rigoureux que d'habitude. Il fait particulièrement doux aujourd'hui. Sanshirô alla aux bains le matin. Les gens oisifs sont rares de nos jours et l'établissement est presque vide avant midi. Sanshirô porta les yeux sur la pancarte publicitaire du magasin de vêtements Mitsukoshi, accrochée au mur du vestiaire. On y a représenté une jolie femme. Le visage rappelle celui de Mineko. Quand on regarde bien, le regard est différent. On ne sait pas comment est l'alignement des dents. Ce qui a le plus étonné Sanshirô dans le visage de Mineko, ce sont le regard et les dents. Aux dires de Yojirô, c'est parce que ses dents ont tendance à avancer qu'on les voit tout le temps, mais Sanshirô ne partage pas du tout cet avis...

Comme il pensait à ce genre de choses pendant qu'il était dans son bain, il quitta l'établissement sans s'être beaucoup lavé. Depuis hier soir, le sentiment d'être un jeune homme de la nouvelle époque s'est brusquement affermi en lui, mais seul le sentiment est en cause : le corps, lui, est resté inchangé. En dehors des cours, il prend son temps beaucoup plus que les autres. Cet après-midi, il a envie d'aller voir les rencontres sportives à l'université.

Sanshirô n'est pas un grand amateur de sport. Il a chassé le lapin deux ou trois fois dans sa province natale. Il lui est arrivé d'être préposé aux drapeaux lors des courses de bateaux de son lycée. Un jour, il a confondu le bleu et le rouge, ce qui lui a valu force plaintes. Il faut dire que le professeur chargé de tirer le fusil pour la finale avait raté son coup. Il avait bien tiré, mais on n'avait rien entendu. Voilà pourquoi Sanshirô s'était affolé. Depuis lors, il se tenait à l'écart des rencontres sportives. Cependant, c'est aujourd'hui la première rencontre qui a lieu depuis son arrivée à Tôkyô et il est bien décidé à s'y rendre. Yojirô aussi l'a vivement encouragé à y aller. D'après lui, il est plus intéressant de s'y rendre pour voir les femmes que pour voir les compétitions. Parmi les femmes, il y aurait la sœur de Nonomiya. Avec la sœur de Nonomiya, il y aurait aussi Mineko. Il a envie d'aller les saluer, de leur dire quelques mots…

Il sortit peu après midi. L'entrée des lieux se trouvait à l'angle sud du stade. Un grand étendard japonais et un grand étendard anglais sont croisés. Il comprend qu'il y ait un étendard japonais, mais il ne voit pas à quoi sert le drapeau anglais. Il se dit que cela pouvait être à cause de l'alliance anglo-japonaise. Mais quant à savoir quel était le rapport entre l'alliance anglo-japonaise et la rencontre sportive de l'université, il n'en avait pas la moindre idée.

Le stade forme un rectangle de pelouse. La couleur en est relativement passée, car l'automne est déjà bien avancé. L'endroit d'où l'on regarde les compétitions se trouve à l'ouest. Les spectateurs ont dans leur dos un immense talus qui occupe toute la largeur du stade, dont la limite est marquée par une barrière derrière laquelle les gens sont entassés. On y est très à l'étroit, car il y a beaucoup de monde sur une petite surface. Heureusement, le ciel est dégagé et il ne fait pas froid. Il y a malgré tout un assez grand nombre de manteaux. A côté de cela, certaines femmes se protègent avec une ombrelle.

Sanshirô constata avec dépit que les places des femmes étaient séparées, ce qui en rendait l'accès difficile aux personnes ordinaires. Il était aussi déçu de voir ce rassemblement de messieurs en redingote et autres tenues du même genre, qui devaient occuper des fonctions élevées, au milieu desquels il faisait piètre figure. Persuadé qu'il était d'être un jeune homme de la nouvelle époque, Sanshirô avait quelque peu perdu de son envergure. Mais il n'oubliait pas pour autant de lorgner du côté des femmes entre les épaules des gens. Il ne voit pas bien car il est de côté, mais c'est effectivement très beau. Elles sont toutes parées d'ornements. Bien plus, la distance les rend toutes jolies. En revanche, il n'y en a pas une dont la beauté ressorte particulièrement. C'est tout le corps qui est joli. La femme conquiert l'homme par cette couleur. Pourtant, il n'y a pas une femme qui l'emporte sur une autre par sa couleur. Sanshirô fut encore déçu. Se disant que les deux femmes devaient bien être quelque part s'il faisait attention, il finit par les apercevoir, l'une à côté de l'autre au premier rang, à l'endroit le plus proche de la barrière.

Sanshirô se sentait mieux, maintenant qu'il savait où diriger son regard, comme si le plus gros de la besogne était accompli, quand cinq ou six gaillards surgirent tout à coup devant ses yeux. La course des deux cents mètres vient de se terminer. La ligne d'arrivée se trouvant juste devant l'endroit où sont assises Mineko et Yoshiko et, qui plus est, à portée de main, ce spectacle superbe ne peut en aucun cas échapper à son attention. Les cinq ou six hommes furent bientôt douze ou treize. Ils ont tous l'air essoufflé. Il compara son attitude à celle des coureurs et s'étonna de la différence considérable qui le distinguait de ceux-ci. Il se demanda comment ils pouvaient avoir envie de courir ainsi comme des dératés. Pourtant, les femmes n'en détachent pas les yeux une seconde. Mineko et Yoshiko semblent être les plus captivées de toutes. Sanshirô eut envie de courir comme un dératé. Le premier arrivé, qui porte une culotte violette, se tient debout face aux rangs des femmes. A bien l'examiner, il ressemble à l'étudiant qui a fait un discours pendant la réunion d'hier soir. C'est normal qu'il arrive le premier avec la taille qu'il a. Le préposé au chronomètre inscrivit au tableau noir : vingt-cinq secondes soixante-quatorze. Quand il eut fini d'écrire, il jeta le reste de la craie et se tourna de ce côté-ci : c'était Nonomiya. Sa redingote toute noire – il en porte rarement –

avec l'insigne du préposé au plastron, lui donne un air très distingué. Il sortit un mouchoir dont il épousseta ses manches, puis il quitta le tableau et se rapprocha en traversant la pelouse. Il arriva juste devant Mineko et Yoshiko. Il tend le cou dans les rangs des femmes pardessus la barrière et dit quelque chose. Mineko se leva. Elle marche jusqu'à Nonomiya. Ils semblent avoir commencé la conversation de chaque côté de la barrière. Mineko se retourne tout à coup. Son visage est éclairé par un large sourire. Sanshirô ne quitte pas les deux personnages des yeux. Yoshiko se lève. Elle s'approche aussi de la barrière. Les deux deviennent trois. Au milieu de la pelouse, le lancer du poids commença.

Rien ne demande plus de force dans les bras que le lancer du poids. S'il est vrai qu'il faut beaucoup de force, il est bien peu de sports qui soient aussi insipides que celui-là. Il n'y a pas un semblant d'art. Nonomiya jette un coup d'œil amusé depuis la barrière. Mais il a dû penser qu'il gênait la vue des spectateurs, car il s'en éloigne et retourne vers le milieu de la pelouse. Les deux femmes aussi rejoignirent leur place. Un poids est lancé de temps à autre. Sanshirô ne saurait même pas dire à quelle distance ils parviennent. Il se demandait vraiment ce qu'il faisait là. Mais il se maîtrisa et resta debout au même endroit. Quand l'affaire fut enfin liquidée, Nonomiya écrivit sur le tableau : onze mètres trente-huit.

Puis il y eut une autre course, le saut en longueur, puis le lancer du marteau commença. Au lancer du marteau, Sanshirô n'y tint plus. Chacun peut organiser des compétitions sportives à sa guise. Ce n'est pas quelque chose à montrer aux gens. « Les femmes captivées par ce spectacle sont dans l'erreur », se dit-il en s'échappant de l'enceinte ; il arriva au grand talus de derrière. La tente déployée barrait le passage. Il rebroussa chemin, marcha quelque temps sur un terrain de gravier et se trouva mêlé à des gens sortis comme lui de l'enceinte, qui flânaient çà et là. Il aperçoit, là aussi, des femmes élégantes. Sanshirô tourna encore à droite et grimpa sur la pointe des pieds jusqu'au sommet du tertre. Le chemin s'arrête là. Il y a une grosse pierre. Il s'assit dessus et considéra l'étang qui s'étendait au pied de la paroi escarpée. La rumeur des acclamations montait du stade.

Sanshirô resta assis sur la pierre environ cinq minutes, perdu dans ses rêveries. Puis il eut envie de bouger et il se leva ; tournant les talons en se redressant, il aperçut, à travers les feuilles d'érables à peine rougies, les deux femmes qui passaient au pied de la pente. Elles marchent l'une à côté de l'autre.

Sanshirô les regardait d'en haut. Elles sortirent d'entre les branches dans la clarté du jour. S'il ne dit rien, elles passent leur chemin. Il voulut les appeler. La distance est trop grande. Il fit deux ou trois pas précipités sur la pelouse dans leur direction. Il commençait à descendre quand, par chance, l'une d'elles se tourna vers lui. Sanshirô s'arrêta. A vrai dire, il n'a pas tellement envie de flatter leur humeur. La rencontre sportive l'a un peu énervé.

— Vous ici… commença Yoshiko.

Elle sourit, surprise.

Cette femme donne toujours l'impression de regarder les choses les plus ordinaires comme des raretés. En même temps, quelle que soit la rareté qu'elle rencontre, elle semble la regarder comme si elle s'y attendait. Aussi la rencontre de cette femme n'est en rien oppressante et elle suscite une sensation de calme. Sanshirô qui se tenait debout, immobile, se dit que c'était un pur effet de ses grands yeux noirs toujours humides.

Mineko s'arrêta aussi. Elle regarda Sanshirô. Mais cette fois-ci, son regard n'exprimait rien de suppliant. Elle n'aurait pas regardé un grand arbre d'une autre façon. Dans son for intérieur, Sanshirô eut l'impression de voir une lampe dont la flamme s'était éteinte. Il reste figé au même endroit. Mineko non plus ne bouge pas.

— Pourquoi ne regardez-vous pas les compétitions ? demanda Yoshiko d'en bas.

— J'ai regardé jusqu'à maintenant mais c'est tellement dénué d'intérêt que je suis parti.

Yoshiko se tourna vers Mineko. Celle-ci ne modifie pas son expression.

— Dites-moi plutôt pourquoi vous êtes parties vous-mêmes ? N'étiez-vous pas captivées par le spectacle tout à l'heure ? dit-il à voix forte un peu comme pour les prendre de court.

Mineko esquissa un sourire pour la première fois. Sanshirô ne saisit pas bien le sens de ce sourire. Il fit deux pas en direction des femmes.

— Vous rentrez déjà ?

Aucune des deux ne répondit. Il fit encore deux pas dans leur direction.

— Vous allez quelque part ?

— Oui, répondit Mineko à voix basse.

On l'entend mal. Sanshirô est enfin arrivé à leur hauteur. Mais il n'essaie pas d'en savoir plus sur leur destination. Des acclamations parviennent du stade.

— C'est le saut en hauteur, dit Yoshiko.

— Je me demande à combien de mètres il est arrivé.

Mineko a simplement souri un peu. Sanshirô ne parle pas non plus. Il met un point d'honneur à ne pas évoquer le sujet du saut en hauteur. C'est alors que Mineko demanda :

— Il y a quelque chose d'intéressant là-haut ?

Là-haut, il n'y a que des pierres et un flanc escarpé. Il n'y a aucune raison d'y trouver quoi que ce soit d'intéressant.

— Il n'y a rien.

— Ah… dit-elle, avec un doute dans la voix.

— On monte pour voir ? dit Yoshiko sur un ton amusé.

— Vous ne connaissez donc pas cet endroit ? réplique l'autre d'un air posé.

— Qu'importe, venez !

Yoshiko prend la tête. Les deux autres suivirent. Yoshiko s'avança jusqu'au bord de l'herbe.

— Un précipice ! dit-elle en se retournant, ce qui était exagéré.

— N'est-ce pas ce genre d'endroit d'où Sapho se jetterait ?

Mineko et Sanshirô éclatèrent de rire. Sanshirô serait bien en peine de dire de quel genre d'endroit Sapho s'est jetée.

— Essayez de vous y jeter aussi, dit Mineko.

— Moi ? Pourquoi pas ? Mais l'eau est tout de même très sale, répondit-elle en revenant de ce côté-ci.

Puis la conversation s'engagea entre les deux femmes.

— Allez-y, dit Mineko.

— Oui. Et vous ? enchaîne Yoshiko.

— J'hésite.

— Comme vous voulez. Alors, je vais y aller, attendez-moi ici.

— D'accord.

L'affaire est longue à régler. Voulant en savoir plus, Sanshirô apprend que Yoshiko veut saisir l'occasion pour aller remercier une infirmière à l'hôpital. Mineko dit qu'elle pourrait bien, elle aussi passer voir une infirmière qu'elle a connue pendant l'hospitalisation d'une parente cet été, mais ce n'est nullement une obligation.

Yoshiko étant une femme docile, peu encline aux complications, lança pour finir qu'elle revenait tout de suite et se hâta vers le bas du tertre.

Comme il n'y a pas de raison de la retenir et que l'affaire n'exige pas d'être ensemble pour y aller, ils restèrent seuls l'un avec l'autre. A en juger par leur attitude passive, on peut dire aussi bien qu'ils furent laissés seuls, plutôt qu'ils restèrent seuls.

Sanshirô s'assit à nouveau sur la pierre. La femme est debout. Le soleil décline dans l'automne sur le miroir trouble de l'étang. Il y a un îlot au centre. Sur l'îlot poussent juste deux arbres. Un pin vert et un érable aux tons pâles croisent leurs branches gracieusement, comme dans un jardin miniature. Le fond touffu qui se trouve à l'opposé de l'îlot resplendit d'un éclat foncé. Du sommet du tertre, la femme pointa son doigt vers le bosquet sombre.

— Vous connaissez ces arbres ?

— Ce sont des *shii* [1].

La femme sourit.

— Vous vous souvenez bien.

— C'est l'infirmière de l'autre jour que vous parliez d'aller voir ?

— Oui.

— Ce n'est pas la même que celle de Yoshiko.

— Non. Celle-ci s'appelle Mlle Shii.

Sanshirô sourit à son tour.

— C'est là-bas. Quand vous étiez avec l'infirmière qui tenait l'éventail.

L'endroit où ils se trouvent forme une saillie surplombant l'étang. Un monticule file sur la droite sans aucun rapport avec ce tertre, d'un degré plus bas que lui. On voit le grand pin, un coin de la résidence Goten, une partie de la tente et la pelouse en pente douce.

— C'était une journée chaude. Il faisait tellement chaud dans l'hôpital que j'ai été obligée de sortir… Et vous, pourquoi étiez-vous accroupi dans un pareil endroit ?

— Parce qu'il faisait chaud. J'ai rendu ma première visite à M. Nonomiya ce jour-là, puis je suis venu là me reposer un peu. Je me sentais découragé.

— Vous vous sentiez découragé après la visite à M. Nonomiya ?

---

1. *Shii :* Variété de hêtre.

— Non, ce n'est pas ça, commença-t-il, puis il regarda Mineko et changea brusquement de sujet.

— A propos de M. Nonomiya, il travaille beaucoup aujourd'hui.

— Oui, c'est rare qu'il porte une redingote et cela doit le gêner. Il est là depuis ce matin et cela va durer jusqu'à ce soir.

— Mais il a l'air tout à fait dans son élément.

— Qui ça ? M. Nonomiya ? Vous y allez fort.

— Pourquoi donc ?

— Parce qu'il n'est certainement pas homme à se sentir dans son élément en faisant le préposé aux mesures pour une compétition sportive.

Sanshirô changea encore de sujet.

— Il est venu vous parler tout à l'heure.

— Sur le stade ?

— Oui, près de la barrière, répondit Sanshirô, mais il eut soudain envie de retirer sa question.

La femme dit simplement « oui » et regarde fixement le visage de l'homme. Elle arque légèrement la lèvre inférieure et esquisse un sourire. Sanshirô n'y tint plus. Il allait dire quelque chose pour détourner la conversation, mais elle le coupa :

— Vous n'avez toujours pas répondu à ma carte de l'autre jour.

— Je vais répondre, répondit-il, embarrassé.

La femme ne lui demande aucunement de répondre.

— Vous connaissez le peintre Haraguchi ? reprit-elle.

— Je ne le connais pas.

— Ah.

— Qu'y a-t-il à son sujet ?

— Ce M. Haraguchi est venu aujourd'hui. M. Nonomiya est venu exprès nous avertir qu'il était en train de dessiner les gens et qu'il fallait prendre garde, car il risquait de faire notre caricature.

Mineko vint s'asseoir à côté de lui. Sanshirô se fit l'effet d'un vrai nigaud.

— Yoshiko ne rentre pas avec son frère ?

— Pourquoi voulez-vous qu'elle rentre avec lui ? Elle habite chez moi depuis hier.

Sanshirô apprit de Mineko que la mère de Nonomiya était retournée dans son village natal. Ils s'étaient mis d'accord pour quitter Ôkubo dès son départ en trouvant une pension pour Nonomiya ; Yoshiko irait suivre ses cours en logeant chez Mineko.

Sanshirô était plutôt étonné de la désinvolture de Nonomiya. Puisqu'il retournait si facilement en pension, il aurait mieux fait de ne jamais avoir de maison. Et d'ailleurs, il se demandait, inutilement, ce qu'il ferait des ustensiles ménagers, la casserole, la marmite, le seau, mais il ne fit aucune remarque particulière, jugeant que cela ne valait pas la peine d'en parler. Bien plus, revenir de l'état de maître de maison à un style de vie semblable à celui d'un étudiant logé chez l'habitant équivaut ni plus ni moins à prendre ses distances vis-à-vis de la famille, ce qui est bien commode pour reculer un peu plus une échéance embarrassante. Du coup, Yoshiko habitait chez Mineko. Le frère et la sœur sont ainsi faits qu'ils doivent aller et venir sans arrêt. La relation entre Nonomiya et Mineko se déplace petit à petit à mesure qu'ils vont et viennent sans jamais se fixer. Dans ces conditions, il n'est pas dit que Nonomiya renonce un jour définitivement à la vie de pensionnaire.

Sanshirô s'entretient avec Mineko en évoquant dans son esprit ces perspectives d'avenir incertaines. Le sujet de leur conversation ne l'intéresse pas du tout. Et faire un effort pour ne rien en laisser paraître lui devient pénible. La chance voulut que Yoshiko revînt juste à ce moment-là. Les femmes discutèrent entre elles pour savoir si elles retournaient voir les compétitions ; elles décidèrent de rentrer car le soleil était déjà bien avancé dans sa course, à ce point de l'automne où les jours diminuent, et que la fraîcheur du grand air se fait plus vive à mesure que le jour décline.

Sanshirô voulut quitter les femmes pour rentrer lui aussi, mais le groupe commença à descendre la côte en rang serré, et il ne trouva guère l'occasion de formuler une salutation. Il semble se laisser entraîner par les deux femmes. Bien plus, il a envie de se laisser entraîner. Il les suit comme l'ombre. Quittant le bord de l'étang, ils passent à côté de la bibliothèque et bifurquent en direction du Portail Rouge.

Sanshirô adressa la parole à Yoshiko :

— Il paraît que votre frère a trouvé une pension ?

Elle enchaîna aussitôt :

— Oui, finalement. En plaçant l'autre d'office chez Mineko. C'est du beau !

Le ton semble appeler l'acquiescement. Sanshirô voulut répondre quelque chose. Mineko le devança :

— Les personnes qui ont l'étoffe de M. Nonomiya ne peuvent être comprises des gens comme nous. Il vit dans un univers très élevé et réfléchit à de grandes choses.

Elle se met à faire son éloge. Yoshiko écoute sans rien dire.

Les gens qui font des études évitent les obligations mesquines de la vie courante et mènent le train de vie le plus simple possible ; c'est inévitable s'ils veulent mener à bien leurs recherches. Si quelqu'un comme Nonomiya dont les travaux sont connus même à l'étranger vit en pension comme un étudiant ordinaire, après tout, c'est parce que c'est un homme de valeur et plus sa pension sera sale, plus on lui devra le respect. – Telle est à peu près la teneur de l'éloge que fit Mineko à propos de Nonomiya.

Sanshirô se sépara des deux femmes au niveau du Portail Rouge. Il se mit à réfléchir en se dirigeant vers Oiwaké. En effet, Mineko avait raison. Quand il se compare à Nonomiya, il trouve entre eux une énorme différence. Il vient d'arriver de sa province et d'entrer à l'université. De science, il n'en a point ; de connaissances, non plus. Il est normal qu'il ne puisse susciter chez Mineko le même respect qu'elle voue à Nonomiya. Il se disait bien aussi que cette femme était en train de se payer sa tête. Lorsqu'il a répondu tout à l'heure, du haut du talus, qu'il était là parce que la rencontre sportive était dénuée d'intérêt, Mineko lui a demandé avec une expression sérieuse sur le visage s'il y avait quelque chose d'intéressant là-haut. Il ne s'en est pas rendu compte sur le moment mais il se pourrait bien qu'elle ait dit cela pour le ridiculiser. Evoquant chacune des attitudes et des paroles qu'avait eues Mineko à son égard, il se rendit compte qu'elles pouvaient toutes être interprétées à mal. Sanshirô devint cramoisi au milieu de la rue et baissa le front. Quand il releva la tête, il vit arriver au devant de lui Yojirô et le garçon qui avait pris la parole pendant la réunion de la veille au soir. Yojirô hocha simplement la tête sans rien dire. L'étudiant souleva sa casquette et le salua :

— Comment va, depuis hier soir ? Il ne faut pas vous laisser posséder, dit-il en souriant, puis il passa son chemin.

Chapitre 7

Il entra dans la maison par-derrière et interrogea la bonne ; celle-ci répondit à voix basse que Yojirô n'était pas rentré depuis la veille. Sanshirô réfléchit, debout sur le seuil de la cuisine. La bonne l'invite à entrer. Elle lave des bols sans interruption pendant qu'elle explique que le professeur est dans la bibliothèque. Il semble avoir juste terminé de dîner.

Sanshirô traversa le salon à thé et arriva par un couloir devant l'entrée de la bibliothèque. La porte est ouverte. Une voix appelle de l'intérieur :

— Hé !

Sanshirô a pénétré sur le seuil. Le professeur est assis à son bureau. On ne sait pas ce qu'il y a sur le bureau. Le grand dos cache les recherches. Sanshirô s'assit sur les talons près de l'entrée.

— Vous travaillez ? demanda-t-il poliment.

Le professeur tourna le visage et regarda derrière lui. L'ombre de la moustache forme une touffe aux limites floues. Il ressemble au portrait d'un homme qu'il a vu en photo.

— Tiens ! Je croyais que c'était Yojirô ; c'est toi ? excuse-moi, dit-il en se levant.

Sur le bureau, il y a un pinceau et du papier. Le professeur écrit quelque chose. D'après ce qu'en a dit Yojirô, il lui arrive d'écrire. Mais les autres ont beau lire ce qu'il écrit, personne n'y comprend goutte. Encore s'il compilait une grande œuvre de son vivant, cela servirait à quelque chose, mais s'il vient à mourir ainsi, il ne restera que de la paperasse accumulée. C'est vraiment idiot. Sanshirô se souvient encore du récit navré qu'il a fait à son sujet.

Quand il vit le bureau de Hirota, il se souvint aussitôt de ce qu'avait dit Yojirô.

— Je peux rentrer chez moi si je vous dérange. Ce qui m'amène est sans grande importance.

— Non, tu ne me déranges pas au point de te faire retourner chez toi. Ce qui m'occupe est aussi sans grande importance. Je ne fais rien de bien urgent.

Sanshirô ne sut pas trop quoi répondre. Mais dans son for intérieur, il se dit que les études deviendraient un plaisir s'il pouvait avoir de telles dispositions intérieures. Au bout d'un moment, il déclara :

— En fait, j'étais venu voir Sasaki, mais comme il n'était pas là…

— Oui. Yojirô ne semble pas être rentré depuis hier soir. Il vagabonde de temps à autre, c'est fâcheux.

— Il a peut-être été retenu par une affaire urgente ?

— Ce n'est pas du tout un homme à être retenu par des affaires. Il se crée seulement des affaires. Il y a bien peu d'idiots comme lui.

— Il est du genre décontracté.

— Ce serait bien s'il était décontracté. Mais ce n'est pas décontracté qu'il est. Il est volage. Imagine quelque chose comme un ruisseau qui coule dans un champ, c'est tout à fait ça. Superficiel et étroit. L'eau change tout le temps, comme tout ce qu'il fait n'a aucune consistance. Quand on va faire des emplettes ensemble les jours de marché au temple, tout d'un coup, je ne sais quelle mouche le pique, il me dit d'acheter un pied de pin en pot et avant que je dise oui ou non, il l'a déjà acheté avec un rabais sur le prix ! Pour ça, il est doué pour faire des achats les jours de marché au temple. Avec lui, on est sûr de faire de bonnes affaires. Après ça, pendant la période d'été où il n'y a personne dans la maison, il met le pin à l'intérieur et verrouille les volets. Quand on rentre, le pin est complètement roussi d'être resté dans l'étuve. Et tout est à l'avenant, c'est vraiment fâcheux.

A la vérité, Sanshirô a prêté vingt yen à Yojirô l'autre jour. Celui-ci lui a demandé de les lui avancer jusqu'à ce qu'il touche les émoluments de *la Critique des arts et des lettres*, deux semaines plus tard. Après avoir posé quelques questions, Sanshirô est pris de pitié et prélève cinq yen sur le mandat qu'il vient de recevoir de province ; il garde les cinq yen et lui remet tout le reste. Il n'est pas encore temps de recouvrer la dette mais les propos de Hirota l'inquiètent un peu. Il ne peut pas non plus divulguer ce genre de chose au professeur et préfère adopter le point de vue opposé :

— Mais Sasaki a beaucoup d'admiration pour vous, il se dépense beaucoup pour vous sans en avoir l'air.

— Qu'est-ce qu'il fait pour moi ? demanda le professeur.

L'intéressé lui a demandé de ne rien dire de « La Prestigieuse Obscurité » ni de toutes ses activités concernant le professeur. Il a dit qu'il valait mieux se taire car il se ferait sûrement attraper. Il a déclaré clairement qu'il parlerait lui-même quand le moment serait propice. Il détourna donc la conversation.

La visite qu'il rendait à Hirota revêtait de multiples significations. D'une part, la vie qu'il mène est différente de ce qu'il voit d'habitude. Il y a surtout quelque chose de tout à fait incompatible avec son tempérament. Aussi Sanshirô est-il venu faire des recherches pour sa gouverne, car il est curieux de savoir comment il pourrait bien arriver à lui devenir semblable. Ensuite, il se sent décontracté lorsqu'il paraît devant cet homme. La concurrence du monde ne le préoccupe plus tellement. Nonomiya aussi a quelque chose de détaché du monde, mais il semblerait que ce soit l'ambition d'être détaché du monde qui le pousse à délaisser les goûts vulgaires de l'époque. Aussi, quand il parle seul à seul avec Nonomiya, il se sent sollicité à apporter sa part de labeur au progrès des sciences et des lettres. Il en meurt d'impatience. Or, c'est tout le contraire avec M. Hirota : celui-ci dégage une paix sereine. Il enseigne simplement les langues dans un lycée ; il n'a aucun autre talent particulier – sauf le respect, il ne publie pas la moindre étude. Et il est tout de même d'un calme imperturbable. C'est là que doit résider le secret de son attitude décontractée. Ces derniers temps, Sanshirô est possédé par les femmes. Ce serait plutôt intéressant s'il était possédé par l'amour d'une femme mais il ne sait pas bien au juste de quelle façon il est possédé par les femmes, s'il est aimé ou s'il est ridiculisé, s'il doit éprouver de la peur ou concevoir du mépris, s'il peut s'en tenir là ou s'il doit continuer sur sa lancée. Cela devenait exaspérant. Dans ces cas-là, rien ne vaut une visite chez M. Hirota. Une trentaine de minutes passées en sa compagnie suffisait à lui rendre la sérénité. Il se moquait bien d'une ou deux femmes à présent ! En réalité, c'est à soixante-dix pour cent pour cela qu'il est venu ce soir.

La troisième raison de sa visite est assez contradictoire. Il souffre de Mineko. Et quand il place Mineko à côté de Nonomiya, il souffre encore plus. L'homme le plus proche de Nonomiya est précisément ce professeur. Aussi espère-t-il y voir plus clair dans les rapports de Nonomiya et de Mineko au cours de la visite. S'il y voyait plus clair, il saurait quelle attitude adopter. Or, il n'a jamais rien demandé au professeur à leur sujet. Ce soir, il s'enhardit à l'interroger.

— Il paraît que M. Nonomiya a pris une pension ?

— Oui, il paraît.

— Pour quelqu'un qui avait une maison, cela doit être inconfortable de se retrouver pensionnaire. M. Nonomiya a bien du mérite…

— Oui, ce genre de considération lui est complètement égal. Il n'y a qu'à voir comment il s'habille. Ce n'est pas un homme à vivre au foyer. Par contre, il est très exigeant sur la question des études.

— Il a sans doute l'intention de continuer comme cela pour l'instant ?

— Je n'en sais rien. Il est capable de reprendre une maison tout d'un coup.

— Il ne pense pas à se marier ?

— Peut-être qu'il y pense. Présente-lui quelqu'un de bien !

Sanshirô eut un sourire gêné et regretta d'avoir posé la question.

— Et toi, cela te dit ? reprit Hirota.

— Moi…

— C'est encore tôt. Tu serais bien embarrassé avec une femme en ce moment.

— J'ai une proposition de chez moi.

— De qui ?

— Ma mère.

— Et tu as envie de suivre le conseil de ta mère ?

— Pas du tout.

Hirota rit en découvrant ses dents sous la moustache. Les dents sont assez belles. Sanshirô éprouva soudain une nostalgie. Mais cette nostalgie est éloignée de Mineko. Elle est éloignée de Nonomiya. C'est une nostalgie qui est détachée de ses intérêts immédiats. Il commença à éprouver de la honte à poser des questions sur Nonomiya et n'insista plus. Alors, Hirota reprit :

— Efforce-toi de suivre les conseils de ta mère. Les jeunes de maintenant ne sont plus comme les jeunes de notre époque, ils ont un moi trop affirmé. A l'époque où j'étais étudiant pensionnaire, de ce que nous faisions, de ce que nous entreprenions, il n'y avait rien qui n'existât en dehors d'autrui. Tout était conformé à l'empereur, aux parents, à la patrie, à la société : en tout, les autres étaient prioritaires. Autrement dit, ceux qui recevaient une éducation étaient tous des hypocrites. Avec les changements de la société est arrivé un moment où cette hypocrisie ne pouvait plus avoir cours et l'on a peu à peu donné la priorité à l'individu dans les idées et dans les actions, ce qui a eu pour effet de développer exagérément la conscience de soi. A la place des hypocrites d'antan, on ne trouve plus maintenant que des exhibeurs de mauvais. Mais dis-moi, as-tu déjà entendu l'expression « exhibeur de mauvais » ?

— Non.

— Je viens de l'inventer de toutes pièces. Savoir si tu en es un aussi... Oh, sans doute ! Les gens comme Yojirô sont le type même des exhibeurs de mauvais. Tu vois cette femmes qui s'appelle Satomi, que tu connais. Elle aussi est un genre d'exhibeur de mauvais et il y a aussi la sœur cadette de Nonomiya. Celle-ci est d'ailleurs intéressante à cet égard. Autrefois, il n'y avait que les seigneurs de fief et les pères de famille qui pouvaient se le permettre, mais de nos jours, tout le monde revendique le même droit d'être exhibeur de mauvais. Mais ce n'est pas une mauvaise chose du tout. Chacun sait que le seau à purin empeste quand on enlève le couvercle et qu'il ne reste plus, la plupart du temps, que le mauvais exhibé aux yeux une fois qu'on a enlevé les formes extérieures qui le cachent. Et comme il faut se donner du mal pour conserver les formes extérieures, on préfère s'en passer et le dessous fait l'affaire. On y trouve beaucoup de plaisir. On laisse paraître au grand jour le mauvais de sa nature. Mais quand ce grand jour dépasse la mesure, les exhibeurs de mauvais commencent à en ressentir les inconvénients. Les inconvénients tournent peu à peu à la gêne mutuelle et quand ils ont atteint un paroxysme, l'altruisme refait son apparition. Puis celui-ci retombe dans les formes et se corrompt, conduisant à un nouvel égoïsme. C'est un éternel recommencement. Il est permis de penser que nous vivons selon ce schéma. L'homme progresse de cette façon. Tu n'as qu'à voir l'Angleterre. Ces deux conceptions y ont toujours été en équilibre. C'est pour ça qu'ils ne bougent pas. C'est pour ça qu'ils ne progressent pas. Il n'en sort ni un Ibsen, ni un Nietzsche. C'est lamentable. Chacun a l'air satisfait de soi, mais vus de l'extérieur, ils sont raides, ils sont en passe de se fossiliser…

S'il était impressionné dans son for intérieur, Sanshirô s'étonnait néanmoins quelque peu en entendant ses propos dévier dans une direction tout à fait inattendue, avec des accents pour le moins péremptoires. Hirota finit par s'en apercevoir.

— Mais de quoi est-ce que je parlais ?

— Du mariage…

— Le mariage ?

— Que je dois écouter les conseils de ma mère…

— Ah oui ! c'est ça. Tu dois t'efforcer de suivre ses conseils, dit-il avec un sourire.

Il lui parle tout à fait comme à un enfant. Sanshirô ne s'en formalisa pas spécialement.

— Je comprends ce que vous voulez dire à propos des exhibeurs de mauvais, mais quand vous dites que les gens de votre époque sont des hypocrites, qu'entendez-vous par là ?

— Cela te fait-il plaisir qu'on soit gentil avec toi ?

— Oui, plutôt.

— En es-tu sûr ? Pas moi, il m'arrive d'être agacé quand on est très gentil avec moi.

— Dans quel cas ?

— Quand il n'y a que les formes qui sont gentilles, mais que la gentillesse n'est pas le but.

— Cela arrive ?

— Tu te sens vraiment heureux quand on te présente les vœux du nouvel an ?

— Ah ça…

— Sûrement pas. De même, parmi les gens qui rient en se tenant les côtes ou en se roulant par terre, il n'y en a pas un qui rie pour de vrai. De même pour la gentillesse. Certains sont gentils pour s'acquitter d'un rôle. Des gens comme moi qui enseignent à l'école. Le but véritable est de gagner ma vie et cela doit être agaçant pour les élèves. Alors qu'un garçon comme Yojirô, qui est le roi des exhibeurs, est souvent une cause d'embarras pour moi et me donne bien du fil à retordre avec ses tours pendables, mais il est dénué de mauvaise intention. Il a quelque chose de touchant. Il est aussi à découvert que les Américains le sont dans leur amour de l'argent. C'est un but en soi. Il n'y a rien de plus franc que l'action et rien de moins affecté que la franchise. Les gens de notre époque qui ont reçu une éducation pointilleuse, qui les rend incapables de la moindre attitude franche, sont tous des gens affectés.

Sanshirô comprend jusqu'à ce point du raisonnement. Mais ce qui lui tient le plus à cœur pour le moment n'est pas un raisonnement d'ordre général. Il désire savoir si une certaine personne particulière, avec qui il est en rapport, est sincère ou ne l'est pas. Sanshirô réfléchit encore une fois à l'attitude de Mineko à son égard. Mais il aurait beaucoup de mal à juger si elle est affectée ou si elle ne l'est pas. Sanshirô commença à se demander si sa sensibilité n'était pas deux fois plus émoussée que celle du commun des hommes.

Tout à coup, M. Hirota émit un « oui » comme s'il venait de se souvenir.

— Oui, ce n'est pas tout. Des modes curieuses ont cours depuis le début de ce XXe siècle. On s'arrange par maints subterfuges pour remplir le contenu de l'altruisme avec des intérêts égoïstes ; as-tu déjà rencontré ce genre de personnes ?

— Quel genre est-ce ?

— Si tu préfères, des gens qui feignent le bien en exhibant le mauvais. Non, tu n'y es pas encore. Je me fais mal comprendre. Les hypocrites à la manière d'autrefois agissaient toujours pour se faire bien voir. Maintenant, c'est le contraire : on fait exprès de feindre le bien pour être désagréable. On dispose tout pour qu'il n'y ait aucune méprise et que cela ne puisse être interprété autrement. Evidemment, cela heurte les autres. C'est là que le but est atteint. Les exhibeurs de mauvais se caractérisent par leur sincérité à faire passer l'hypocrisie pour de l'hypocrisie ; leurs actions et leurs paroles ont toutes les apparences du bien. Il y a un double jeu. Les experts en cette matière semblent être de plus en plus nombreux. Pour les races civilisées dont les nerfs se sont considérablement aiguisés et qui cherchent à devenir des exhibeurs de mauvais par les méthodes les plus raffinées, c'est la solution rêvée. Ne pas pouvoir tuer quelqu'un sans faire couler son sang : voilà qui est beaucoup trop sauvage ; cela se pratique de moins en moins.

La façon de parler de M. Hirota rappelle tout à fait celle d'un guide qui décrit un ancien champ de bataille ; il se place à distance de la réalité et la considère de loin. Il s'en dégage une note très optimiste. On a tout à fait l'impression d'écouter un cours dans une salle de classe. Mais Sanshirô y trouvait son compte. Il pensait à une femme dénommée Mineko, à laquelle cette théorie pouvait être directement appliquée. Il essaya d'évaluer chacun de ses traits à l'aide de cette règle. Cependant, beaucoup de choses échappent à la mesure. Le professeur ferma la bouche et commença à laisser échapper de son nez la fumée philosophique.

Un bruit de pas se fit entendre dans l'entrée. Sans y être conviés, les pas se rapprochent dans le couloir. Aussitôt arrivé, Yojirô s'assit sur les talons à l'entrée de la bibliothèque.

— M. Haraguchi est là ?

Il ne dit même pas bonjour. Peut-être bien qu'il le fait exprès. Il se retira aussitôt après avoir esquissé un semblant de salut à l'adresse de Sanshirô.

Yojirô croisa Haraguchi sur le seuil de la porte. Haraguchi porte une moustache à la française, il a les cheveux coupés ras, c'est un homme bien en chair. Il a l'air de deux ou trois ans l'aîné de Nonomiya. Il porte un kimono beaucoup plus élégant que celui de M. Hirota.

— Salut ! Comment va ? Sasaki était chez moi jusqu'à maintenant. On a mangé ensemble et bavardé un peu et me voici entraîné jusqu'ici.

Le ton est très enjoué. Les voix prennent tout naturellement des accents joviaux quand on est en sa compagnie. Quand il a entendu le nom de Haraguchi, Sanshirô s'est dit que ce devait être le fameux peintre. Décidément, Yojirô est un homme de relations. Sanshirô se raidit, intimidé à la pensée que Yojirô est en bons termes avec la plupart des anciens. Sanshirô se raidit toujours quand il paraît devant un aîné. Il estime que ce doit être un effet de son éducation provinciale.

Le maître de maison le présenta à Haraguchi. Sanshirô s'inclina poliment. L'autre fit un léger salut. Puis Sanshirô les écouta converser sans parler.

Haraguchi commence par dire qu'il veut d'abord régler l'affaire qui l'amène et demande à Nonomiya de venir à la réunion qu'il organise bientôt. Il n'a pas l'intention d'instituer un régime de membres adhérents, mais les cartes d'invitation étant adressées à un petit nombre de personnes – des hommes de lettres, des artistes, des professeurs d'université – il n'y a pas d'inconvénient à ce qu'il soit des leurs. D'ailleurs, la plupart des gens se connaissent et il n'y a aucune forme de cérémonial à observer. Le but est simplement de se retrouver tous ensemble autour d'un dîner. On échangera ensuite des idées sur des sujets instructifs du point de vue des lettres et des arts. Telle est à peu près la teneur de son affaire.

— J'irai, déclara simplement M. Hirota.

L'affaire était conclue et la conversation qui suivit fut des plus intéressantes.

— Qu'est-ce que tu as fait ces derniers temps ? demanda-t-il à Haraguchi.

Ce dernier répondit :

— Je travaille toujours les mélodies d'Itchû. J'en ai déjà terminé cinq. Il y en a de fort intéressantes : les huit paysages de Yoshiwara sous les érables en fleurs, le double suicide de Koina et Hanbei à Karasaki… Tu ne veux pas essayer un peu ? Mais il paraît qu'il ne faut pas les déclamer d'une voix trop forte. C'est fait pour être chanté dans une pièce de quatre tatami et demi. Avec la voix que j'ai, tu imagines ! Avec cela les intonations ne sont pas faciles à attraper, j'y arrive très mal. J'en exécuterai une la prochaine fois, tu me diras ce que tu en penses.

Cela fit rire M. Hirota. Haraguchi continua en ces termes :

— Encore, moi, ça va, mais si tu entendais Kyôsuke Satomi, il n'y a rien à en tirer. C'est à n'y rien comprendre. Avoir une sœur si douée ! L'autre jour, il a dit qu'il allait arrêter le chant et apprendre un instrument de musique à la place ; alors, quelqu'un lui a conseillé de s'exercer dans une fanfare. Cela a provoqué le fou rire général.

— C'est vrai ?

— Tout à fait vrai. Même que Satomi m'a dit qu'il voulait bien me suivre si je commençais. Ce n'est pas si facile : il paraît qu'il y a huit façons de jouer dans une fanfare.

— Tu devrais essayer. Cela n'a pas l'air bien sorcier.

— Non merci, pas la fanfare. J'aurais plutôt envie de taper sur un tambour japonais. Le son du tambour me fait complètement oublier que nous sommes au XXe siècle. Je me sens tellement revigoré à la seule pensée qu'on puisse encore de nos jours se permettre des choses d'un genre aussi simplet. J'ai beau être décontracté de nature, je suis incapable de peindre des choses qui ressemblent au son du tambour japonais.

— Mais tu n'essaies même pas !

— Je n'y arrive pas. Comment veux-tu qu'un habitant de Tôkyô puisse peindre quelque chose d'un genre aussi désintéressé par les temps qui courent ? D'ailleurs, il n'y a pas que la peinture… A propos de peinture, j'ai été assister aux rencontres sportives à l'université l'autre jour et je voulais faire une caricature de Satomi et de la sœur de Nonomiya mais elles se sont défilées. Cette fois, j'aimerais faire un véritable portrait pour une exposition.

— De qui ?

— De la sœur cadette de Satomi. Les femmes japonaises ont un visage dans le genre des aquarelles d'Utamarô et la peinture à l'huile ne donne rien de bien fameux ; mais cette femme-là, comme Mlle Nonomiya d'ailleurs, c'est autre chose. Toutes les deux s'y prêtent bien. Cela me plairait de la peindre grandeur nature tournée vers la lumière avec un éventail tenu en visière et un bosquet en arrière-plan. Il ne faut pas un éventail occidental, c'est trop affecté ; un éventail japonais fera nouveau et original. En tout cas, il faut faire vite. Si jamais elle venait à se marier entre-temps, je ne l'aurais sans doute plus à disposition comme je voudrais.

Sanshirô écoutait les paroles de Haraguchi avec le plus vif intérêt. Il fut particulièrement ému par la composition du tableau dans laquelle Mineko tient un éventail en visière. C'était à se demander s'ils n'étaient pas liés tous les deux par une affinité mystérieuse.

— Ce genre de composition ne me dit rien qui vaille, déclara M. Hirota tout de go.

— Mais c'est elle qui le veut. Elle m'a demandé ce que je pensais de l'éventail tenu en visière et j'ai accepté en disant que ce serait d'une nouveauté tout à fait insolite. Ce n'est pas mal comme composition. Il y a la façon de le peindre, évidemment.

— Si c'est trop joliment fait, on va se bousculer pour demander sa main, fais attention !

— Ha, ha, ha ! Alors, faisons quelque chose de pas trop joli. A propos de mariage, c'est vrai qu'elle a l'âge d'être placée. Qu'en penses-tu ? N'aurais-tu pas un bon parti à lui proposer ? Satomi est venu me demander mes services.

— Pourquoi pas toi ?

— Moi ? Si elle veut bien, j'accepte ; mais tout de même, c'est difficile de faire confiance à cette femme.

— Pourquoi ?

— Elle se paie ma figure en me disant par exemple que j'étais plein d'enthousiasme avant de partir pour l'Occident, que j'avais emporté à manger un chargement de bonite séchée en racontant à tout le monde que j'allais m'enfermer avec ça dans ma pension parisienne, mais qu'une fois arrivé à Paris, il n'était plus question de rester enfermé. C'est son frère qui a dû lui raconter.

— Cette femme-là n'épousera jamais quelqu'un qui ne lui plaît pas. On perd son temps en lui proposant des partis. Il n'y a qu'à la laisser célibataire jusqu'à ce qu'elle trouve chaussure à son pied.

— Elle a tout à fait la mentalité occidentale. D'ailleurs, les femmes vont être de plus en plus comme ça, il faut croire que c'est bien.

Puis les deux hommes s'entretinrent longuement de peinture. Sanshirô s'étonna du nombre de peintres occidentaux connus de M. Hirota. Pendant qu'ils étaient en train de chercher leurs *geta* à l'entrée de la cuisine, le professeur appela du dessous de l'escalier :

— Hé ! Sasaki ! Descends un peu !

Il fait froid dehors. Le ciel est haut et dégagé ; c'est à se demander d'où provient la rosée. Quand les doigts touchent le kimono, une sensation de froid parvient juste à l'endroit touché. Tournant et virant deux ou trois fois dans des rues peu fréquentées, il trouva un marchand d'oracles sur son passage. Celui-ci est éclairé par une grosse lanterne rouge qui le rend écarlate depuis la taille jusqu'aux pieds. Sanshirô eut envie d'acheter un oracle. Mais il n'osa pas. Il évita la lanterne rouge en passant, si bien que les épaules de son *haori* [1] touchèrent

1. *Haori :* Sorte de veste passée sur le kimono.

une haie de cryptoméria. Au bout d'un moment, cheminant obliquement dans l'obscurité, il déboucha dans l'avenue d'Oiwake. A l'angle de cette avenue, il y a un marchand de nouilles au sarrasin. Cette fois-ci, Sanshirô s'enhardit et pénétra sous le rideau-enseigne. Il veut boire un peu de saké.

Il y a trois lycéens. Ils sont en train de raconter qu'on voit de plus en plus de professeurs déjeuner avec des bols de nouilles au sarrasin ces derniers temps. Quand retentit le canon de midi, les livreurs du restaurant passent le portail de l'école à toute vitesse en tenant sur leurs épaules une montagne de plats à la vapeur et de bols de nouilles garnies. Ils disent que le patron doit sûrement faire de gros bénéfices. Un tel déguste des poêlées de nouilles au froment en plein été ; c'est à se demander de quoi il peut bien souffrir. C'est peut-être l'estomac. Les sujets ne manquent pas à la conversation. Ils parlent des professeurs en employant simplement le nom de famille, pour la plupart d'entre eux. Un seul a dit M. Hirota. On débattit ensuite de la question de savoir pourquoi ce dernier était encore célibataire. Certains sont d'avis qu'il ne doit pas avoir d'aversion pour les femmes puisqu'il y a une peinture de nu féminin accrochée au mur chez lui. Ceci dit, il ne faut pas s'y fier, car la femme est occidentale. C'est peut-être qu'il n'aime pas les femmes japonaises. Non, c'est sûrement un chagrin d'amour, affirme un autre. Quelqu'un demande alors si c'est le chagrin d'amour qui l'a rendu si bizarre. Mais des bruits courent qu'il recevrait les visites d'une jolie femme à son domicile ; c'est un point qui mériterait d'être vérifié.

A les entendre, M. Hirota est un homme remarquable. Sanshirô a du mal à comprendre exactement pourquoi ; de fait, ces trois étudiants ont bel et bien tous lu *La Prestigieuse Obscurité* de Yojirô. Ils affirment qu'ils se sont pris tout à coup de sympathie pour lui suite à la lecture de l'article. Dans leur conversation apparaissent parfois des mots d'esprit tirés de *La Prestigieuse Obscurité*. Ils se demandent qui peut bien être ce Rei Yoshi. Quoi qu'il en soit, ils sont d'accord tous les trois pour dire que l'auteur doit être un proche de M. Hirota.

Sanshirô, qui les écoutait, constatait avec admiration que l'article avait porté du fruit. Que Yojirô ait écrit *La Prestigieuse Obscurité* ne doit étonner personne. Sa manie de publier avec pompe ses fameux grands essais dans la *Critique des lettres et des arts* qui, de surcroît, se vend mal, à ce qu'il dit, lui est apparu au premier abord comme l'émanation pure et simple d'un désir de gloriole, mais il faut bien reconnaître ici l'influence étonnante des publications sur les esprits. Comme l'a dit Yojirô, on y perd à ne pas prononcer ne serait-ce que le mot ou la moitié de phrase qui s'impose. La pensée que la réputation d'un homme se faisait avec ce genre de chose et se défaisait avec le même genre de chose rendait redoutable, à ses yeux, la responsabilité de celui qui écrit. Sanshirô sortit du restaurant de nouilles au sarrasin.

De retour à sa pension, il trouve le saké refroidi. Il n'a de goût à rien. Il est assis à son bureau, perdu dans ses rêveries, quand la bonne vient déposer une lettre en même temps qu'elle apporte d'en bas une bouilloire pleine d'eau chaude. C'est encore une lettre de sa mère. Sanshirô la décacheta aussitôt. Aujourd'hui, il est très heureux de voir l'écriture de sa mère.

La lettre était assez longue mais elle ne disait rien d'important. Il lui était très reconnaissant de ne pas mentionner une seule fois le nom d'Omitsu de Miwata. Elle lui faisait néanmoins une curieuse recommandation.

Tu as toujours manqué de courage depuis ton enfance, il faut t'en corriger. Les poltrons sont terriblement pénalisés et on n'a pas idée à quel point cela fait du tort au moment des examens. Ce malheureux M. Taka d'Okitsu, qui est pourtant doué pour les études, lui qui enseigne au collège, il se met à trembler quand il passe des certificats d'aptitude et il n'arrive jamais à rendre une copie correcte, ce qui fait qu'il n'a toujours pas d'augmentation. Il s'est fait préparer des pilules contre les tremblements par un ami médecin pour passer l'épreuve, mais il paraît qu'il a tout de même tremblé. Tu n'as pas vraiment l'air de trembler comme une feuille mais tu devrais quand même demander à un médecin de Tôkyô de te préparer un remède préventif, cela te donnerait plus d'assurance.

Sanshirô trouvait l'idée saugrenue. Mais il y puisait en même temps une grande consolation. Il admira beaucoup sa mère d'être si gentille avec lui. Ce soir-là, il lui écrivit une longue lettre jusqu'à une heure du matin. On y trouve la phrase suivante : *Tôkyô n'est pas une ville bien intéressante.*

Chapitre 8

Voici comment Sanshirô fut amené à prêter de l'argent à Yojirô.

Yojirô était arrivé tout à coup un soir dans tous ses états, par un temps pluvieux, en disant qu'il était fort embarrassé. Il avait effectivement mauvaise mine, chose rare chez lui. Au début, Sanshirô avait cru que c'étaient l'air froid et la pluie de l'automne qui lui avaient tourné la tête, mais une fois qu'il fut assis, il comprit que la mine n'était pas seule en cause. Il avait l'air abattu, ce qui n'était guère dans ses habitudes. Quand Sanshirô lui avait demandé s'il ne se sentait pas bien, Yojirô avait répondu, après avoir cligné par deux fois de ses yeux de cerf :

— Je n'ai plus un sou. Me voilà dans de beaux draps !

L'air un peu inquiet, il avait éjecté de son nez deux ou trois colonnes de fumée. Sanshirô ne pouvait attendre la suite sans rien dire. Il posa quelques questions sur la nature de l'argent perdu, le lieu, et comprit tout de suite de quoi il retournait. Yojirô fit une pause, le temps de souffler jusqu'au bout deux ou trois colonnes de fumée, puis il expliqua tout d'un seul trait, dans le menu détail.

La somme qu'a perdue Yojirô ne s'élève qu'à vingt yen et l'argent n'est pas à lui. C'était l'année dernière, lorsque M. Hirota a voulu louer la maison de l'autre jour ; il n'a pas eu assez pour payer la caution et a dû emprunter le solde à Nonomiya. De plus, ce dernier tenait l'argent de son père qui le lui avait envoyé de sa province natale pour qu'il puisse acheter un violon à sa sœur ou quelque chose comme cela. Il n'était donc pas à une journée près pour en disposer, mais plus le délai s'allongeait, plus c'était au détriment de Yoshiko. De fait, Yoshiko est toujours sans violon. Tout cela parce que M. Hirota ne rend pas l'argent. Il l'aurait rendu depuis longtemps s'il avait pu mais il n'a jamais un sou de trop en fin de mois, sans compter qu'il n'est pas du tout du genre à travailler en plus pour étoffer ses rentrées et l'affaire en est restée là. Cependant, on vient enfin de lui payer soixante yen pour des corrections de copies qu'il a faites cet été au lycée. Il est donc maintenant en mesure de s'acquitter de sa dette et Yojirô a été chargé de la course.

— Je m'en veux d'avoir perdu cet argent, gémit-il.

C'est vrai qu'il a l'air de s'en vouloir. Sanshirô lui demande où il l'a perdu. Non, il ne l'a pas perdu par inadvertance. Il a acheté des billets de pari mutuel et aucun n'était bon. Sanshirô tomba de haut. Il n'avait même pas envie de lui faire la leçon tant ce manque de jugeote dépassait les limites. Ce qui est un comble, c'est que l'intéressé a bel et bien l'air abattu. Si on le compare au garçon vif et plein d'entrain qu'il est d'habitude, on pourrait croire qu'il y a deux Yojirô différents. Le contraste est trop violent. Le cocasse qui en découle se mêle à l'envie de le plaindre. C'était plus fort que lui : il se mit à rire. Yojirô se mit à rire aussi.

— Bah ! Je trouverai bien une solution.

— Ton professeur ne le sait pas encore ?

— Pas encore.

— Et Nonomiya ?

— Il n'en sait rien, évidemment.

— Quand a-t-il touché l'argent ?

— Au début du mois ; cela fait juste deux semaines aujourd'hui.

— Et les billets du pari mutuel ?

— Le jour suivant.

— Et tu n'as rien fait depuis ?

— J'ai demandé un peu partout mais personne ne peut rien pour moi. Tant pis ! Si je ne peux pas faire autrement, j'attendrai la fin du mois.

— Tu veux dire que tu as des chances d'ici la fin du mois ?

— Je trouverai bien quelque chose du côté de la *Critique des lettres et des arts*.

Sanshirô se leva et ouvrit un tiroir du bureau. Il regarda dans l'enveloppe reçue la veille de sa province natale :

— J'ai de l'argent ici. On me l'a envoyé plus tôt ce mois-ci.

— C'est gentil. Mon cher Ogawa ! dit-il soudain sur un ton ragaillardi comme un conteur d'histoires sur la scène.

Bravant la pluie, ils sortirent vers dix heures passées, parvinrent à l'avenue d'Oiwake et s'engouffrèrent dans le restaurant de pâtes au sarrasin qui formait le coin. C'est à cette occasion que Sanshirô apprit à boire du saké dans les restaurants de pâtes au sarrasin. Ce soir-là, ils burent de bon cœur. C'est Yojirô qui paya la note. Il ne fait jamais payer la tournée.

Depuis lors, jusqu'à ce jour, Yojirô n'a pas rendu l'argent. Sanshirô est honnête et il s'inquiète pour sa pension. Il ne réclame pas, mais il aimerait bien qu'on le lui rende et les jours passent ; la fin du mois approche. Il ne reste plus qu'un ou deux jours. L'idée qu'il pourrait reculer l'échéance de sa pension ne lui vient pas encore à l'esprit. Yojirô va sûrement venir le lui rendre – évidemment, il ne lui fait pas confiance à ce point, mais il pense qu'il aura la gentillesse de s'arranger pour le tirer d'affaire. D'après ce qu'en dit M. Hirota, l'esprit de Yojirô est toujours fluctuant comme une eau étale ; mais il serait fâcheux, se dit Sanshirô, qu'il fluctue comme une girouette au point d'en oublier ses responsabilités.

Sanshirô regardait la rue de la fenêtre du premier étage. A ce moment, il aperçut Yojirô qui se rapprochait d'un pas rapide. Arrivé sous la fenêtre, celui-ci leva la tête et le regarda :

— Ah, tu es là ?

— Oui, répondit l'autre en le regardant d'en haut.

Après cet échange de salutations insipides à un étage de distance, Sanshirô rentre le cou dans la pièce. Le pas de Yojirô résonne dans l'escalier.

— Tu n'attendais pas ? Je me suis fait du souci pour ta pension, c'est bien parce que c'est toi ; je m'en suis donné du mal. C'est bête.

— La *Critique des lettres et des arts* t'a payé ?

— Payé ? Mais j'avais déjà tout reçu.

— Comment ? Tu as pourtant dit que tu aurais l'argent à la fin du mois.

— Je ne crois pas, tu fais erreur. Je n'ai plus un sou à empocher.

— C'est bizarre. Tu l'as dit, j'en suis sûr.

— Non, j'ai dit que je voulais emprunter. Mais ils ne veulent pas. Ils croient que je ne vais pas leur rendre. Ils exagèrent. Pour une méchante somme de vingt yen ! J'ai beau leur écrire *La Prestigieuse Obscurité*, ils ne me font pas confiance. Je ne vois pas l'intérêt. J'en ai marre.

— Alors, tu n'as pas l'argent.

— Si, je me le suis procuré ailleurs. Je ne voulais pas te mettre dans l'embarras.

— Ah bon. Je suis désolé.

— Mais il y a une chose qui m'ennuie. Je n'ai pas l'argent ici. C'est à toi d'aller le chercher.

— Où ça ?

— En fait, comme ça ne marchait pas avec la *Critique des lettres et des arts*, j'ai été frapper à deux ou trois maisons, chez Haraguchi, entre autres, mais personne n'a pu m'aider parce que c'était la fin du mois. Alors, pour finir, j'ai été voir chez Satomi. Tu ne connais pas Satomi ? Kyôsuke Satomi. Il est licencié en droit. C'est le frère aîné de Mineko. Je suis donc passé chez lui mais il s'était absenté et je n'ai pas été plus avancé qu'ailleurs. J'ai commencé à avoir faim et comme j'en avais assez de marcher, finalement, j'ai été voir Mineko et je lui ai parlé.

— Il n'y a pas la sœur de Nonomiya ?

— Il était midi passé, c'est le moment où elle est à la faculté. De toute façon, on était dans le salon et elle ne se serait pas dérangée pour ça.

— Ah bon.

— Donc Mineko a accepté en disant : « Je vais vous prêter l'argent. »

— Elle dispose de son propre argent ?

— Ça, je n'en sais rien. En tout cas, c'est dans la poche. Elle a accepté. C'est une curieuse femme ; elle aime se comporter comme l'aînée alors qu'elle n'en a pas l'âge, mais du moment qu'elle a accepté, on peut être sûr que c'est sérieux. Ne t'inquiète pas. On peut compter sur elle sans problème. Mais tout à la fin, j'ai été surpris quand elle m'a dit qu'elle avait bien l'argent ici mais qu'elle ne pouvait pas me le remettre à moi. Je lui ai demandé si j'inspirais aussi peu la confiance ; elle m'a répondu que oui et elle a ri. J'en ai marre. Alors, je lui ai proposé de faire venir Ogawa, à quoi elle a répondu qu'elle voulait bien le remettre à M. Ogawa. Qu'elle fasse donc comme elle veut ! Tu n'as qu'à aller chercher l'argent.

— A moins que je télégraphie à ma mère.

— Pas de ça. C'est idiot. Rien ne t'empêche d'aller chercher l'argent.

— Effectivement.

On avait enfin réussi à trouver les vingt yen. Ensuite, Yojirô se mit à faire un rapport sur l'affaire de M. Hirota.

La fameuse campagne est en bonne voie. Dès qu'il a du temps libre, il va voir les étudiants à leur pension et leur parle un par un. Il n'y a rien de tel que de prendre les gens un par un. Quand on est nombreux, chacun veut se faire remarquer et toutes les occasions sont bonnes pour donner un avis contraire. Ou bien on a l'impression d'être tenu à l'écart et on reste impassible dès le début. Il faut parler aux gens un par un. Cela suppose avoir du temps libre. Et de l'argent aussi. Si l'on est chagrin à cause de cela, il n'y a pas de campagne qui tienne. Et puis, il a décidé de ne pas trop citer le nom de M. Hirota au cours des entretiens. Si l'on fait sentir que ces entretiens ne sont pas pour nous mais pour M. Hirota, cela ne mènera à rien.

C'est ainsi, paraît-il, que Yojirô conduit sa campagne. Il s'en est très bien tiré comme cela jusqu'à maintenant. A ce point de l'entretien, tout le monde s'accorde pour dire que les Occidentaux ne font plus l'affaire et qu'il faut à tout prix faire venir des professeurs japonais. Maintenant, il lui suffit de faire une seconde visite chez les uns et les autres pour choisir les membres du comité qu'il enverra chez le recteur et le président afin de leur communiquer les souhaits de tous. La réunion de comité est une pure formalité dont on pourra faire l'économie. Il sait déjà à peu près quels sont les étudiants qui seront membres du comité. Comme ils ont tous de la sympathie pour M. Hirota, il pourra éventuellement citer son nom si l'occasion est favorable…

A entendre parler Yojirô, on pourrait croire que le monde entier est soumis à son bon vouloir. Sanshirô était grandement impressionné par son talent. Il se mit ensuite à parler du soir où il avait emmené Haraguchi chez son professeur.

— Ce soir-là, tu te souviens que Haraguchi a convié mon professeur à participer à une réunion de lettrés et d'artistes ?

Evidemment, Sanshirô s'en souvient. D'après ce qu'il en dit, ce serait encore lui qui en est l'inspirateur. Il y a toutes sortes de raisons à cela et, pour ne citer que la plus immédiate, il se trouve que l'un des membres du comité est un éminent professeur de la faculté des lettres. Il serait donc des plus profitables pour M. Hirota de le mettre en contact avec cet homme, en profitant de l'occasion. C'est un original qui ne cherche pas la fréquentation des gens. Mais tout original qu'il est, il les fréquentera tout de même si on organise tout pour lui faciliter la tâche…

— C'était donc ça ? Je l'ignorais complètement. Puisque tu dis que tu es l'inspirateur, les invitations sont-elles envoyées de ta part et cela contribue-t-il à faire venir des gens aussi éminents ?

L'air grave, Yojirô considéra Sanshirô un moment, puis il détourna la tête avec un sourire pincé :

— Ne dis pas de bêtises. Inspirateur, ça ne veut pas dire inspirateur officiel. C'est moi qui ai simplement mis cette réunion sur pied. Je l'ai suggérée à Haraguchi et j'ai fait en sorte que tout soit organisé par lui.

— Ah bon ?

— Ah bon, ça sent le paysan. Au fait, tu ferais bien de venir, toi aussi. La réunion a lieu dans peu de temps.

— J'aurais l'air de quoi dans une assemblée de gens si éminents ? Je préfère m'abstenir.

— Encore le paysan. La seule chose qui différencie les gens éminents et les gens qui ne le sont pas, c'est que les uns ont acquis une notoriété avant les autres dans la succession chronologique. Qu'ils se nomment docteurs ou qu'ils soient licenciés, il n'y a pas de quoi se laisser intimider. D'abord, ils ne se considèrent pas du tout comme des gens éminents. Vas-y ! C'est pour ton avenir.

— Où est-ce que cela se passe ?

— Sans doute au restaurant Seiyôken à Ueno.

— Je n'ai jamais été dans un tel endroit. La participation doit être chère.

— Oh, deux yen. Mais tu n'as pas à t'inquiéter pour les frais de participation. Si tu ne peux pas, je paierai pour toi.

Sanshirô se rappela aussitôt l'affaire des vingt yen. Chose étrange, il ne trouve pas cela drôle. Yojirô déclara ensuite qu'il voulait l'emmener manger des légumes et des langoustines panées je ne sais où dans le quartier de Ginza. Il prétend qu'il a de l'argent. C'est un curieux homme. Sanshirô avait beau se laisser mener par le bout du nez, il refusa. Ils se contentèrent donc d'une promenade. Au retour, ils passèrent à Okano où Yojirô acheta beaucoup de petits pains fourrés à la purée de haricots sucrés. C'était soi-disant pour offrir à son professeur ; il rentra chez lui avec le sac sous le bras.

Ce soir-là, Sanshirô réfléchit à la personnalité de Yojirô. Il se demandait si l'on devenait comme cela quand on séjournait longtemps à Tôkyô. Puis il réfléchit à la visite qu'il devait faire chez Satomi pour aller chercher l'argent. En un sens, il est heureux d'avoir une raison d'aller chez Mineko. Cependant, il n'apprécie guère le fait de devoir s'abaisser à lui faire un emprunt. De sa vie, Sanshirô n'a jamais emprunté de l'argent à qui que ce soit. Et ce qui est un comble, la personne concernée est une fille. Ce n'est pas une personne indépendante. Et puis, même en supposant qu'elle dispose de son argent comme elle veut et qu'elle consente à le prêter à l'insu de son frère, cela risque de mettre dans l'embarras celui qui emprunte et surtout celle qui prête. A moins que cette femme-là – tout le laisse à penser – soit par nature incapable de concevoir un quelconque embarras pour ce genre de chose. Quoi qu'il en soit, allons la voir. S'il s'avère délicat de lui emprunter l'argent au cours de l'entretien, il n'aura qu'à refuser et retarder quelque temps le paiement de sa pension en demandant qu'on lui en envoie de chez lui.

Il interrompit ici le cours de ses réflexions. Ensuite, il laissa monter en lui, pêle-mêle, les souvenirs des moments passés avec Mineko. Il multipliait et divisait au gré de son imagination le visage, les mains, le col, l'*obi*, le kimono. Il voit surtout défiler, d'une dizaine, d'une vingtaine de manières, la rencontre de demain, de quelles attitudes, de quelles paroles elle serait faite. Sanshirô a toujours été ainsi. Quand il doit rencontrer quelqu'un pour discuter d'une affaire, il ne pense qu'à l'attitude que pourra avoir son interlocuteur. Il ne pense pas du tout à se préparer une expression pour dire telle et telle chose avec tel son dans la voix. Et quand la rencontre est passée, il ne pense plus qu'à cela. Alors, il regrette.

Ce soir, en particulier, il n'a pas le loisir d'imaginer à l'avance comment il sera. Sanshirô doute de Mineko depuis l'autre fois. Bien plus, il reste sur son doute sans progresser d'un pouce. D'un autre côté, comme il n'y a pas non plus d'événement précis à propos duquel il pourrait lui demander des éclaircissements, il ne voit pas du tout quelle solution retentissante pourrait y mettre fin. Si une solution est nécessaire pour rendre à Sanshirô la sérénité, elle ne peut consister qu'à profiter de l'occasion pour observer l'attitude de Mineko et en tirer, à sa façon, les éléments qui serviront à prononcer le jugement ultime. L'entrevue de demain apportera la matière indispensable à l'élaboration de ce jugement. C'est pourquoi il se l'imagine déjà de multiples manières. Malheureusement, quelle que soit la façon dont il l'imagine, cela se termine toujours bien pour lui. Mais cela paraît hautement douteux dans la réalité. Cela ressemble tout à fait à l'impression ressentie quand on regarde un lieu sale sur une photographie réussie. De même qu'il ne fait pas de doute que la photographie est authentique et que la réalité de la saleté est incontestable, les deux choses qui devraient être semblables ne peuvent nullement être confondues.

A la fin, il se souvint d'une chose qui le réjouit. Mineko a dit qu'elle prêterait l'argent à Yojirô. Mais elle a dit qu'elle ne lui remettrait pas. Il est peut-être exact que Yojirô est un homme peu sûr quant aux questions d'argent. Cependant, il n'est pas certain que ce soit la raison pour laquelle elle ne le lui a pas remis. Si telle n'est pas la raison, c'est très encourageant pour lui. Il reconnaît une marque d'amitié dans le seul fait qu'elle veuille bien lui prêter l'argent. Et le fait qu'elle veuille le lui remettre en main propre… Sanshirô s'infatua au point de le penser mais il se ravisa aussitôt : elle veut sûrement me tourner en dérision… Il devint pourpre. S'il s'était trouvé quelqu'un pour lui demander pourquoi elle se payait sa tête, il eût sans doute été incapable de répondre. Si on lui avait demandé de faire un effort et de réfléchir, il aurait peut-être répondu que cette femme trouvait intéressante la dérision en soi. Il n'aurait certainement pas imaginé une seconde que ce pût être pour le punir de sa fatuité. Et Sanshirô croit qu'il s'est fait manœuvrer par Mineko pour tomber dans la fatuité.

Le lendemain, par chance, deux professeurs étaient absents et les cours de l'après-midi n'eurent pas lieu. Comme il trouvait fastidieux de rentrer, il mangea un plat en chemin pour tromper sa faim et se dirigea vers la maison. Il est passé bien des fois devant cette maison. Mais c'est la première fois qu'il entre. Un des piliers du portail, dont le sommet est recouvert de tuiles, porte l'écriteau : *Kyôsuke Satomi.* Chaque fois qu'il passe devant, Sanshirô se demande quel genre d'homme peut bien être Kyôsuke Satomi. Il ne l'a pas encore rencontré. Le portail est fermé. Entrant par la petite porte à charnière, il s'étonne de la faible distance qui la sépare de l'entrée de la maison. Des dalles de marbre rectangulaires sont disposées çà et là. L'entrée est marquée par une porte faite d'un treillis coquet en lattes fines. Il sonna. Lorsqu'il demanda à la bonne si Mineko était là, Sanshirô ne put réprimer un sentiment de honte indéfinissable. Il ne s'est jamais enquis, sur le seuil d'une maison, si une jeune fille en fleur était chez elle. Cela lui semble être une tâche très difficile. Chose inattendue, la bonne a l'air sérieux. Son attitude est pleine de respect. Elle se retira au fond, revint, puis après l'avoir salué poliment, elle le convia à entrer et le conduisit au salon. C'est une pièce à l'occidentale tendue de lourds rideaux. Il fait un peu sombre.

La bonne lui demanda d'attendre un peu et sortit. Sanshirô prit place dans la pièce silencieuse. En face, il y a une petite cheminée creusée dans le mur. Elle est surplombée d'un miroir tout en longueur devant lequel sont posés deux chandeliers. Sanshirô se regarda entre les deux chandeliers, puis il s'assit.

Du fond parvint le son d'un violon. Comme porté par un souffle fugitif et rejeté au loin aussitôt, il s'éteignit ; Sanshirô le regretta. Adossé au siège richement capitonné, il attendait dans l'espoir d'en entendre un peu plus, mais c'était fini. Une minute plus tard, il avait oublié le violon. Il considère le miroir et les chandeliers qui sont devant lui. Il se dégage une indéfinissable odeur occidentale. Et puis, cela fait catholique. Sanshirô ne sait pas pourquoi cela fait catholique. Le violon retentit à nouveau. Cette fois-ci, un son aigu et un son grave se succédèrent rapidement deux ou trois fois. Puis, plus rien. Sanshirô ignore tout de la musique occidentale. Néanmoins, il ne fait pas de doute que ces notes n'ont pas été jouées comme des parties d'un tout cohérent. On a simplement fait résonner les cordes. La façon négligente dont on les a fait résonner correspond bien aux dispositions de Sanshirô. C'est comme deux ou trois grêlons qui seraient tombés du ciel à l'improviste, sans qu'on sache trop pourquoi.

Il pose ses yeux à demi conscients sur le miroir : Mineko se tient dans le miroir, sans qu'il s'en soit d'abord aperçu. La porte, dont il pensait que la bonne l'avait fermée, est ouverte. Le buste de Mineko, qui retient d'une main le rideau pendu derrière la porte, se reflète avec netteté. Mineko regarda Sanshirô dans le miroir. Sanshirô regarda Mineko dans le miroir. Mineko sourit.

— Soyez le bienvenu.

La voix de la femme retentit derrière lui. Sanshirô dut se retourner. La femme et l'homme se trouvèrent nez à nez. La femme salua en ébranlant légèrement la large visière de sa chevelure. L'attitude était si familière qu'il était inutile de la saluer en retour. Mais l'homme préféra se lever de son siège et baisser la tête. Faisant mine de ne pas le remarquer, la femme passa de l'autre côté et s'assit le dos tourné au miroir, face à lui.

— Vous voilà enfin.

C'est le même ton familier. Ces paroles réjouirent grandement Sanshirô. La femme est vêtue de soie brillante. Vu qu'elle l'a fait attendre assez longtemps, il se peut qu'elle se soit changée avant de venir dans le salon. Elle se tient assise, droite. L'homme éprouva une douleur plutôt douce devant cette femme qui le regardait sans rien dire, un sourire dans les yeux et sur les lèvres. Le sentiment d'être observé, immobile, a pourtant été insupportable dès qu'elle s'est assise. Sanshirô ouvrit la bouche aussitôt. Le ton est presque convulsif :

— Sasaki…

— Sasaki est venu chez vous, dit-elle en découvrant ses dents blanches.

Derrière la femme, les chandeliers de tout à l'heure sont posés à gauche et à droite de la cheminée. Ce sont des supports de forme bizarre, travaillés finement dans l'or. Sanshirô suppose que ce sont des chandeliers, mais il ne sait pas vraiment ce que c'est. Derrière ces étranges chandeliers, il y a le miroir net. La lumière filtrée par les épais rideaux pénètre mal dans la pièce. De plus, le temps est gris. Dans cet espace, Sanshirô considéra les dents blanches de Mineko.

— Sasaki est venu.

— Qu'est-ce qu'il a dit ?

— Il m'a dit de venir vous voir.

— Je m'en doute. C'est pour cela que vous êtes venu ? se donna-t-elle la peine de demander.

— Oui.

Il ajouta ensuite, après une brève hésitation :

— Eh bien, oui.

La femme recouvrit complètement ses dents.

Elle se leva doucement, alla jusqu'à la fenêtre et regarda au-dehors :

— Le temps s'est couvert. Il fait froid, dehors ?

— Non, il fait plus doux qu'il n'y paraît. Il n'y a aucun vent.

— Ah, dit-elle en revenant à sa place.

— En fait, l'argent de Sasaki… commença-t-il.

— Je sais, l'interrompit-elle.

Sanshirô se tut.

— Comment cela s'est-il produit ? demanda-t-elle.

— Le pari mutuel…

— Eh bien ! répondit la femme.

Pour quelqu'un qui a dit : « Eh bien ! », elle n'a guère l'air étonné. Elle sourit même. Elle ajouta au bout d'un moment :

— Quel mauvais garçon !

Sanshirô garda le silence.

— N'est-il pas plus difficile de parier sur des chevaux que de parier sur les pensées du cœur ? Vous êtes un garçon insouciant qui n'essaie même pas de deviner les pensées des cœurs munis d'un index !

— Ce n'est pas moi qui ai acheté les billets.

— Ah bon ? Mais qui est-ce donc ?

— Sasaki.

La femme se mit brusquement à rire. Sanshirô aussi trouvait cela cocasse.

— Alors, ce n'est pas vous qui avez besoin d'argent ? Que c'est bête !

— Si, c'est moi qui en ai besoin.

— Vraiment ?

— Vraiment.

— Mais alors, c'est bizarre !

— Justement, je ne souhaite pas en emprunter.

— Pourquoi ? Cela vous déplaît ?

— Ce n'est pas que cela me déplaise, mais il n'est pas bien de vous en emprunter sans rien dire à votre frère.

— Que voulez-vous dire ? Mon frère est au courant.

— Ah bon ? Alors, je veux bien. Mais ce n'est pas une nécessité. Il suffit que j'avertisse chez moi et je l'aurai dans une semaine.

— Si cela vous dérange, je ne veux pas...

Mineko devint soudain impassible. Celle qui était à côté de lui jusqu'à maintenant semble s'être éloignée d'une centaine de mètres. Sanshirô regretta de ne pas avoir accepté l'argent. Mais c'est trop tard. Placide, il regarde les chandeliers. Sanshirô n'a jamais pris l'initiative de flatter l'humeur de ses interlocuteurs. La femme s'est éloignée inexorablement. Au bout d'un moment, elle se leva. Elle regarda par la fenêtre :

— Ce n'est pas un temps à pluie.

Sanshirô répondit sur le même ton :

— Ce n'est pas un temps à pluie.

— S'il ne pleut pas, je pourrais sortir un peu, dit-elle en restant debout à côté de la fenêtre.

Sanshirô en conclut qu'elle désirait qu'il s'en aille. Ce n'est pas non plus pour lui qu'elle s'est vêtue de soie brillante.

Il se leva :

— Je vais rentrer.

Mineko l'accompagna jusqu'à l'entrée. Il était déjà sur le carré et enfilait ses chaussures quand elle lui dit :

— Je vais faire un bout de chemin avec vous. Vous voulez bien ?

— Oui, si vous voulez, répondit-il en liant les lacets de ses chaussures.

La femme est descendue sur le carré de l'entrée, à côté de lui. En descendant, elle approche sa bouche de son oreille et murmure :

— Vous êtes fâché ?

— Celui-ci, c'est le frère.

— De qui ?

Mineko regarda Sanshirô d'un air stupéfait :

— Mais ceux-là sont de la sœur et ceux-ci sont du frère !

Sanshirô recula d'un pas et se retourna vers l'autre côté du couloir dans la direction d'où ils étaient venus. On y voit le même genre de tableaux représentant des paysages de contrées étrangères.

— Ce n'est pas le même auteur ?

— Vous pensiez que c'était le même ?

— Oui, dit-il sans conviction.

Ils se regardèrent. Leurs rires se mêlèrent. Mineko marqua son étonnement en faisant les gros yeux, puis elle baissa la voix :

— Vous alors !

Ce disant, elle continua quelques mètres plus loin sans s'attarder. Sanshirô resta à regarder les canaux de Venise encore une fois. La femme, qui s'était éloignée, se retourna. Sanshirô ne regarda pas dans sa direction. Les pas de la femme s'arrêtèrent. Elle fixa Sanshirô, qui se tenait de profil.

— Mlle Satomi !

Une voix forte retentit tout à coup.

Mineko et Sanshirô se retournèrent tous les deux : Haraguchi se tient à environ deux mètres d'une porte munie de l'inscription *Secrétariat*. Derrière lui se tient Nonomiya, légèrement caché. Plutôt que Haraguchi qui l'avait appelée, Mineko regarda Nonomiya qui était plus loin que lui. A peine l'eut-elle vu qu'elle revint sur ses pas, auprès de Sanshirô. Elle approcha sa bouche de son oreille à une distance suffisante pour ne pas attirer les regards. Elle murmura quelque chose. Sanshirô n'a rien compris à ce qu'elle a dit. Alors qu'il s'apprête à la faire répéter, elle est déjà retournée dans leur direction. Maintenant, elle les salue. Nonomiya dit à l'adresse de Sanshirô :

— Tu es en curieuse compagnie !

Avant qu'il n'eut le temps de répondre, Mineko intervint :

— Nous allons bien ensemble.

Nonomiya ne réagit pas. Il regarda derrière lui. Derrière, il y a un grand tableau de la taille d'un tatami environ. C'est un portrait. Tout le rectangle est sombre. Au milieu du vêtement et du chapeau, si mal éclairés qu'ils se confondent avec le fond, seul le visage blanc ressort. C'est un visage émacié, la chair des joues est pendante.

— C'est une copie, dit Nonomiya à Haraguchi.

Celui-ci n'en finit pas d'expliquer quelque chose à Mineko. L'exposition va fermer. Il y a beaucoup moins de visiteurs. Au début, il venait tous les jours au secrétariat, mais ces derniers temps, il ne se montre presque plus. Aujourd'hui, il avait à faire ici après une longue absence et il en a profité pour amener Nonomiya. C'est une aubaine de s'être trouvé en chemin. Dès que l'exposition sera terminée, il faudra commencer à préparer celle de l'année prochaine, c'est un gros travail. D'habitude, elle ouvre ses portes à l'époque des fleurs, mais l'année prochaine, on l'avancera un peu pour la commodité des participants, ce qui fera pratiquement deux expositions à organiser coup sur coup. Il doit étudier d'arrache-pied. Il compte absolument terminer le portrait de Mineko d'ici là. Permettez que je fasse votre portrait même la veille du jour de l'an s'il le faut.

— En échange, je vous le mettrai ici.

Haraguchi se tourna pour la première fois vers le tableau sombre. Pendant ce temps, Nonomiya regardait le même tableau, l'air absent.

— Qu'en dis-tu ? Venise. Il faut dire que c'est une copie. Et elle n'est pas tellement réussie, explique Haraguchi pour la première fois.

Pour le coup, Nonomiya ne trouva plus rien à dire.

— Qui a fait la copie ? demande la femme.

— C'est Mitsui. Il est plus doué que ça. Ce tableau n'est pas fameux, dit-il en reculant de deux pas.

— Décidément, quand la technique d'une œuvre atteint le summum de l'art, la copie n'est jamais fameuse.

Haraguchi pencha le cou. Sanshirô le regardait pencher le cou.

— Vous avez tout regardé ? demanda le peintre à Mineko.

Haraguchi ne s'adresse qu'à Mineko depuis tout à l'heure.

— Pas encore.

— Que diriez-vous d'en rester là et de sortir ensemble. Je vous offre le thé chez Seiyôken. Ce ne sera pas long, j'ai à faire et je dois partir. – C'est à propos du cercle ; j'ai quelque chose à demander au manager. C'est un ami à moi. – C'est justement la bonne heure pour prendre le thé. Si on attend encore, il sera trop tard pour le thé, et trop tôt pour le dîner, on ne sera pas à l'aise. Qu'en dites-vous ? Venez avec nous.

Mineko regarda Sanshirô. Celui-ci a l'air indifférent. Quant à Nonomiya, il reste immobile et ne s'en mêle pas.

— Puisque nous sommes là, regardons-les tous avant de partir. Venez donc, M. Ogawa.

Sanshirô acquiesça.

— Alors, procédez comme ceci : dans l'annexe qui est au fond, il y a les œuvres posthumes de Fukami ; allez juste voir ça et venez chez Seiyôken après. Nous vous attendons là-bas.

— Merci.

— Il ne faut pas regarder les aquarelles de Fukami comme des aquarelles ordinaires. Tout en elles respire Fukami. Il ne faut pas avoir envie de voir la chose, mais de ressentir le charme subtil de la poésie : là réside toute l'originalité de son talent, fait-il remarquer avant de sortir avec Nonomiya.

Mineko remercia et les regarda s'éloigner. Ils ne se retournèrent pas.

La femme tourna les talons et pénétra dans l'annexe. L'homme emboîta le pas. C'est une salle sombre, mal éclairée. Sur le long mur étroit sont alignés les tableaux de Me Fukami : la plupart sont bien des aquarelles. Ce qui frappa Sanshirô, c'est que les couleurs à l'eau étaient toutes aussi pâles les unes que les autres, peu variées et pauvres en contraste ; c'était peint avec une telle sobriété qu'on avait presque envie de sortir le tableau dehors au soleil pour le mettre en valeur. En revanche, le mouvement du pinceau ne trahit pas la moindre hésitation. On croirait que cela a été réalisé quasiment d'un seul jet. On voit clairement les contours dessinés au crayon sous la peinture, ce qui dénote un style exempt d'affectation. Les personnages sont effilés, longs, ils font penser à des fléaux. Ici aussi, il y a une œuvre sur Venise.

— Cela aussi, c'est Venise, dit-elle en s'approchant.

— Oui, répondit-il.

A propos de Venise, il se souvint :

— Qu'avez-vous dit tout à l'heure ?

— Tout à l'heure ? demanda-t-elle à son tour.

— Quand j'étais en train de regarder Venise de l'autre côté.

La femme découvrit à nouveau ses dents blanches. Mais elle ne dit rien.

— Si c'est une commission pour moi, je ne veux pas le savoir.

— Mais ce n'est pas une commission !

Sanshirô a toujours l'air intrigué. Il est déjà quatre heures passées en cette grise journée d'automne et la pénombre envahit la salle. Il y a très peu de visiteurs. Dans l'annexe, il n'y a que la silhouette de l'homme et de la femme. Celle-ci s'éloigna des peintures et se planta devant Sanshirô.

— M. Nonomiya. Vous ne trouvez pas ?

— M. Nonomiya…

— Vous voyez ce que je veux dire…

Le sens de ses paroles remplit Sanshirô de stupeur, comme si une vague déferlait sur lui.

— Vous vous êtes moquée de M. Nonomiya ?

— Pourquoi ?

Le ton de la femme est parfaitement innocent. Du coup, Sanshirô resta sans voix. Il fit deux ou trois pas en silence. La femme le suivit, comme agrippée à lui.

— Mais je ne me suis pas moquée de vous !

Sanshirô s'arrêta à nouveau. C'est un homme de grande taille. Il regarda Mineko d'en haut.

— Ce n'est pas grave.

— Qu'est-ce qu'il y a de mal ?

— Justement, ce n'est pas grave.

La femme détourna le visage. Ils atteignirent la porte en même temps. Au moment de la passer, leurs épaules se touchèrent. L'homme se souvint subitement de la femme qui était avec lui dans le train. L'endroit qui toucha la chair de Mineko lui fit mal, comme dans un rêve.

— Vraiment ? demanda-t-elle à voix basse.

Deux ou trois visiteurs se rapprochent.

— En tout cas, sortons d'ici, dit Sanshirô.

Ils reprirent leurs chaussures ; dehors, il pleut.

— On va chez Seiyôken ?

Mineko ne répondit rien. Ils se tenaient devant le musée au milieu du grand champ, mouillés par la pluie. Par chance, celle-ci vient juste de commencer à tomber. D'ailleurs, elle n'est pas battante. Regardant autour d'elle, la femme qui se tenait dans la pluie pointa son doigt vers le bois, un peu plus loin.

— Mettons-nous sous cet arbre.

En patientant un peu, la pluie ne tarderait pas à s'arrêter. Ils allèrent sous un grand cryptoméria. C'est un arbre peu apte à protéger de la pluie. Ils restent néanmoins sans bouger. Ils se font mouiller mais ils restent. Le froid les gagna.

— M. Ogawa ! dit la femme.

Fronçant les sourcils, l'homme qui regardait le ciel tourna le visage vers la femme.

— Vous êtes fâché pour tout à l'heure ?

— Ce n'est pas grave.

— Tout de même… dit-elle en se rapprochant. Je ne sais pas ce qui m'a prise, j'avais envie de faire ça. Je ne voulais pas être impolie vis-à-vis de M. Nonomiya.

Mineko fixa les yeux sur Sanshirô. Celui-ci perçut dans ses yeux une supplication dont l'intensité dépassait le pouvoir des mots. – « Au fond, n'était-ce pas pour vous que je l'ai fait ? » disait-elle du fond de ses yeux.

— Justement, ce n'est pas grave, répondit-il à nouveau.

La pluie se fait plus drue. Les endroits épargnés par les gouttes sont rares. Ils se rapprochèrent en un point de plus en plus étroit. Ils se tenaient là, raides, épaule contre épaule. La voix de Mineko se mêla à la pluie :

— Prenez l'argent.

— Je vous l'emprunte. Juste ce qui est nécessaire.

— Prenez tout, dit-elle.

Chapitre 9

Sur le conseil de Yojirô, Sanshirô finit par accepter d'aller à la réunion qui avait lieu chez Seiyôken. Il passa un *haori* en pongé noir sur le kimono. Dans une lettre, sa mère lui explique longuement qu'elle a teint le blason familial sur la toile tissée par la mère d'Omitsu, qui a confectionné elle-même le *haori*. Quand le colis est arrivé, il l'a essayé mais il ne lui a pas plu ; il l'a donc laissé dans le placard. Yojirô ne trouve pas normal qu'il ne porte pas une aussi belle veste. Comme celui-ci est fort capable de l'emporter pour en faire bon usage, Sanshirô, tout compte fait, s'est senti l'envie subite de la porter quand même. Elle ne lui va pas si mal que cela.

Sanshirô se tenait donc ainsi vêtu à l'entrée de Seiyôken, en compagnie de Yojirô. Celui-ci est d'avis que les invités doivent être reçus avec apparat. Sanshirô ignorait qu'il était venu pour cela. D'abord, il était venu en invité. De plus, le *haori* en pongé faisait un effet minable pour quelqu'un chargé de l'accueil. Il regretta de n'avoir pas mis son uniforme d'étudiant. Les membres du cercle commencent à arriver. Yojirô ne manque pas d'aborder les arrivants un par un pour leur faire un brin de causette. Il les traite tous comme de vieilles connaissances. Une fois que les invités ont remis leur chapeau et leur manteau au serveur, qu'ils ont tourné au coin du large escalier et disparu dans le couloir sombre, il explique à Sanshirô qui est un tel, d'où vient tel autre.

La plupart des invités sont là. Ils sont une petite trentaine. Il y a M. Hirota. Il y a aussi Nonomiya. C'est un scientifique mais Haraguchi aurait insisté pour qu'il vienne parce qu'il aime la peinture et la littérature. Haraguchi est là, bien sûr. Arrivé le premier, il s'occupe des gens, distribue des amabilités tout en lissant sa barbiche à la française ; il a l'air très affairé dans tout ce qu'il fait.

On prit place. Chacun s'assoit où il veut. Si aucun ne cède sa place, personne ne se dispute non plus pour avoir la sienne. Faisant preuve d'une agilité inaccoutumée, M. Hirota s'assit le premier. Seuls Yojirô et Sanshirô restèrent ensemble et s'assirent près de l'entrée. Tous les autres se font face ou se côtoient sans la moindre préséance.

Entre Nonomiya et M. Hirota s'assit un critique vêtu d'un *haori* à rayures. En face d'eux, un docteur « ès » dénommé Shôji. C'est le professeur influent de la faculté des lettres dont a parlé Yojirô. C'est un homme distingué vêtu d'une redingote. Il a une barbe deux fois plus longue que la normale. A la lumière des lampes électriques, elle donne l'impression d'un tourbillon qui lance des reflets noirs. Elle contraste avec le crâne rasé de M. Hirota. Haraguchi a pris place assez loin. Dans le coin opposé à Sanshirô, il lui fait face, de loin. Du col rabattu part un large nœud de satin noir qui retombe généreusement sur toute la poitrine. Yojirô dit que les artistes français portent tous ce genre de parure au col. En aspirant sa soupe, Sanshirô se dit que cela ressemblait tout à fait à l'*obi* d'un kimono d'enfant. Puis les conversations commencèrent. Yojirô boit de la bière. Il ne parle pas comme il le fait d'habitude. Aujourd'hui, l'homme a l'air de se tenir tout de même quelque peu sur la réserve. Sanshirô dit à voix basse :

— On lance un *« De te fabula »* ?

— Pas aujourd'hui, répondit l'autre qui se tourna aussitôt vers son voisin et se mit à lui parler.

« J'ai lu votre article, c'est vraiment très instructif. » – Il trouve le moyen de le remercier. L'ennui, c'est qu'il s'en est moqué tant et plus devant Sanshirô, ce qui plonge celui-ci dans la plus grande perplexité.

Yojirô se tourna à nouveau vers lui :

— Ce *haori* est superbe. Il te va bien, dit-il en prêtant une attention particulière au blason de couleur blanche.

Haraguchi adressa alors la parole à Nonomiya de l'autre bout de la salle. Comme il a une voix naturellement forte, cela facilite les échanges à distance. M. Hirota et le professeur dénommé Shôji, qui parlaient jusqu'alors l'un en face de l'autre, interrompirent leurs propos pour ne pas les gêner. Tous les autres se turent aussi. La conversation avait trouvé un centre.

— Nonomiya, as-tu terminé tes expériences avec les rayons lumineux ?

— Oh, non ! J'en suis encore loin.

— C'est un travail très fastidieux. Le nôtre aussi demande beaucoup d'endurance, mais le tien semble être encore plus austère.

— On peut faire une peinture sur-le-champ par l'effet de l'inspiration, mais les essais de physique, c'est autre chose.

— Justement, l'inspiration me cause des difficultés. Cet été, alors que je passais quelque part, j'ai entendu deux femmes discuter. Elles s'interrogeaient pour savoir si la saison des pluies était terminée, cela n'avait pas l'air bien sûr ; l'une se plaignait de ce qu'autrefois, les premiers coups de tonnerre étaient des signes qui ne trompaient pas, mais qu'avec le temps, les choses avaient changé et que ce n'était plus aussi facile de nos jours. L'autre s'est rebiffée en disant : « Comment, comment ? Ce n'est tout de même pas un coup de tonnerre qui peut mettre fin à la saison des pluies ! » – Il en est de même pour la peinture : on ne peut plus peindre de nos jours simplement avec de l'inspiration. N'est-ce pas, M. Tamura, que c'est la même chose pour les romans ?

A côté de lui se trouvait un romancier du nom de Tamura. Celui-ci répondit que la seule inspiration qu'il ressentait, c'était quand on lui réclamait des manuscrits en retard, ce qui provoqua le fou rire général. Puis M. Tamura prit un air cérémonieux et demanda à Nonomiya si les rayons lumineux avaient une pression, et s'ils en avaient, pourquoi il les testait. La réponse de Nonomiya ne manque pas d'intérêt.

— Je fabrique un disque mince en mica, ou autre matériau, de la grandeur approximative d'un jeu de dames, que je suspends à un fil de quartz, puis je mets le tout sous vide. Quand la lumière d'une lampe à arc est projetée perpendiculairement sur la surface du disque, celui-ci est repoussé par la lumière et se met à bouger.

L'assistance écoutait avec recueillement. Sanshirô se souvint de l'étonnement qu'il avait ressenti peu après son arrivée à Tôkyô en voyant la longue-vue et il se dit que la boîte à condiments devait sûrement contenir le dispositif en question.

— Dis donc, ça existe, des fils en quartz ? demanda-t-il tout bas à Yojirô.

Celui-ci hocha la tête.

— M. Nonomiya, est-ce que cela existe, des fils en quartz ?

— Oui, de la poudre de quartz. On la fait fondre avec la flamme d'un chalumeau à l'oxygène, on tire avec les deux mains vers la gauche et vers la droite et cela donne un fil fin.

Pour toute réponse, Sanshirô n'émit qu'un « Ah bon » et n'insista pas. Le critique qui portait un *haori* à rayures, assis à côté de Nonomiya, prit alors la parole :

— Nous ne connaissons rien à ce genre de choses mais je suis curieux de savoir comment on s'en est aperçu la première fois.

— Du point de vue théorique, on s'en était douté depuis Maxwell, mais c'est Lebedev qui en a fourni la preuve expérimentale. Il y a même des gens, ces derniers temps, pour penser que la queue des comètes, qui devrait être attirée en direction du soleil, s'en va dans l'autre sens parce qu'elle est repoussée sous l'effet de la pression lumineuse.

Le critique semblait fort impressionné.

— L'idée est intéressante mais c'est surtout très grand, dit-il.

— Ce n'est pas seulement grand : il n'y a pas de mal et c'est plaisant, observa M. Hirota.

— Et si l'idée se révèle fausse par la suite, il n'y aura toujours pas de mal et ce sera bien comme cela, dit Haraguchi en souriant.

— Mais non, il semble bien que ce soit vrai. La pression des rayons lumineux est proportionnelle au carré du rayon mais, comme la force d'attraction est proportionnelle au cube du rayon, plus l'objet est petit, plus l'attraction le cède à la pression des rayons qui augmente. Si la queue de la comète provient effectivement de toutes petites particules, elle est forcément repoussée dans le sens inverse du soleil.

Nonomiya était devenu sérieux. Haraguchi reprit sur le même ton :

— Il n'y a pas de mal mais en tout cas, cela complique drôlement les calculs. C'est le revers de la médaille.

Sur ces paroles, tout le monde retrouva des dispositions à boire de la bière. M. Hirota commente :

— Les physiciens ne semblent vraiment rien devoir au naturalisme.

Les mots physiciens et naturalisme piquèrent la curiosité de toute l'assistance :

— Que voulez-vous dire ? demanda l'intéressé.

M. Hirota dut s'expliquer.

— Mais puisqu'il ne sert à rien d'observer simplement la nature en ouvrant les yeux quand on veut tester la pression des rayons lumineux… Que je sache, le fait de la pression des rayons lumineux n'est imprimé nulle part dans le menu de la nature. C'est pourquoi on fabrique des artifices tels que les fils en quartz, le vide, le mica, pour rendre cette pression perceptible aux yeux du physicien. Donc, ce ne sont pas des naturalistes.

— Mais ce ne sont pas non plus des romantiques, reprit Haraguchi avec malice.

— Si, ce sont des romantiques.

M. Hirota prit leur défense, sur un ton précieux.

— N'est-ce pas du pur romantisme que de disposer les choses entre elles d'une façon qu'il n'est pas possible de trouver habituellement dans la nature ?

— Oui, mais puisqu'on ne fait qu'observer la pression exercée par les rayons après avoir disposé les choses de cette façon, la suite relève bien du naturalisme, dit Nonomiya.

— Alors, les physiciens sont des naturalistes. Si l'on prend une comparaison dans la littérature, n'est-ce pas ce que fait Ibsen ? remarque le docteur « ès » qui est assis obliquement par rapport à eux.

— C'est cela, les drames d'Ibsen sont conçus avec autant d'artifice que les appareils de Nonomiya, mais il est douteux que les personnages évoluant à l'intérieur obéissent aux lois de la nature comme les rayons lumineux.

C'est le critique au *haori* rayé qui a parlé.

— C'est possible, mais je pense qu'il faut garder ces réalités en mémoire pour étudier l'homme. Je m'explique : cela veut dire que l'homme placé dans une certaine situation a la capacité et le droit d'orienter son action dans le sens opposé. Cependant, une curieuse habitude veut qu'on s'imagine les hommes obéissant aux lois mécaniques, comme le font les rayons lumineux, ce qui entraîne parfois des méprises monumentales. On arrange tout pour mettre en colère et on fait rire, on s'évertue à provoquer le rire et l'on met en colère, bref, c'est tout le contraire qui arrive. Pourtant, ce sont toujours des hommes.

M. Hirota a élargi le débat.

— Cela signifierait donc qu'un homme peut faire n'importe quelle action dans une situation donnée, ce sera toujours naturel ? demanda le romancier assis à l'autre bout.

M. Hirota répondit aussitôt :

— Oui, oui. On peut décrire n'importe quel homme de n'importe quelle façon, ne semble-t-il pas qu'il en existe au moins un semblable dans le monde ? En fait, nous les hommes, nous sommes foncièrement incapables d'imaginer des actions et des comportements qui ne soient pas du domaine de l'humain. Simplement, nous sommes maladroits pour les décrire et les gens qui nous lisent ont du mal à reconnaître l'homme dans ce que nous écrivons.

Le romancier arrêta de parler. Puis le docteur « ès » prit la parole :

— Même les physiciens. Quand Galilée s'est aperçu dans une église que le temps nécessaire à l'oscillation d'un lustre est le même quelle que soit l'amplitude de l'oscillation, quand Newton a découvert que la pomme tombait sous l'effet de l'attraction terrestre, ils étaient foncièrement naturalistes.

— Si vous prenez le naturalisme dans ce sens, cela vaut aussi bien pour la littérature. M. Haraguchi, le naturalisme existe-t-il en peinture ?

— Bien sûr qu'il existe. Il y a le redoutable Courbet. *Vérité vraie* [1] : il n'accepte rien qui ne soit des faits. Mais il n'est pas d'une brutalité si extrême que cela. Disons que l'existence de son école est reconnue. Heureusement ! C'est la même chose pour le roman. Hein ? Il faut bien qu'il y en ait aussi dans le genre d'un Moreau ou d'un Chavannes ?

— Tout à fait, répondit son voisin le romancier.

1. En français dans le texte.

Après le repas, il n'y eut ni discours ni cérémonial quelconque. Seul Haraguchi s'évertua à dénigrer la statue en bronze perchée sur la butte de Kudan. Les habitants de Tôkyô n'ont que faire de voir ériger de telles statues chez eux. Il est d'avis qu'il serait beaucoup plus judicieux de faire mettre de belles geishas en bronze à la place. Yojirô expliqua à Sanshirô que l'auteur de la statue de Kudan était en mauvais termes avec Haraguchi.

La réunion terminée, ils sortirent : il y avait un beau clair de lune. Yojirô demanda à Sanshirô si M. Hirota avait fait bonne impression ce soir au Dr Shôji. Sanshirô répondit qu'il avait certainement fait bonne impression. Alors qu'ils étaient près d'un robinet public, Sanshirô lui raconta qu'il s'était fait surprendre là par un gendarme en train de faire des ablutions, alors qu'il se promenait par une chaleur étouffante, un soir de l'été dernier, et qu'il s'était enfui sur la butte de Suribachi. Ils allèrent donc contempler la lune du sommet de Suribachi, puis ils rentrèrent chez eux.

Sur le chemin du retour, Yojirô se mit subitement à exposer ses bonnes raisons à propos de la dette. La lune est claire, l'air assez froid. Sanshirô a presque oublié la question d'argent. Il a beaucoup de mal à éprouver même un semblant d'intérêt à écouter ses bonnes raisons. Il pense, de toute façon, qu'il ne lui rendra pas l'argent. Yojirô se garde bien de dire qu'il va le rendre. Il expose simplement, avec son brio habituel, les circonstances qui l'ont mis dans l'impossibilité de le rendre. Cela vaut la peine d'être entendu. Un homme de sa connaissance avait décidé de se suicider à la suite d'un chagrin d'amour, ne trouvant plus aucun goût à la vie ; comme il ne voulait ni de la mer, ni d'une rivière, encore moins du cratère d'un volcan, et surtout pas de la pendaison, il se résolut finalement à acheter un pistolet. Il l'avait donc acheté mais avant qu'il n'ait eu le temps de commettre son acte, un ami vint lui emprunter de l'argent. Il refusa d'abord en disant qu'il n'en avait pas mais l'autre insista tellement qu'il lui prêta, à contre-cœur, le précieux pistolet. L'ami le mit en gage et se tira d'affaire pour un temps. Lorsqu'il eut trouvé de quoi le racheter et qu'il vint le rendre à son propriétaire, celui-ci n'avait plus envie de mourir. Autant dire que cet homme a eu la vie sauve parce qu'on est venu lui emprunter de l'argent.

— On ne sait jamais ce qui peut arriver, conclut Yojirô.

Sanshirô trouve cela vraiment très drôle. C'est le seul mérite qu'il reconnaît à l'histoire. Regardant la lune au-dessus de lui, il éclata de rire. Même si l'argent ne revient pas, c'est amusant tout de même.

— Ne ris pas comme ça, réfléchis bien. Admets que c'est parce que je n'ai pas rendu l'argent que tu as pu aller en emprunter à Mineko.

Sanshirô arrêta de rire.

— Et alors ?

— Et alors, cela devrait te suffire ! Dis-moi, tu aimes cette femme…

On ne peut rien lui cacher. Sanshirô émit un « hum » et regarda la lune au-dessus de lui. A côté de la lune, un nuage blanc s'est formé.

— Est-ce que tu le lui as rendu ?

— Eh non !

— Garde toujours ta dette envers elle.

Il est insouciant. Sanshirô ne répondit rien. Evidemment, il n'a aucune envie de garder toujours sa dette envers elle. En fait, il voulait payer les vingt yen nécessaires à sa logeuse et porter tout de suite les dix yen restant chez Satomi mais il s'était ravisé, car il n'était pas souhaitable de les rendre maintenant – c'eût été faire fi de sa gentillesse – et il était revenu sur ses pas, sacrifiant une bonne occasion de passer le portail de sa maison. Puis il s'était laissé aller, dans un moment d'inattention, à entamer les dix yen. A la vérité, la participation aux frais de ce soir a été prélevée dessus. Pas seulement la sienne. Celle de Yojirô aussi provient de la même source. Il reste à peine deux ou trois yen. Sanshirô compte acheter une chemise d'hiver avec le reste.

En fait, Yojirô ne montrant pas la moindre velléité à rendre l'argent, Sanshirô a carrément demandé l'autre jour à sa mère de lui envoyer les trente yen manquants. Or, il ne lui est pas possible de réclamer de l'argent en disant qu'il en manque alors qu'il reçoit tous les mois de quoi payer ses études. N'ayant jamais beaucoup pratiqué le mensonge, il fut bien embarrassé pour trouver une excuse. A cours d'argument, il écrivit simplement qu'il avait fait un prêt à un ami en difficulté auquel il n'avait pas pu le refuser et que, pour le coup, c'était lui qui était en difficulté. Il la prie donc de bien vouloir y remédier.

Si elle avait répondu tout de suite, il aurait déjà reçu l'argent, mais rien ne vient. Il rentra à sa pension en se disant qu'il y aurait peut-être quelque chose ce soir : il trouve effectivement, sur la table, une enveloppe portant l'écriture de sa mère. Chose curieuse, elle a seulement collé un timbre de trente *sen*[1] alors qu'elle envoie toujours l'argent en recommandé. Il ouvre : la lettre est on ne peut plus laconique. Il n'y a que l'essentiel ; de la part de sa mère, c'en est même brutal : *J'ai envoyé l'argent chez M. Nonomiya, tu n'as qu'à aller le lui demander.* C'est tout. Sanshirô sortit sa literie et se coucha.

Ni le lendemain, ni le surlendemain, il n'alla chez Nonomiya. Ce dernier ne se manifesta pas non plus. Une semaine passa ainsi. Finalement, Nonomiya lui écrivit une lettre qu'il fit porter par sa bonne. Il lui dit de passer le voir, car sa mère lui a demandé un service. Profitant d'un creux entre deux cours, Sanshirô retourna dans la cave de la faculté des sciences. Il pensait pouvoir expédier l'affaire en parlant, debout, avec l'inté-

1. Un *sen* équivaut à un centième de yen.

ressé, mais il en fut empêché. Il y a deux ou trois moustachus dans la salle que Nonomiya était seul à occuper cet été. Il y a aussi deux ou trois étudiants en uniforme. Fervents, recueillis, indifférents au monde ensoleillé au-dessus de leur tête, ils font des recherches. Nonomiya a l'air le plus occupé de tous. Jetant un coup d'œil sur Sanshirô dont la tête dépassait de la porte d'entrée, il s'en approcha sans mot dire.

— J'ai reçu de l'argent de chez toi, viens le chercher. Je ne l'ai pas ici. J'ai encore autre chose à te dire.

— Ah bon ? répondit Sanshirô.

Il demanda s'il pouvait venir ce soir. Après un instant de réflexion, Nonomiya accepta. Sanshirô quitta la cave sans insister. En sortant, il se dit que les scientifiques avaient décidément beaucoup de constance. La boîte à condiments et la longue-vue étaient toujours posées au même endroit.

Au cours suivant, il vit Yojirô à qui il expliqua tout. Celui-ci jeta sur lui un regard chargé de reproches :

— Je t'avais pourtant dit de garder ta dette envers elle. Tu tracasses inutilement les plus âgés. Tu vas te faire sermonner par M. Sôhachi. Comment peut-on être aussi bête !

A l'entendre, on ne croirait jamais que tout a commencé par sa faute. Sanshirô lui-même a oublié la responsabilité de Yojirô dans cette affaire. Aussi la réponse fut-elle exempte de mauvaise intention à son égard :

— C'est justement parce qu'il me déplaît de garder cet argent que je l'ai fait savoir chez moi.

— Cela te déplaît, mais à elle, cela lui ferait plaisir.

— Pourquoi ?

Ce pourquoi résonna quelque peu faussement aux oreilles du locuteur lui-même. Mais il ne sembla pas exercer la moindre influence sur l'interlocuteur.

— Mais c'est normal ! Ce serait la même chose avec moi. Supposons que j'ai de l'argent en trop. Eh bien, je serais plus heureux de te le laisser que de le reprendre.

L'homme est ainsi fait qu'il aime bien faire plaisir aux autres dans la mesure où ça ne le gêne pas.

Sanshirô ne répondit pas et commença à noter le cours. Au bout de quelques lignes, Yojirô vint à nouveau placer sa bouche près de son oreille.

— Ça m'arrive souvent de prêter de l'argent quand j'en ai assez pour moi. Mais personne ne me l'a jamais rendu. Voilà pourquoi je ne m'en fais pas.

Sanshirô n'eut pas le courage de mettre sa parole en doute. Il se contenta d'un sourire en coin et recommença à faire marcher son porte-plume. Après cet intermède, Yojirô se calma et garda le silence jusqu'à la fin du cours.

La cloche sonna ; ils quittaient la classe en marchant l'un à côté de l'autre quand Yojirô demanda soudain :

— Cette femme est-elle amoureuse de toi ?

Les autres sortent derrière eux, à la suite. Gêné, Sanshirô descendit l'escalier en silence et, prenant la sortie latérale, il alla sur le terrain vague à côté de la bibliothèque ; là, il se retourna et répondit :

— Je ne sais pas exactement.

Yojirô le considéra un moment.

— On ne sait pas toujours. Mais à supposer que tu saches, est-ce que tu serais capable d'être le mari de cette femme ?

Sanshirô n'avait jamais réfléchi à ce problème. Il avait l'impression que le seul droit de devenir le mari de Mineko résidait uniquement dans le fait d'en être aimé. En effet, ce n'est pas sûr du tout. Sanshirô inclina la tête de côté.

— Nonomiya le pourrait, continua Yojirô.

— Quels rapports y a-t-il eu jusqu'à présent entre Nonomiya et cette personne ?

Le visage de Sanshirô était figé comme du marbre. Yojirô répondit simplement :

— Je n'en sais rien.

Sanshirô ne dit rien.

— Va donc chez Nonomiya te faire sermonner, lança-t-il en s'éloignant vers l'étang.

Sanshirô restait planté là comme l'enseigne d'un marchand de bêtises. Yojirô fit cinq ou six pas, puis il revint en souriant :

— Tu ferais mieux de prendre Yoshiko…

Ce disant, il entraîna Sanshirô en direction de l'étang. En marchant, il répéta par deux fois : « Elle t'irait bien, elle t'irait bien. » Sur ce, la cloche sonna.

Ce soir-là, Sanshirô sortit pour se rendre chez Nonomiya, mais comme il était encore un peu tôt, il fit un crochet par le *chôme* quatre et entra dans un grand bazar pour acheter une chemise. Un jeune employé sortit du fond toutes sortes de modèles ; il les caressa, les regarda, les étala pour mieux les voir mais il n'arrivait pas à se décider. Il était justement en train de faire mille manières, sans raison, quand Mineko et Yoshiko apparurent soudain dans l'entrée du magasin pour acheter du parfum.

— Tiens ! dit-il en les saluant.

Mineko remercia pour l'autre jour. Sanshirô savait bien pour quoi elle remerciait. Au lieu de lui rendre à nouveau visite pour lui restituer le reliquat de la veille, il avait d'abord repoussé l'échéance et, deux jours plus tard, il s'était décidé à lui envoyer une lettre de politesse.

La formulation de la lettre exprime fidèlement les dispositions de l'auteur au moment où il l'a écrite mais, évidemment, il en a trop écrit. Sanshirô a aligné le plus de mots possible pour exprimer des remerciements passionnés. Un lecteur non averti aurait du mal à croire que c'est une lettre de remerciement tant l'expression est fumeuse. Pourtant, elle ne contient rien d'autre que des remerciements. Ce qui explique pourquoi les remerciements, par la force des choses, ont dépassé le niveau des simples remerciements. En mettant la lettre dans la boîte, il s'attendait à recevoir une réponse immédiate. Mais la lettre resta sans réponse. Il n'eut pas non plus, jusqu'à ce jour, l'occasion de revoir Mineko. « Merci pour l'autre jour… » Sanshirô ne trouve pas en lui assez de courage pour répondre clairement à l'écho ténu de cette salutation. Regardant la chemise qu'il tenait déployée à deux mains devant ses yeux, il se demandait si la présence de Yoshiko était la cause d'une telle indifférence. Il se dit ensuite qu'il était en train d'acheter une chemise avec l'argent de cette femme. Le jeune employé le pressa de faire son choix.

Les deux femmes s'approchèrent en souriant et regardèrent les chemises avec lui. Au bout d'un moment, Yoshiko déclara :

— Prenez celle-ci.

Sanshirô la prit. Ensuite, c'est lui qui dut les conseiller pour le choix du parfum. Il n'y connaît absolument rien. Il saisit un flacon portant l'inscription *Héliotrope* et le propose, sans grande conviction.

— Prenons ça, décida Mineko sur-le-champ.

Sanshirô en était gêné pour elles.

Ils sortirent et prirent congé ; les deux femmes commencent à se saluer.

— Allez-y maintenant, dit Yoshiko.

— Je vous laisse, dit Mineko.

Les écoutant parler, Sanshirô comprend que la sœur cadette se rend de ce pas chez le frère aîné. La soirée se passerait donc à marcher en direction d'Oiwake en compagnie d'une jolie femme. Le soleil ne s'est pas encore caché.

Ce n'était pas tant le fait de marcher en compagnie de Yoshiko qui gênait un peu Sanshirô, que de devoir se trouver en même temps qu'elle à la pension de Nonomiya. Il envisagea même de rentrer chez lui pour ce soir et de remettre sa visite à plus tard. Néanmoins, il est peut-être plus avantageux, pour entendre le sermon, selon l'expression de Yojirô, de l'avoir près de lui. Il n'oserait tout de même pas le rappeler à l'ordre de la part de sa mère en présence d'un tiers. Après tout, il allait peut-être simplement lui remettre l'argent. Sanshirô prit une décision qui n'était pas dénuée de malice.

— Je vais aussi chez M. Nonomiya.

— Ah bon, pour dire bonjour ?

— Non, j'ai à lui parler. Et vous, c'est pour dire bonjour ?

— Non, moi aussi, j'ai à lui parler.

Même question, même réponse. Cependant, ni l'un ni l'autre ne manifeste le moindre signe d'embarras. Pour plus de sûreté, Sanshirô demande si cela ne la dérange pas. Elle répond que cela ne la dérange en aucune manière. Elle a même l'air de s'étonner qu'il pose une question si saugrenue. Sanshirô crut percevoir une lueur d'étonnement dans les prunelles noires qui brillaient à la lumière de la lampe à gaz devant le magasin. En réalité, elles paraissaient simplement grandes et noires.

— Vous avez acheté le violon ?

— Comment le savez-vous ?

Sanshirô fut embarrassé pour répondre. La femme reprit aussitôt, sans s'y arrêter :

— J'avais beau lui dire, il me répétait tout le temps la même chose, qu'il allait me l'acheter et il ne m'achetait rien.

Les reproches qu'il nourrissait dans son for intérieur n'étaient pas dirigés contre Nonomiya ni contre Hirota ; ils s'adressaient bien plutôt à Yojirô.

Laissant l'avenue d'Oiwake, ils tournèrent dans une petite rue. Ils découvrent de nombreuses maisons. Les lanternes pendues devant chaque entrée éclairent la voie sombre. Ils s'arrêtèrent devant l'une des lanternes. Nonomiya se trouve au fond.

Une bonne centaine de mètres le séparent de la pension de Sanshirô. Depuis que Nonomiya est venu s'installer ici, il lui a rendu visite à deux ou trois reprises. Nonomiya occupe les deux pièces rapportées, jouxtant l'aile principale et se trouvant sur la gauche quand on a monté deux marches dans le prolongement rectiligne d'un large couloir. La véranda donne presque directement sur le grand jardin du voisin, côté sud ; le calme règne ici de jour comme de nuit. Quand il avait vu Nonomiya reclus dans cette aile annexe, Sanshirô avait compris qu'on pût faire ses malles pour venir habiter un pareil endroit : il avait été conquis dès la première visite. Nonomiya était descendu dans le couloir : « Regarde un peu, c'est du chaume », avait-il dit en levant les yeux vers l'auvent de sa nouvelle demeure. Chose rare, il n'y avait pas de tuiles sur le toit.

Aujourd'hui, il fait nuit et le toit n'est pas visible mais une lampe électrique est allumée à l'intérieur. Dès qu'il vit la lampe électrique, Sanshirô se souvint du toit de chaume. Cela faisait une impression curieuse.

— Voilà des visiteurs étrangement assortis ! Vous vous êtes rencontrés dans l'entrée ? demande Nonomiya à sa sœur.

Celle-ci lui expliqua la situation. Elle en profite pour lui conseiller d'acheter une chemise semblable à celle de Sanshirô. Et puis le violon de l'autre jour est de facture japonaise et le son est mauvais. Puisqu'il a attendu si longtemps pour lui en acheter un, il n'a qu'à aller l'échanger contre un autre qui soit un peu mieux. Elle se contenterait d'un violon qui soit au moins d'aussi bonne qualité que celui de Mineko. Ensuite, elle déclame une tirade de caprices qui sont tous à peu près du même genre. Nonomiya n'a pas l'air spécialement impressionné, pas plus d'ailleurs qu'il ne lui adresse une parole affectueuse ; il écoute simplement en répétant « Ah bon ! Ah bon ! »

Sanshirô ne dit pas un mot. Yoshiko ne raconte que des bêtises. Elle ne se retient pas le moins du monde. Pourtant, elle ne fait pas l'effet d'une sotte et cela ne sonne pas non plus comme de l'égoïsme. Quand on l'écoute parler avec son frère, on se croirait transporté au milieu de grands espaces ensoleillés. Sanshirô a complètement oublié le sermon qu'il est venu entendre. Puis il fut soudain surpris :

— Ah, j'oubliais. J'ai une commission de la part de Mineko.

— Ah bon ?

— Tu es content. Tu n'es pas content ?

Nonomiya prit un air agacé. Puis il se tourna vers Sanshirô :

— Ma sœur est bête.

Faute de mieux, Sanshirô sourit simplement.

— Je ne suis pas bête. N'est-ce pas, M. Ogawa ?

Sanshirô sourit à nouveau. Dans son for intérieur, il n'a plus du tout envie de rire.

— Mineko te demande de m'emmener au spectacle de l'Association des lettres et des arts.

— Tu n'as qu'à y aller avec elle.

— Elle dit qu'elle est prise.

— Tu y vas aussi ?

— Evidemment.

Nonomiya ne répondit pas qu'il irait ou qu'il n'irait pas. Se tournant à nouveau vers Sanshirô, il se plaignit de sa sœur qui l'ennuyait avec des futilités alors qu'il avait une affaire importante à lui soumettre. A la manière dont il s'expliqua, on reconnaissait bien le style dépouillé du savant. Il a un bon parti pour Yoshiko. Les parents qu'il a informés en province ont répondu qu'ils n'avaient pas d'objection. Il convenait maintenant de mettre l'intéressée au courant et de voir ce qu'elle en pensait. Sanshirô dit qu'il comprenait fort bien et voulut régler son affaire en premier pour rentrer chez lui. Il entra dans le vif du sujet :

— Il paraît que ma mère vous a demandé un service ennuyeux ?

— Oh, cela n'a rien de bien ennuyeux, dit-il en sortant aussitôt d'un tiroir de son bureau la chose qui lui avait été confiée et qu'il remit à Sanshirô.

— Ta mère s'inquiète, elle m'a écrit une longue lettre. Elle dit que tu as été obligé de prêter l'argent du mois à un ami et qu'on n'a pas idée d'emprunter de l'argent comme ça même à un ami et que de toute façon il doit le rendre. Je la comprends ; à la campagne, les gens sont honnêtes. Elle dit que son fils peut bien prêter de l'argent mais il ne faut tout de même pas exagérer. Quand on reçoit tous les mois de quoi payer ses études, il faut être écervelé pour avancer des sommes de vingt et de trente yen… L'ennui, c'est qu'elle a l'air de dire que c'est moi le responsable…

Nonomiya regarda Sanshirô avec un sourire complice. Sanshirô prit un air confus :

— Je suis désolé, dit-il simplement.

Nonomiya n'avait pas dit cela, semblait-il, dans le but de faire la leçon à un jeune inexpérimenté ; il continua en changeant quelque peu de ton :

— Oh, il n'y a pas à s'en faire ! Ce n'est rien du tout. Seulement, comme ta mère attache à l'argent la valeur qu'on lui donne à la campagne, trente yen représentent une somme énorme. Elle écrit qu'avec trente yen, une famille de quatre peut vivre pendant six mois ; c'est vrai, ça ? demanda-t-il.

Yoshiko éclata de rire. Sanshirô aussi trouvait cela très drôle, mais comme l'affirmation de sa mère n'était pas une pure invention et qu'il s'en rendit compte, il regretta un peu d'avoir été frivole dans sa manière d'agir.

— Ça fait cinq yen par mois, et donc un yen et vingt *sen* par personne. Si l'on divise par trente jours, il reste seulement quatre *sen*. Même à la campagne, cela paraît peu, tout de même.

— Qu'est-ce qu'on peut manger avec si peu d'argent ? demanda Yoshiko, l'air grave.

N'ayant plus le loisir de regretter, Sanshirô donna force explications sur la vie à la campagne telle qu'il la connaissait. Il y avait, entre autres, une coutume appelée

« réclusion au temple ». Dans sa famille, on fait donation de dix yen en un seul versement chaque année pour tout le village. Le moment venu, soixante hommes, un par foyer, laissent leur travail et se rassemblent au temple du village pour boire du saké et manger de bonnes choses sans arrêt depuis le matin jusqu'au soir.

— Dix yen pour ça ? s'étonne Yoshiko.

Il n'est plus du tout question de sermon. Ils parlèrent ensuite de choses et d'autres et, au bout d'un moment, Nonomiya reprit en ces termes :

— En tout cas, voilà ce que ta mère me dit : *Faites une enquête et, si vous ne trouvez rien à redire, donnez-lui l'argent ; je vous demande de me dire la vérité.* Mais voilà que tu as déjà remis l'argent avant que je ne sois au courant de rien. Qu'est-ce que tu comptes faire ? Dis-moi, tu l'as vraiment remis à Sasaki ?

Sanshirô comprit que la nouvelle avait été propagée par Mineko qui l'avait racontée à Yoshiko et qu'ainsi, Nonomiya l'avait apprise. Cependant, il était cocasse que ni le frère ni la sœur ne se rendissent compte que l'argent se fût transformé en violon après avoir circulé de main en main.

— Oui, répondit-il simplement.

— Il paraît que Sasaki a acheté des billets de pari mutuel et s'est retrouvé sans un sou ?

— Oui.

Une fois de plus, Yoshiko éclata de rire.

— Dans ce cas, je vais en informer ta mère sans trop rentrer dans les détails. Mais la prochaine fois, tâche de ne pas prêter de l'argent à tort et à travers.

Sanshirô répondit qu'il n'en prêterait plus, salua et se leva ; Yoshiko annonça qu'elle voulait rentrer aussi.

— Il faut que je te parle de l'affaire, lui fit observer son frère.

— C'est pas la peine, refusa-t-elle.

— C'est la peine.

— C'est pas la peine. Je n'en sais rien.

Le frère aîné regarda sa sœur sans rien dire. Elle tint alors ces propos :

— Mais enfin, à quoi est-ce que ça rime ? Me demander si je veux épouser ou pas épouser quelqu'un que je ne connais pas ! Qu'est-ce que tu veux que je dise, alors que je ne sais même pas si je l'aime ou si je le déteste ? Je te répète que je n'en sais rien.

Sanshirô comprit enfin ce qu'elle voulait dire par « je n'en sais rien ». Il les laissa seuls et se dépêcha de rentrer chez lui.

Quittant la ruelle déserte éclairée seulement par les lanternes des auvents, il atteint l'avenue où souffle un grand vent. Repartant vers le nord, Sanshirô reçoit le vent en plein visage : fendant le cours du temps, celui-ci parvient de la direction de sa pension. Alors, Sanshirô réfléchit : Nonomiya conduira sûrement sa sœur cadette dans le grand vent jusqu'à la maison des Satomi.

Il monta au premier étage de sa pension, entra dans sa chambre et s'assit sur la natte : on entend encore le souffle du vent. A chaque fois qu'il entend ce souffle, Sanshirô pense au mot « destin ». Lorsqu'il se fait menaçant, il a envie de se recroqueviller. Il ne se prend nullement pour un homme fort. A bien y réfléchir, depuis son arrivée à Tôkyô, son destin a été forgé en grande partie par Yojirô. De plus, il a été forgé de manière à recevoir, dans une mesure plus ou moins grande, les revers amicaux qu'il se permettait à son endroit. Yojirô est un aimable fripon. Tout laisse à penser que son destin va rester aux mains de cet aimable fripon dans la suite des jours. Le vent souffle sans arrêt. Nul doute que ce vent est plus fort que Yojirô.

Sanshirô déposa à son chevet les trente yen reçus de sa mère. Ces trente yen aussi sont le fait d'un revers du destin. Il ignore complètement quel rôle ils vont jouer dorénavant. Il va les rendre à Mineko. En les recevant de sa main, elle ne manquera pas de lui envoyer une rafale. Sanshirô désirait que la rafale fût bien forte.

Il s'endormit. Il dormit d'un sommeil réparateur que ni le destin ni Yojirô n'eussent pu troubler. Le son d'une cloche le réveilla. On entend des bruits de voix quelque part. C'est le deuxième incendie depuis son arrivée à Tôkyô. Sanshirô passa un *haori* sur son pyjama et ouvrit la fenêtre. Le vent est bien tombé. La maison à deux étages, de l'autre côté, apparaît toute noire dans le grondement du vent. Le fond du ciel s'empourpre à mesure qu'elle noircit.

Malgré le froid, Sanshirô resta quelques instants à considérer cette masse rouge. Le mot « destin » apparut alors très nettement en rouge dans son esprit. Il se glissa à nouveau dans la literie chaude. Il oublia ainsi le sort de nombreuses personnes emportées dans le tourbillon du destin rouge.

Le matin venu, il a retrouvé ses dispositions habituelles. Enfilant son uniforme, il prend ses cahiers et part à l'université. Il n'oublie surtout pas de mettre les trente yen dans sa poche. Malheureusement, l'emploi du temps n'est pas favorable. Tout est pris jusqu'à trois heures. Après trois heures, Yoshiko sera rentrée de ses cours. Il se pourrait même que le frère aîné, Kyôsuke Satomi, soit à la maison. Il lui semble tout à fait exclu de rendre l'argent en présence de quelqu'un.

Yojirô l'aborda à nouveau :

— Tu t'es fait sermonner, hier soir ?

— Oh, ce n'était pas vraiment un sermon.

— Je te l'avais dit, Nonomiya est un homme qui comprend les choses, dit-il avant de disparaître.

Il le revit au cours deux heures plus tard.

— L'affaire de M. Hirota m'a tout l'air d'être en bonne voie.

Il lui demanda où en était son plan.

— Oh, il n'y a pas d'inquiétude à avoir là-dessus. Je t'en parlerai un jour plus longuement. Il a demandé pourquoi tu ne venais plus ces derniers temps. Tu devrais y aller quelquefois. Il a besoin de compagnie.

C'est à nous de le soutenir. Achète-lui donc quelque chose la prochaine fois, lança-t-il, puis il partit sans attendre la réponse.

Il réapparut à l'heure suivante, sorti on ne sait d'où. Tout à coup, sans entrée en matière, il lui fit passer un papier blanc où était inscrit en style télégraphique : *Argent reçu ?* S'apprêtant à écrire la réponse, Sanshirô jeta un regard en direction du professeur ; ses yeux étaient fixés sur eux. Il fit du papier blanc une boulette qu'il jeta à ses pieds. Attendant la fin du cours, il répondit :

— J'ai reçu l'argent, il est ici.

— Ah bon, tant mieux. As-tu l'intention de le rendre ?

— Evidemment.

— C'est bien. Tu devrais lui rendre vite.

— Je vais le lui rendre aujourd'hui.

— Ouais, tu as des chances de la trouver tard dans l'après-midi.

— Elle va quelque part ?

— Oh oui ! Tous les jours, elle va se faire peindre. Cela doit être déjà bien avancé.

— Chez M. Haraguchi ?

— Ouais.

Sanshirô s'enquit de l'adresse de M. Haraguchi qu'il inscrivit sur ses tablettes.

Chapitre 10

Sanshirô apprit que M. Hirota était malade et décida de lui rendre visite. Passant le portail, il trouve deux chaussures posées côte à côte dans le carré de l'entrée. Il se dit que c'est peut-être le médecin. Comme à l'ordinaire, il fait le tour par le côté où se trouve l'entrée de la cuisine ; celle-ci est déserte. Sans empressement, il pénètre à l'intérieur et va jusqu'au salon à thé : on entend des voix dans la pièce voisine. Sanshirô reste quelques instants sans bouger. Il tient à la main un carré de tissu noué aux quatre coins, assez volumineux. Celui-ci est rempli de kakis macérés. Il les a achetés dans l'avenue d'Oiwake, car Yojirô lui a conseillé de ne pas arriver les mains vides la prochaine fois qu'il viendrait. Soudain, il y a un remue-ménage dans la pièce voisine. On dirait qu'une bagarre a commencé. Sanshirô en conclut qu'on doit se disputer. Son carré de tissu dans une main, il fait glisser de l'autre, sur une trentaine de centimètres, la cloison de papier opaque et scrute l'intérieur de la pièce. M. Hirota est plaqué au sol par un grand homme vêtu d'un *hakama* brun. Le professeur souleva son visage du sol à grand-peine et regarda Sanshirô :

— Ah, entre ! dit-il en souriant.

L'homme au-dessus de lui s'est retourné légèrement dans sa direction.

— Excusez-moi, pourriez-vous essayer de vous relever ? dit ce dernier.

Il tient la main du professeur retournée, semble-t-il, en appuyant son genou de face sur l'articulation du coude. Le professeur répondit d'en bas qu'il était dans la totale impossibilité de se relever. L'homme au-dessus de lui lâcha sa main, campa sa jambe pliée, réajusta les plis de son *hakama* et se remit dans la position assise. C'est un homme de belle prestance. Le professeur se releva aussitôt.

— Je vois, dit-il.

— Avec cette prise, on risque de se casser le bras en voulant résister, c'est dangereux.

A ces paroles, Sanshirô comprit enfin ce que les deux hommes étaient en train de faire.

— Il paraît que vous êtes souffrant ; vous allez mieux ?

— Oui, ça va.

Sanshirô dénoua son carré de tissu et en répartit le contenu entre les deux hommes.

— J'ai acheté des kakis.

M. Hirota va à la bibliothèque et en revient avec un couteau. Sanshirô alla en chercher un à la cuisine. Ils commencèrent à manger les kakis tous les trois. En mangeant, le professeur et l'inconnu parlent sans arrêt des collèges de la région. L'homme a des difficultés d'argent, il s'est disputé, il n'aime pas séjourner longtemps au même endroit, il a dû être moniteur de judo en plus de ses cours, un collège achète des semelles de bois pour ses *geta* et change les cordons usés pour les faire durer le plus longtemps possible, il a du mal à trouver un travail suite à sa récente démission et, faute de mieux, il a renvoyé son épouse au pays natal en attendant… C'est un exposé interminable de lamentations.

Occupé à recracher les pépins du fruit, Sanshirô se sentait bien malheureux. Il a l'impression, lorsqu'il se compare à cet homme, d'appartenir à une tout autre race. Dans le discours de l'homme reviennent à plusieurs reprises des réflexions du genre « j'aimerais mener encore une fois la vie d'étudiant », « il n'y a rien de plus détendu que la vie d'étudiant ». Chaque fois qu'il entendait une réflexion de ce genre, Sanshirô devenait pensif, se disant qu'il en avait tout au plus pour deux ou trois ans à mener la belle vie. Il n'avait pas le cœur léger, comme les fois où il mangeait des pâtes au sarrasin en compagnie de Yojirô.

M. Hirota se remit debout et retourna à la bibliothèque. Il en revint avec un livre à la main. La couverture est rouge sombre, la tranche couverte de poussière.

— Voilà *Hydriotaphia* [1] dont je parlais l'autre jour. Ouvre-le, si tu n'as rien à faire.

Sanshirô remercia et prit le livre.

Ses yeux tombèrent sur le passage : « Les fleurs de pavot choient inexorablement dans le silence du désert. Je ne cherche pas à savoir si elles ont valeur d'éternité dans la mémoire des hommes. » Rassuré, le professeur reprit la conversation avec le licencié de judo. A l'entendre parler de la vie que mènent les professeurs de collège, ils sont tous à plaindre ; mais il n'y a que l'intéressé pour penser vraiment qu'ils sont à plaindre. En effet, d'après lui, l'homme contemporain aime beaucoup les faits mais il a pris l'habitude d'amputer les sentiments qui en découlent naturellement. Il est obligé de les amputer, car la mentalité de l'époque l'y pousse. Il n'y a qu'à lire les journaux pour s'en rendre compte. Neuf articles sur dix sont des tragédies. Pourtant, on n'a pas le loisir de les apprécier en tant que tragédies. On les lit simplement comme des faits rapportés. Il arrive, par exemple, que son journal titre *Une dizaine de morts*... en consacrant une ligne à chaque personne avec l'âge, l'état civil et la cause du décès pour les accidents survenus dans la journée. C'est d'une concision et d'une clarté remarquables. Il y a aussi la colonne *Revue des cambriolages* qui permet de connaître tous les vols commis d'un seul coup d'œil. C'est très pratique aussi. Il

---

1. *Urn Burial or Hydriotaphia*, de T. Browne (1605-1682).

faut se dire que tout est à l'avenant. Les cas de démissions aussi. C'est peut-être un fait confinant à la tragédie pour l'intéressé, mais il faut admettre une fois pour toutes que l'impression exercée sur autrui est loin d'avoir la même intensité. C'est dans ces dispositions d'esprit qu'il lui conseille de faire ses recherches.

— Tout de même, quelqu'un qui vit à l'aise comme vous doit bien en ressentir un peu de peine, dit le licencié de judo d'un air sérieux.

A ce moment, M. Hirota, Sanshirô et l'intéressé, qui venait de parler, éclatèrent de rire. Comme le visiteur ne se décidait pas à rentrer chez lui, Sanshirô sortit par la cuisine en emportant le livre.

« Reposer dans une tombe qui ne connaîtra pas la destruction, vivre pour se perpétuer, laisser un nom à la postérité, ou vouloir exister dans la mémoire des générations par-delà les vicissitudes de ce monde flottant, tels sont les désirs de l'homme, qu'il soit d'hier ou d'aujourd'hui. Il sera en paradis quand ils seront exaucés. Cependant, considérés d'après les enseignements de la vraie foi, ces désirs et leur satisfaction sont pure vanité. Vivre signifie revenir à soi-même, et revenir à soi-même n'est ni un désir ni un espoir mais une réalité évidente, à la lumière d'une foi élevée ; pour saint Innocent, reposer dans un cimetière ou reposer au milieu du désert est indifférent. Satisfait de ma condition actuelle, je ne me sentirai pas plus à l'étroit dans une tombe de deux mètres à peine que dans le mausolée d'Hadrianus. Admets que le cours des choses est maître. »

C'est le dernier paragraphe d'*Hydriotaphia*. Sanshirô lut ce paragraphe en marchant d'un pas nonchalant dans la direction de Hakusan. D'après ce qu'en dit M. Hirota, l'auteur est un styliste réputé, et cette œuvre est la plus belle parmi les œuvres des stylistes réputés. En donnant cette explication, M. Hirota a précisé que ce jugement n'était pas de lui. Il est vrai que Sanshirô ne comprend pas ce qui en fait une belle œuvre. Les coupures sont mal faites, l'emploi des mots bizarre, le rythme empesé, cela donne l'impression d'être en face d'un temple qui tombe en ruine. Rien que pour lire le passage, en terme de distance parcourue, il avait dû marcher longtemps. De plus, on ne voyait pas très bien ce que l'auteur voulait dire.

La seule valeur qu'il en retire est une saveur rustique. C'est comme si l'on avait frappé le gong du grand Bouddha de Nara, dont les derniers échos parviendraient, à peine perceptibles, aux oreilles d'un auditeur situé à Tôkyô. Sanshirô ne jouissait pas tant du sens attaché au paragraphe que de l'émotion qui s'en dégageait au travers des mots. De sa vie, il n'a jamais réfléchi sérieusement au problème de la vie et de la mort. Le sang de sa jeunesse est encore trop bouillant pour qu'il y réfléchisse. Devant ses yeux brûle une flamme si grande qu'elle risque de lui brûler les sourcils. Cette image le dit tout entier. Il se dirige maintenant vers la maison de M. Haraguchi, dans le quartier d'Akebono.

Le cortège funéraire d'un enfant passa. Pour toute escorte, il y a deux hommes vêtus de *haori*. Le petit cercueil est enveloppé dans un linge blanc immaculé. Un joli moulinet à vent a été attaché sur le côté. Le moulinet tourne sans arrêt. Ses ailes sont peintes en cinq couleurs. Elles se fondent en une même couleur quand il tourne. Le cercueil blanc passe devant Sanshirô en secouant sans cesse le joli moulinet. Il se dit que c'était un bel enterrement.

Sanshirô considérait les écrits d'autrui et les funérailles d'autrui de l'extérieur. Si quelqu'un lui avait dit de considérer Mineko de l'extérieur, il en aurait sûrement été étonné. Les yeux de Sanshirô sont ainsi faits qu'ils sont incapables de considérer Mineko de l'extérieur. D'ailleurs, il ne se pose même pas la question de savoir s'il est à l'extérieur ou pas. Toutefois, il est vrai qu'il y a une saveur délicieuse et douce dans la mort d'autrui, en même temps qu'une sorte de tourment au

Elle fait bien deux mètres de haut.

— En effet, il est grand, dit simplement Sanshirô.

— Oui, assez, dit-il sans s'attarder plus longtemps à la remarque.

Il commença à colorer les cheveux et la limite du fond.

A ce moment, Sanshirô regarda Mineko pour la première fois. Les dents blanches de la femme se mirent à briller légèrement dans l'ombre de l'éventail qu'elle tenait en visière.

Puis le silence s'installa pendant deux ou trois minutes. La pièce est chauffée par une cheminée. Il ne fait pas tellement froid aujourd'hui, même dehors. Le vent s'est tu. Les arbres dénudés se dressent, silencieux, dans le soleil hivernal. Lorsqu'il fut conduit à l'atelier, Sanshirô eut l'impression de pénétrer dans la brume. Les coudes appuyés sur la table ronde, il s'abandonne tout entier dans un silence plus dense que la nuit du dehors. Dans ce silence, il y a Mineko. Sa silhouette prend forme doucement. Seul bouge le pinceau du gros peintre. Il ne bouge que pour les yeux ; aux oreilles, il est silencieux. Il arrive que le gros peintre bouge aussi. Mais ses pieds ne font pas de bruit.

Enfermée dans cet univers silencieux, Mineko est immobile. Debout, l'éventail en visière, elle est déjà un tableau en soi. Pour Sanchirô, M. Haraguchi ne peint pas Mineko. D'un tableau étrangement profond, il l'extrait en n'enlevant que la profondeur, la repeignant ainsi sous la forme d'un tableau ordinaire. Baignée dans le silence, la seconde Mineko se rapproche peu à peu de la première. Il lui semble qu'entre les deux personnages s'étend un long silence que n'atteint pas le tic-tac de l'horloge. A mesure que le temps s'écoule, si doucement qu'il ne parvient même pas à la conscience du peintre, la seconde Mineko réapparaît peu à peu. Elles ne tarderont pas à se fondre : alors, le cours du temps s'inversera brusquement pour se déverser dans l'éternité. Le pinceau de M. Haraguchi ne pourra pas aller plus loin. Parvenu à ce point, Sanshirô leva tout à coup les yeux vers Mineko. Celle-ci est toujours immobile. La tête de Sanshirô bougeait imperceptiblement dans l'air calme. Il est comme étourdi. M. Haraguchi se mit soudain à rire :

— Vous souffrez à nouveau ?

Sans rien dire, la femme relâcha sa position aussitôt et se laissa tomber comme une masse dans le fauteuil placé à côté d'elle. Les dents se remirent à briller. Dans le mouvement ample de sa manche, elle regarda Sanshirô. Son regard, telle une comète, balaya son front.

M. Hirota vint se poster à côté de la table ronde.

— Qu'en dis-tu ? demanda-t-il en frottant une allumette avec laquelle il alluma la pipe avant de la replacer dans sa bouche.

Tenant le grand fourneau de bois entre ses doigts, il cracha deux grosses bouffées de fumée d'entre sa barbe puis, faisant à nouveau pivoter son dos rond, il s'approcha du tableau. Il badigeonne et retouche, sans ordre précis.

Evidemment, l'œuvre n'est pas terminée. Mais comme il n'y a pas un endroit qui ne soit recouvert de couleur, elle fait une forte impression sur l'amateur qu'est Sanshirô. Evidemment, il ne saurait dire si c'est une réussite ou un navet. Incapable de porter un jugement sur la technique de l'œuvre, Sanshirô n'est réceptif qu'à l'effet produit par la technique. Et comme il n'a pas non plus d'expérience à ce niveau, cela reste, semble-t-il, on ne peut plus imprécis dans son esprit. Sanshirô estime être capable d'apprécier le charme raffiné de la poésie du seul fait qu'il peut se prouver à lui-même qu'il n'est pas tout à fait indifférent à l'influence de l'art.

A ses yeux, l'œuvre dégage une vigueur immédiatement perceptible. C'est comme si l'on avait projeté de la poudre sur toute la surface de la toile et qu'on l'avait placée sous un soleil voilé. Même les zones d'ombre ne sont pas noires. Elles émettent plutôt une lueur violette. La vue du tableau rend guilleret. On se sent léger, comme sur une barque voguant au fil de l'eau. Ceci étant, un certain calme se dégage de la scène. Il n'y a rien de peureux. Evidemment, il n'y a rien de déplaisant, de lourd ni de tapageur. Sanshirô trouva que le tableau était digne de son auteur. Tout en maniant le pinceau, celui-ci prit la parole :

— Ogawa, j'ai une histoire intéressante à te raconter. Un de mes amis a demandé le divorce à sa femme qu'il n'aimait plus. Mais la femme n'a pas accepté, alléguant qu'elle avait été amenée par le destin dans cette maison et qu'elle n'était pas prête d'en sortir même si ça ne lui plaisait pas.

Il s'arrêta là et, considérant de loin l'effet de son coup de pinceau, il reprit en s'adressant à Mineko :

— Mlle Satomi, vous me posez des problèmes à ne pas vouloir porter de vêtement sans doublure ; votre kimono est fort difficile à peindre. Comme je fais ça sans grande application, cela donne quelque chose d'un peu trop osé.

— J'en suis désolée pour vous, dit Mineko.

M. Haraguchi revint à sa toile sans donner la réplique.

— Alors, comme l'épouse avait le derrière trop lourd pour accepter le divorce, il lui a dit : « Si tu ne veux pas t'en aller, fais comme tu juges. Tu n'as qu'à rester autant que tu voudras. C'est moi qui vais m'en aller à ta place. » — Mlle Satomi, mettez-vous debout, s'il vous plaît. L'éventail, ce n'est pas la peine. Simplement debout. C'est ça. Merci. — La femme s'est plaint qu'elle n'aurait pas de quoi vivre s'il s'en allait puisqu'elle restait toute seule à la maison ; alors, il lui a répondu qu'elle n'avait qu'à se trouver quelqu'un qui accepte d'épouser une maîtresse de maison !

— Qu'est-il arrivé ensuite ? demanda Sanshirô.

Jugeant sans doute que la suite de l'histoire était sans intérêt, M. Haraguchi ajouta le commentaire suivant :

— C'est sans importance. La morale de l'histoire, c'est qu'il faut y réfléchir à deux fois avant de se marier. Les séparations et les unions… on ne fait pas ce qu'on veut. Regarde M. Hirota, regarde Nonomiya, regarde Kyôsuke Satomi, regarde-moi en passant. Aucun de nous n'est marié. Quand les femmes acquièrent de la notoriété, les célibataires de notre genre pullulent. C'est pourquoi le principe de la société doit être que les femmes ne peuvent acquérir de la notoriété que dans la mesure où cela ne produit pas de célibataires.

— Mais mon frère va se marier bientôt.

— Ah bon ? Et alors, qu'allez-vous faire ?

— Je n'en sais rien.

Sanshirô regarda Mineko. Celle-ci le regarda à son tour en souriant. Seul M. Haraguchi est tourné vers son tableau.

— Je n'en sais rien, je n'en sais rien… Ce n'est pas en disant ça… marmonna-t-il en maniant le pinceau.

Sanshirô saisit l'occasion pour quitter la table ronde et s'approcher de Mineko. Celle-ci a posé nonchalamment sa tête, dont les cheveux sont tout à fait secs, sur le dossier de la chaise, dans la posture négligée d'une personne fatiguée qui n'a que faire de sauver les apparences. Le col du sous-kimono laisse apparaître le cou dénudé. Elle a jeté le *haori* sur la chaise. On en aperçoit la jolie doublure au-dessus des cheveux peignés en visière.

Sanshirô a les trente yen dans sa poche. Ces trente yen représentent une chose survenue entre eux qu'il est difficile d'expliquer, pense-t-il. S'il ne les lui a pas rendus alors qu'il en avait l'intention, c'est à cause de cela. S'il est maintenant décidé à les lui rendre, c'est aussi à cause de cela. S'il le fait, ou l'affaire est réglée et elle s'éloigne de lui, ou l'affaire est réglée et elle se rapproche encore plus de lui. Considéré du point de vue de l'homme ordinaire, Sanshirô s'apparenterait quelque peu aux adeptes de croyances superstitieuses.

— Mlle Satomi… commença-t-il.

— Quoi ? répondit-elle.

Elle le regarda d'en bas en levant la tête. L'expression du visage est toujours aussi posée. Seuls les yeux bougèrent. Ils se posèrent doucement sur Sanshirô. Celui-ci jugea que la femme était un peu fatiguée.

— Puisque nous sommes là, je vais vous le rendre maintenant, dit-il en défaisant le bouton de sa poche intérieure dans laquelle il introduisit la main.

— Quoi ? répéta la femme.

Le ton est peu enjoué, comme auparavant. En mettant la main dans sa poche, Sanshirô se demanda ce qu'il allait faire. Peu après, il s'enhardit :

— C'est l'argent de l'autre jour.

— Vous n'allez pas me le donner maintenant !

La femme continue de le regarder d'en bas. Elle ne tend pas la main. Elle ne bouge pas le corps. Le visage a la même expression posée. L'homme eut du mal à comprendre le sens de sa réponse.

— Il n'y en a plus pour longtemps, qu'en dites-vous ? retentit la voix par-derrière.

M. Haraguchi est debout, tourné vers eux.

Le pinceau enfoncé entre les doigts, il sourit en tirant sur l'extrémité de sa barbe taillée en triangle. Posant les deux mains sur les accoudoirs, elle tendit la tête et le buste, sans quitter la position assise.

— Il y en a encore pour longtemps ? demanda Sanshirô à voix basse.

— Encore une heure, répondit Mineko, aussi à voix basse.

Sanshirô retourna à la table. La femme reprit sa pose. M. Haraguchi ralluma sa pipe. Le pinceau se remit à bouger.

— Ogawa, regardez les yeux de Mlle Satomi, dit le peintre, le dos tourné.

Sanshirô fit ce qu'on lui dit. Détachant l'éventail de son front, Mineko perdit son calme. Elle se tourna de côté et regarda le jardin par la vitre de verre.

— Il ne faut pas ! Il ne faut pas vous tourner de côté ! Je viens de commencer !

— Pourquoi lui dites-vous ça ? protesta-t-elle en faisant volte-face.

M. Haraguchi s'explique :

— Je ne taquine pas. J'avais quelque chose à raconter à M. Ogawa.

— Quoi donc ?

— Je vais le dire, mais reprenez d'abord votre position. Voilà. Le coude un peu plus en avant. Alors, Ogawa, les yeux que j'ai peints ont-ils la même expression que dans la réalité ?

— Je n'en sais trop rien. Quand on peint quelqu'un tous les jours, est-ce que l'expression des yeux ne change jamais ?

— Pour ça, ils changent. Ce n'est pas seulement la personne qui change, les dispositions du peintre lui-même changent tous les jours, et à la vérité, ce n'est pas un portrait, mais une multitude de portraits qu'il devrait faire, ce qui est impossible. Ce qui est étrange, c'est qu'il arrive à faire un seul tableau assez cohérent. Devine pourquoi…

En parlant, M. Haraguchi n'arrête pas de manier le pinceau. Il regarde aussi Mineko. Sanshirô s'étonna de constater que les différentes facultés du peintre fonctionnaient en même temps.

— Quand on peint comme ça tous les jours, la quantité s'accumule de jour en jour et, au bout de quelque temps, la vue du tableau fait naître un état d'âme. C'est pourquoi, même si je rentre du dehors avec l'état d'âme du dehors, il suffit que je sois dans l'atelier en face du tableau pour retrouver immédiatement cet état d'âme particulier. C'est-à-dire que l'état d'âme propre au tableau se communique. C'est la même chose pour

Mlle Satomi. Si on la laisse à elle-même, il est évident que la grande variété des excitations du monde extérieur va susciter une grande variété d'expressions sur son visage et s'il n'en paraît presque rien sur le tableau, c'est parce que l'attitude qu'elle a en ce moment, tous ces objets éparpillés que tu vois là, le tambour, la cotte d'armes, la peau de tigre, tout cela contribue imperceptiblement à faire naître chez le sujet une expression particulière dont l'habitude devient peu à peu assez prépondérante pour effacer les autres et il me suffit le plus souvent de reproduire ce regard tel quel sans chercher à le modifier. D'ailleurs les expressions…

M. Haraguchi s'interrompit tout à coup. Il semble être arrivé à un endroit difficile. Faisant deux pas en arrière, il compare sans arrêt le modèle et le tableau.

— Mlle Satomi, quelque chose ne va pas ?

— Non.

On n'avait pas l'impression que cette parole sortait de sa bouche. Elle gardait le même calme sans changer d'un pouce sa position.

— D'ailleurs, les expressions… repartit M. Haraguchi.

— Le peintre ne peint pas le cœur. Il peint ce que le cœur laisse paraître à la devanture extérieure en se disant que c'est en observant la devanture sans rien omettre qu'on connaît la fortune cachée derrière. La fortune qui n'est pas visible à la devanture doit être considérée radicalement hors du champ de son investigation. C'est pourquoi nous peignons toujours seulement la chair. Et quelle que soit la chair que nous peignons, c'est une chair morte si l'esprit n'y habite pas, et cela ne peut servir pour un tableau. Il en est de même pour les yeux de Mlle Satomi : je ne les représente pas dans l'intention de reproduire le cœur. Je les peins comme des yeux, voilà tout. Je peins ces yeux parce qu'ils me plaisent. Que ce soit leur forme, l'ombre de la paupière plissée, la profondeur de la prunelle, je peins tout ce que je vois sans rien omettre. Et sans l'avoir recherché, une sorte d'expression prend forme. Si elle ne prend pas forme, ou j'ai mal réparti les couleurs, ou c'est la forme qui est ratée ; c'est l'un ou l'autre. Il faut bien l'admettre puisque ces couleurs et cette forme elles-mêmes constituent une sorte d'expression.

Faisant à nouveau deux pas en arrière, M. Haraguchi compara Mineko et le tableau.

— Décidément, vous n'êtes pas dans votre état habituel aujourd'hui. Vous devez être fatiguée. Si c'est le cas, on va s'arrêter là. Etes-vous fatiguée ?

— Non.

M. Haraguchi se rapprocha du tableau.

— Ce qui m'a fait choisir les yeux de Mlle Satomi, écoute-moi bien, je vais te l'expliquer. Les femmes qu'on voit sur les peintures occidentales, quel que soit l'auteur de la beauté représentée, ont toutes de grands yeux, sans exception. Par contre, au Japon, toutes les femmes ont de petits yeux, à commencer par la déesse Kan-non, les mégères et les masques de Nô, et c'est encore plus évident chez les beautés de l'estampe *Ukiyo*. Elles ressemblent toutes à des éléphants. C'est curieux de voir à quel point les critères du beau diffèrent en Orient et en Occident. Mais la raison est toute simple. Comme il n'y a que des femmes aux grands yeux en Occident, la sélection esthétique s'opère parmi les grands yeux. Et comme les Japonais sont de la famille de la baleine – un dénommé Pierre Loti s'en est moqué en disant qu'il ne comprenait pas comment ils faisaient pour ouvrir des yeux pareils – chez un peuple comme le nôtre, on ne voit pas comment le sens esthétique pourrait se développer par rapport aux grands yeux qui sont une denrée rare. C'est pourquoi un idéal s'est formé dans l'univers des yeux fins, qui a donné un Utamarô, un Sukenobu dont les œuvres sont très prisées. Mais dans une peinture à l'huile à l'occidentale, comme c'est le cas ici, un visage qui aurait les yeux fins, même s'il faisait très japonais, ne donnerait rien du tout ;

autant peindre un aveugle. D'un autre côté, on aura beau chercher au Japon un visage qui ressemble à une Madone de Raphaël, on ne risque pas d'en trouver un et, même si l'on y arrivait, personne ne le prendrait pour celui d'une Japonaise ; voilà pourquoi je me suis permis de faire déranger Mlle Satomi. Mademoiselle, il n'y en a plus pour longtemps.

Il n'y eut pas de réponse. Mineko reste immobile.

Sanshirô trouva le discours du peintre fort intéressant. Il pensa que son intérêt eût été encore plus soutenu s'il était venu dans le seul but de l'écouter parler. Pour l'instant, le centre d'intérêt de Sanshirô n'est pas la conversation de M. Haraguchi, pas plus que son tableau. Bien entendu, son attention est tournée vers Mineko qui se tient à l'autre bout de la pièce. Ses yeux ne l'ont pas quittée une seconde pendant qu'il prêtait l'oreille aux paroles du peintre. L'attitude de la femme, telle qu'elle apparaît à ses yeux, semble avoir figé le cours du temps, paralysé sa course à l'instant le plus beau. Un long réconfort émane de cette scène statique. Pourtant, M. Haraguchi, perplexe, a demandé à la femme si quelque chose n'allait pas. Sanshirô en avait conçu un certain effroi. C'était comme si le peintre lui avait fait remarquer combien il était vain de vouloir conserver sa beauté fugitive dans son état inaltéré.

Tout bien considéré, il était vrai que quelque chose ne semblait pas aller. La mine est mauvaise, une langueur indicible marque la bordure des yeux. Sanshirô perdit le sentiment de paix qu'il puisait dans la vue de ce tableau vivant. En même temps, il se demanda s'il n'était pas lui-même à l'origine de ce changement. Son cœur fut aussitôt en proie à une violente agitation intérieure. Il ne ressent plus rien de cette émotion commune à tous les êtres doués de sensibilité lorsqu'ils sont placés devant la précarité de la beauté qui s'altère – J'influence les dispositions de cette femme à ce point – Sanshirô se sentit entièrement dominé par cette prise de conscience.

Quant à savoir si c'est un avantage ou un inconvénient, le problème reste entier.

M. Haraguchi posa enfin le pinceau.

— Restons-en là. Il n'y a rien à en tirer aujourd'hui, déclara-t-il.

Mineko, debout, laissa tomber l'éventail sur le plancher. Passant le *haori* qu'elle avait posé sur la chaise, elle s'approcha.

— Vous êtes fatiguée aujourd'hui.

— Moi ? fit-elle en ajustant l'extrémité des manches et en nouant le cordon de devant.

— Oh, moi aussi je suis fatigué. Nous continuerons demain quand ça ira mieux. Vous boirez bien une tasse de thé, rien ne presse.

La nuit n'allait pas tomber tout de suite. Alléguant des obligations, Mineko dit qu'elle préférait rentrer. Sanshirô aussi fut invité à rester mais il refusa et sortit dehors avec elle. La société japonaise actuelle est ainsi faite qu'il est difficile à Sanshirô de provoquer par lui-même de telles opportunités. Il essaya donc de prolonger la rencontre le plus longtemps possible. Il enjoignit la femme de faire avec lui le tour du paisible quartier d'Akebono, assez peu fréquenté. Contre toute attente, l'interlocutrice ne répondit pas. Elle continua tout droit entre les haies vives des maisons et arriva dans la grande avenue. Marchant à côté d'elle, Sanshirô demanda :

— M. Haraguchi le disait tout à l'heure, quelque chose ne va vraiment pas ?

— Moi ? dit-elle à nouveau.

Elle répond la même chose qu'à Haraguchi. Depuis qu'il la connaît, Mineko n'a jamais fait de longues phrases. Elle se contente la plupart du temps de deux ou trois mots. Et ces mots sont les plus simples qui soient. Ceci étant, ils résonnent aux oreilles de Sanshirô comme une sorte d'écho profond. Ils émettent un timbre à peine perceptible aux autres oreilles. Sanshirô était rempli d'admiration. Il trouvait cela étrange.

Lorsqu'elle avait dit « Moi ? », la femme avait à demi tourné son visage vers lui. Elle avait regardé l'homme de ses yeux en amande, sous les paupières plissées. Ceux-ci semblaient comme voilés d'un halo. Il s'en dégageait une sensation inaccoutumée de tiédeur. Les joues aussi sont légèrement pâles.

— Vous n'avez pas très bonne mine.

— Ah bon ?

Ils firent cinq ou six pas en silence. Sanshirô aurait voulu par tous les moyens déchirer ce je ne sais quel voile fin tendu entre eux. Mais il n'avait aucune idée de ce qu'il fallait dire pour qu'il se déchirât. Il ne veut pas employer les mots doux qu'on trouve dans les romans. Il ne le veut pas, c'est une question de bon goût, même si c'est l'usage entre jeunes gens de la société. En fait, Sanshirô espère l'impossible. Il ne l'espère pas seulement. Il en élabore le moyen en marchant.

Peu après, la femme prit la parole :

— Vous aviez quelque chose à régler avec M. Haraguchi aujourd'hui ?

— Non, je n'avais rien à régler.

— Alors, vous êtes simplement venu pour vous distraire.

— Non, je n'y suis pas allé pour me distraire.

— Alors, pourquoi êtes-vous venu ?

Sanshirô saisit l'instant :

— Je suis venu vous voir.

Sanshirô estime avoir dit tout ce qui était en son pouvoir. La femme répond sur un ton qui ne trahit aucune réaction à ses paroles, ce ton habituel qui a le pouvoir d'enivrer l'homme :

— Je ne peux pas prendre l'argent là-bas.

Sanshirô fut déçu.

Ils marchèrent encore une dizaine de mètres. Sanshirô déclara tout à coup :

— En fait, je n'étais pas venu pour vous rendre l'argent.

Mineko resta un moment sans répondre. Puis elle dit calmement :

— Moi non plus, je n'ai pas besoin de l'argent. Gardez-le.

Sanshirô n'y tint plus.

— J'y ai été uniquement pour vous voir, dit-il soudain en observant la femme de côté.

Celle-ci ne le regardait pas. Les oreilles de Sanshirô perçurent un léger soupir s'échappant de la bouche de la femme.

— L'argent…

— Oh, l'argent…

La conversation s'interrompit sans rien signifier ni d'un côté ni de l'autre. Ils firent encore une cinquantaine de mètres sans rien dire. Cette fois-ci, ce fut la femme qui parla :

— Que pensez-vous du tableau de M. Haraguchi ?

Comme il y avait bien des manières de répondre, Sanshirô marcha encore un peu sans répondre.

— Vous devez être étonné de voir comme cela avance vite.

— Oui, fit-il, mais il ne s'en rendait compte, en réalité, que pour la première fois.

Réflexion faite, un mois seulement s'était écoulé depuis que Haraguchi, alors en visite chez M. Hirota, a manifesté son désir de faire le portrait de Mineko. C'est plus tard, à la salle d'exposition, qu'il en a fait directement la demande à l'intéressée. Ignorant des choses de la peinture, Sanshirô est quasiment incapable d'imaginer à quelle vitesse une toile aussi grande peut être achevée ; tout au moins, la remarque de Mineko laisse à penser que cela va trop vite.

— Quand a-t-il commencé ?

— Il n'a vraiment commencé que l'autre jour mais il s'y était déjà mis un peu auparavant.

— Auparavant, c'est-à-dire quand ?

— Le vêtement doit vous renseigner.

Sanshirô se rappela tout à coup le jour lointain où il avait rencontré Mineko la première fois aux alentours de l'étang, par les grosses chaleurs.

— Rappelez-vous, vous étiez accroupi à l'ombre d'un *shii*.

— Vous teniez un éventail en visière, debout sur une hauteur.

— Comme sur le tableau.

— Oui. Comme là.

Ils se regardèrent. Ils parvinrent bientôt au sommet de la côte de Shirayama.

Une voiture arriva en sens inverse. Dedans, il y a un homme coiffé d'un chapeau noir, avec des lunettes à bordure dorée, au teint superbe même vu de loin. Dès l'instant où il aperçut la voiture, il sembla à Sanshirô que le jeune gentleman avait les yeux fixés sur Mineko. Il arrêta brusquement la voiture à quelques mètres de distance. Détachant d'un geste précis le tablier qui le retenait, il sauta du marchepied à terre : c'était un bel homme de taille élancée, au visage allongé. La barbe est rasée avec soin. En même temps, son allure est parfaitement virile.

— Je vous ai attendue mais il se faisait tard et je suis venu à votre rencontre, dit-il, debout juste en face de Mineko.

Il la regarde d'en haut en souriant.

— Ah ? Merci, répondit Mineko en souriant aussi.

Elle regarda l'homme à son tour, puis tourna aussitôt les yeux vers Sanshirô.

— A qui ai-je l'honneur ? demanda l'homme.

— M. Ogawa, de l'université, répondit Mineko.

L'homme souleva légèrement son chapeau et salua en premier.

— Dépêchons-nous. Votre frère attend aussi.

Sanshirô se trouvait justement au coin d'une rue latérale qui conduisait dans la direction d'Oiwake. Ils se séparèrent sans que l'argent eût été rendu.

Chapitre 11

Ces derniers temps, Yojirô court à droite et à gauche pour vendre des billets au profit de l'Association des lettres et des arts. Il semble qu'il ait à peu près tout écoulé auprès de ses connaissances en deux ou trois jours. Yojirô décida ensuite d'aborder les gens qu'il ne connaissait pas. Il les aborde le plus souvent dans les couloirs. Il ne les lâche pas facilement. Et il finit toujours par leur en faire acheter, d'une façon ou d'une autre. Il arrive que la cloche se mette à sonner pendant les pourparlers. Dans ces cas-là, la devise de Yojirô est que « le moment n'est pas favorable ». Parfois, l'interlocuteur gagne du temps en riant sans vouloir se décider. Dns ces cas-là, sa devise est que « l'homme n'est pas favorable ». Un jour, il aborda un professeur qui sortait des toilettes. Tout en essuyant ses mains avec un mouchoir, le professeur bredouilla une excuse et disparut dans la bibliothèque. On ne l'en vit plus ressortir. Il n'y eut pas de devise pour ce cas-là. Le regardant s'éloigner, il expliqua à Sanshirô que l'individu souffrait sûrement de catarrhe intestinale.

A la question de savoir combien de billets il a été chargé de vendre, Yojirô répond qu'il a été chargé d'en vendre autant qu'il le pourrait. A la question de savoir si l'on ne risque pas de rester dehors le jour des représentations, il répond que ce n'est pas exclu. Quand Sanshirô s'inquiète du préjudice que cela pourrait lui occasionner après coup, il ne se trouble pas : ce n'est pas grave, certains achètent pour s'acquitter d'une dette morale, d'autres ne viendront pas à cause d'un accident et il y aura bien quelques catarrhes intestinales.

Sa façon de vendre les billets a de quoi étonner : bien entendu, il empoche l'argent de ceux qui paient en échange, mais il les donne sans faire d'histoire à ceux qui ne paient pas. Sanshirô qui n'est pas un homme prodigue considère avec inquiétude la manière désinvolte dont il distribue les billets au tout venant. A la question de savoir si l'argent lui parvient ensuite comme prévu, il répond qu'il n'en est rien, évidemment. Il affirme qu'il est plus avantageux, l'un dans l'autre, d'en vendre beaucoup sans faire attention que d'en vendre peu avec méthode. Il compare sa façon de procéder à celle utilisée par les éditions *Times* pour vendre leur encyclopédie au Japon. La comparaison était à son honneur mais pas vraiment convaincante pour Sanshirô. Il en fit la remarque à Yojirô qui répliqua non sans à-propos :

— Tu n'as pas l'air de te rendre compte que les clients sont les étudiants de l'université impériale de Tôkyô !

— Ils sont peut-être étudiants mais il y en a beaucoup qui sont aussi peu regardants à l'argent que toi.

— S'il y en a qui ont une raison sérieuse de ne pas payer, l'association n'ira pas les inquiéter. De toute façon, même s'il s'en vend beaucoup, il est évident que ce n'est jamais que de l'argent emprunté par l'association.

Pour plus de sûreté, Sanshirô voulut s'assurer si c'était son opinion personnelle ou celle de l'association. Yojirô répondit fort judicieusement qu'il s'agissait évidemment de la sienne et de celle de l'association.

Quand on l'écoute parler, on pourrait croire que les gens qui ne viendront pas à la soirée de l'Association des lettres et des arts sont tous des imbéciles. L'ennui, c'est qu'on ne sait pas très bien s'il le fait pour vendre les billets, ou parce qu'il croit réellement à l'œuvre de l'Association des lettres et des arts, ou parce qu'il veut se remonter le moral et remonter le moral des autres et, par la même occasion, remonter le moral de l'association et mettre autant d'ambiance que possible dans la société d'aujourd'hui, de telle sorte qu'on a beau rester sur l'impression que ces gens-là sont des imbéciles, il ne paraît pas qu'il faille s'y attarder outre mesure.

Yojirô raconte qu'il se donne surtout du mal pour entraîner les membres de l'association en prévision de la soirée. D'après lui, la plupart d'entre eux arriveront à la veille des représentations sans avoir tiré le moindre profit de l'entraînement. Il parle ensuite de l'arrière-plan. Ce n'est pas rien : les jeunes espoirs de la peinture exerçant à Tôkyô, sans exception, seront ainsi réunis, et leur talent, sans exception, s'exercera au meilleur de chacun. Puis il parle de la tenue vestimentaire. Leurs vêtements sont confectionnés à l'ancienne mode de la tête aux pieds. Ensuite, il parle des scénarios. Ils sont tous inédits, tous intéressants. Et il y en a encore tant et plus.

Yojirô dit ensuite qu'il a envoyé une invitation à M. Hirota et à Haraguchi. Il dit qu'il a fait acheter aux frères et aux sœurs Nonomiya et Satomi des billets de première catégorie. Il dit que tout est en bonne voie. Sanshirô poussa un vivat en l'honneur de l'Association des lettres et des arts.

Le soir où Sanshirô poussa un vivat, Yojirô lui rendit visite à sa pension. Il n'est plus du tout le même que pendant la journée. Il s'assoit tout raidi près du brasero et répète sans arrêt qu'il a froid. Il n'a pas seulement froid au visage, semble-t-il. Au début, il se penchait pardessus le brasero pour se réchauffer les mains ; il les mit bientôt dans ses poches. Pour rendre son visage plus riant, Sanshirô déplaça la lampe d'une extrémité de la table à l'autre. Mais Yojirô rentre le menton et ne présente plus à la lumière de la lampe que son grand crâne rasé qui luit d'un éclat sombre. Il a vraiment une triste mine. Lorsqu'il lui demanda ce qu'il avait, il releva la tête et regarda la lampe.

— Cette maison n'est pas encore électrifiée ?

La question est sans rapport avec l'expression du visage.

— Pas encore. Ils vont le faire bientôt, paraît-il. Cette lampe n'éclaire pas assez.

Puis il reprit tout à coup, comme s'il avait oublié la lampe :

— Dis, Ogawa, je suis dans un drôle de pétrin.

Dans un premier temps, il lui demande de s'expliquer. Yojirô sortit de sa poche un journal tout froissé. Il y a deux pages l'une sur l'autre. Il en déchire une, la plie et la lui tend. Il appuie le bout du doigt sur le passage à lire. Sanshirô approcha les yeux de la lampe. L'article s'intitule : *Faculté des lettres*.

Le Département de littérature étrangère était confié jusqu'à présent à des Occidentaux et la totalité des cours était assurée par des professeurs étrangers, mais l'évolution des mentalités et le souhait d'un grand nombre d'étudiants ont conduit à intégrer des cours de nationaux parmi les matières obligatoires. On cherchait depuis quelque temps quelqu'un d'approprié et la décision a été prise en faveur de M. Untel ; l'annonce en sera faite sous peu. M. Untel est un savant brillant rentré récemment d'une mission d'étude officielle à l'étranger et il est donc tout à fait approprié pour ce genre de poste.

Tel est le contenu de l'article.

— Alors, ce n'est pas M. Hirota, dit Sanshirô en se retournant.

Yojirô garde les yeux rivés sur le journal.

— Est-ce bien sûr ? demanda à nouveau Sanshirô.

— J'en ai peur, dit l'autre en penchant le cou de côté.

— J'étais pourtant sûr que ça marcherait. C'est raté. Il est vrai que cet homme-là a mené une action énergique pour avoir gain de cause, d'après ce que j'ai entendu.

— Mais cela ne prouve rien, ce n'est encore qu'une rumeur ! On ne peut pas savoir tant que l'annonce officielle n'a pas été faite.

— Non, s'il n'y avait que ça, ce ne serait pas gênant, bien sûr. Puisque cela ne le met pas en cause. Mais…

Ce disant, il replia le reste du journal et, appuyant le bout de son doigt à l'endroit du titre, il l'avança sous le nez de Sanshirô.

On peut y lire à peu près la même chose. Pour cela, il ne pouvait en concevoir d'impression nouvelle particulière, mais c'est la suite qui l'étonna. M. Hirota est décrit comme un sans-principe de première classe. Il avait enseigné les langues pendant dix ans et, bien qu'il fût d'un talent médiocre et sans la moindre notoriété auprès du public, il avait subitement déclenché une action en secret dès qu'il avait eu vent de la nomination prochaine d'un professeur japonais à la chaire de littérature étrangère et il avait fait circuler parmi les étudiants des écrits où il se montait en épingle. Et ce n'est pas tout : il a fait écrire à l'un de ses élèves, dans une revue à faible tirage, un mémoire intitulé : *La Prestigieuse Obscurité*. L'article précise même que ce mémoire est paru sous le pseudonyme de Rei Yoshi et qu'il s'agit en fait d'un certain Sanshirô Ogawa, étudiant à la faculté des lettres qui fréquente le domicile de M. Hirota. Voilà que le nom de Sanshirô était cité.

Sanshirô regarda Yojirô d'un drôle d'air. Yojirô le regarde depuis un bon moment. Ils restèrent muets quelques instants. Puis Sanshirô intervint :

— C'est ennuyeux.

Il en veut un peu à Yojirô. Celui-ci ne s'en soucie pas tellement.

— Qu'est-ce que tu en penses ? demanda-t-il.

— Ce que j'en pense ?

— Ils ont dû reproduire l'article du journaliste tel quel. Ils n'ont certainement rien vérifié du tout. Les entrefilets de la critique littéraire et artistique sont bourrés de choses comme ça. Ce sont presque toujours des paquets de scandales et de vices. Quand on y regarde de plus près, il y a beaucoup de mensonges. Certains sautent aux yeux. Sais-tu au moins pourquoi ils font ce genre de bêtises ? Il semble bien que ce soit une question d'intérêt. Quand j'étais chargé des entrefilets, je mettais au panier à peu près tout ce qui était malsain. Cet article en est un bon exemple. Les opposants doivent crier victoire.

— Pourquoi est-ce qu'on ne cite pas ton nom, pourquoi est-ce qu'on cite mon nom ?

— Ouais… dit-il.

Il reprend au bout d'un moment :

— Je sais : c'est parce que tu es en cycle régulier et moi, en cycle optionnel, expliqua-t-il.

Mais cette explication ne satisfait nullement Sanshirô. Son préjudice n'est pas levé pour autant.

— J'aurais dû signer carrément Yojirô Sasaki sans m'affubler du nom stupide de Rei Yoshi. M. Yojirô Sasaki est le seul qui soit vraiment capable de pondre un mémoire pareil.

Yojirô est sérieux. Il se pourrait même qu'il souffre du préjudice d'avoir été privé par Sanshirô du droit d'auteur concernant *La Prestigieuse Obscurité*. Sanshirô trouve cela un peu fort.

— Tu en as parlé au professeur ?

— Justement. Cela n'a aucune importance que ce soit toi ou moi qui sois l'auteur de *La Prestigieuse Obscurité* mais nous ne pouvons pas nous taire parce que c'est son intégrité qui est mise en doute. Tel que je le connais, il serait capable de laisser passer l'affaire sans provoquer d'histoires pour peu que je le rassure en lui disant : « J'ignore tout de l'affaire, ce doit être une erreur, un mémoire intitulé *La Prestigieuse Obscurité* est paru dans une revue mais l'auteur est anonyme, ce doit être un admirateur, ne vous inquiétez pas », mais dans le cas présent, on ne peut pas se le permettre. Je dois absolument dévoiler ma responsabilité. Quand tout a bien marché, il est agréable de faire l'innocent, mais quand on a raté son coup, il est insupportable de garder le silence. D'abord, c'est moi qui suis à l'origine de l'affaire et qui ai placé un homme si bon dans une situation si embarrassante et je ne peux rester impassible à regarder comment les choses vont évoluer. Sans même considérer les questions délicates du bien et du mal, de l'équité et du mensonge, cela me fait vraiment de la peine et me remplit d'une pitié indicible.

Sanshirô trouva pour la première fois que Yojirô était un homme digne d'admiration.

— Le professeur a-t-il lu le journal ?

— L'article n'est pas dans le journal qu'il reçoit. C'est pour ça que je n'étais même pas au courant. Mais quand il va à l'école, il voit toutes sortes de journaux. Et même s'il ne tombe pas dessus, quelqu'un lui en aura parlé.

— Alors, il est au courant.

— Bien sûr qu'il est au courant.

— Il ne t'a rien dit ?

— Non. D'ailleurs, je ne trouve pas le temps de m'entretenir avec lui, ce n'est pas étonnant. Ces derniers jours, je suis perpétuellement en train de courir pour la représentation. J'en ai assez des représentations. Je ferais peut-être mieux d'arrêter. Quel intérêt y a-t-il à se couvrir de poudre pour paraître sur une scène ?

— Si tu lui en parles, tu vas passer un mauvais quart d'heure.

— Je vais passer un mauvais quart d'heure. C'est inévitable, mais quelle peine cela fait ! Je l'ai mis dans de beaux draps avec mes bêtises. Il n'a pas de divertissement. Il ne boit pas, il ne fume…

Il s'interrompit sans aller jusqu'au bout. La philosophie que le professeur éjecte par son nez atteint une quantité de fumée impressionnante.

— Il fume pas mal mais il n'a rien d'autre ! Il ne va pas à la pêche, il ne joue pas au go, il ne connaît pas les plaisirs du foyer. C'est ce qui lui manque le plus. Ça lui ferait du bien d'avoir des enfants. C'est un modèle de sobriété raffinée.

Yojirô croisa les bras.

— Quand j'essaie de faire quelque chose pour lui changer les idées, voilà ce que cela donne. Va donc lui rendre visite, toi aussi !

— Non seulement je dois lui rendre visite, mais j'ai aussi une part de responsabilité ; je vais aller lui présenter mes excuses.

— Toi, tu n'as pas besoin de t'excuser.

— Alors, je vais m'expliquer.

Yojirô rentra chez lui. Sanshirô se retourna plus d'une fois dans sa couche. Il lui semble plus facile de dormir quand il est au pays natal. L'article mensonger, M. Hirota, Mineko, un homme de belle prestance venu chercher Mineko pour l'emmener chez lui : toutes sortes d'excitations le tiennent en éveil.

La nuit venue, il dormit à poings fermés. Il lui fut très pénible de se lever à l'heure habituelle. Il se trouva au lavabo avec un étudiant de la faculté des lettres. Ils ne se connaissent que de vue. Dans la brève salutation qu'il en reçut, il crut sentir que le garçon avait lu l'article en question. Evidemment, celui-ci évita d'en parler. Sanshirô n'essaya pas non plus de se justifier.

Alors qu'il était en train de humer le tiède fumet du potage matinal, une lettre lui parvint du pays natal. Comme d'habitude, elle semblait très longue. Trouvant fastidieux d'enfiler son vêtement occidental, il jeta simplement son *hakama* sur ce qu'il portait et sortit avec la lettre en poche. Dehors, une mince couche de givre étincelait.

Dans la grande avenue, presque tous les passants sont des étudiants. Ils se dirigent tous dans la même direction. Ils sont tous pressés. La rue froide est pleine de l'animation des jeunes gens. Parmi ceux-ci se dessina la longue silhouette de M. Hirota, vêtu d'un manteau tacheté de blanc. Un professeur perdu au milieu de ce défilé de jeunes, ne serait-ce que par l'allure à laquelle il marche, est un anachronisme. Il paraît beaucoup plus lent que ceux qui l'entourent. L'ombre du professeur disparut dans le portail de l'université. A l'intérieur, il y a un grand pin qui occupe toute l'entrée, avec ses branches déployées comme un parapluie géant en papier huilé. Quand les pas de Sanshirô l'eurent conduit devant le portail, l'ombre du professeur n'y était plus et l'on ne voyait plus, en face, que le pin et l'horloge au-dessus du pin. Cette horloge est toujours déréglée. A moins qu'elle ne soit arrêtée.

Sanshirô qui regardait à l'intérieur du portail se répéta en lui-même deux fois le mot *« Hydriotaphia »*. C'était l'un des mots étrangers les plus longs et les plus difficiles qu'il avait appris. Il n'en comprend pas encore le sens. Il a l'intention de le demander à M. Hirota. Quand il s'en est enquis auprès de Yojirô, celui-ci a dit que ce devait être le même genre de chose que *« de te fabula »*. Mais pour Sanshirô, il y a une différence considérable entre les deux. *« De te fabula »* est une expression qui incite à la danse. Tandis que *« Hydriotaphia »* demande du temps rien que pour l'apprendre. Quand on l'a répété deux fois, le pas se ralentit de lui-même. Dans la bouche de M. Hirota, le mot résonne comme la création d'un ancien.

A l'université, il eut l'impression que tout le monde faisait attention à lui parce qu'il était l'auteur de *La Prestigieuse Obscurité*. Il voulut sortir à l'extérieur mais il faisait froid et il resta dans le couloir. Pendant le cours, il sortit de sa poche la lettre de sa mère.

Elle lui intime l'ordre de revenir à la maison pour les vacances d'hiver, absolument comme à l'époque où il était à Kumamoto. En fait, il y avait eu une histoire semblable lorsqu'il était à Kumamoto : elle lui avait télégraphié de rentrer sur-le-champ alors que ce n'était pas encore les vacances. Surpris et persuadé que sa mère devait être malade, il se précipite et la trouve toute réjouie et rassurée qu'il ne lui soit rien arrivé. A ses questions, elle répond que, ne le voyant pas revenir, elle est allée consulter l'oracle d'Inari dont la sentence a été qu'il avait déjà quitté Kumamoto et elle s'est fort inquiétée à son sujet, craignant quelque accident en cours de route. Se remémorant l'anecdote, Sanshirô se demanda si elle n'aurait pas encore été consulter l'oracle à son sujet. Mais la lettre ne parle pas d'Inari. Elle mentionne simplement, en petits caractères serrés entre deux lignes, qu'Omitsu de Miwata l'attend, elle aussi. Mlle Omitsu a quitté l'école de filles de Toyotsu en cours d'études pour rentrer chez elle. Le vêtement doublé de coton qu'elle a cousu doit arriver bientôt par colis. Le charpentier s'est fait extorquer quatre-vingt-dix-huit yen en faisant un pari sur la colline… Elle raconte l'histoire en détail. Il lut ce passage à la va-vite, car il le jugeait sans intérêt. Toujours est-il que trois individus étaient venus chez Kakuzô dans l'intention d'acheter la colline et qu'il s'était fait chiper de l'argent alors qu'il était en train de leur faire visiter les lieux. Rentré chez lui, Kakuzô raconte à sa femme qu'il ne comprend pas comment cela a pu lui arriver. Elle lui dit qu'on a dû lui faire sentir un somnifère pour l'endormir, à quoi il répond qu'il a bien eu l'impression de sentir quelque chose. Cela n'empêche que, dans le village, on fait courir le bruit qu'il s'est fait extorquer de l'argent à cause d'un pari. Elle conclut par cette recommandation : *Puisqu'il en est ainsi même à la campagne, combien plus dois-tu faire attention, toi qui es à Tôkyô.*

Quand il eut replié et rangé la lettre dans l'enveloppe, il s'aperçut que Yojirô était à côté de lui :

— Oh ! C'est une lettre de femme ! s'exclama-t-il.

Il a l'air d'avoir plus d'entrain qu'hier soir, puisqu'il plaisante.

— Mais c'est ma mère, répondit-il l'air désabusé, puis il remit l'enveloppe dans sa poche.

— Est-ce que ce ne serait pas Mlle Satomi ?

— Ah ça, non.

— A propos de Mlle Satomi, tu es au courant ?

— De quoi ? demanda-t-il, quand un étudiant vint avertir Yojirô que quelqu'un l'attendait en bas de l'escalier car il souhaitait, disait-il, acheter un billet pour la représentation.

Yojirô descendit aussitôt.

Il disparut et ne revint pas. Quoi qu'on fît, impossible de remettre la main sur lui. Sanshirô n'avait plus rien d'autre à faire que de s'appliquer à noter le cours. Quand celui-ci fut terminé, il passa chez M. Hirota, comme promis la veille au soir. L'endroit est toujours aussi paisible. Le professeur s'est assoupi, allongé sur les nattes du salon à thé. A la question de savoir s'il ne se sent pas bien, la bonne répond qu'il n'en est rien, qu'il est rentré tout à l'heure en disant qu'il avait sommeil parce qu'il s'est couché tard hier et qu'il s'est allongé aussitôt. Le long corps est recouvert d'un petit édredon. Sanshirô demanda à voix basse pourquoi il s'était couché si tard. La bonne répondit qu'il se couchait toujours tard à cause de l'étude, mais qu'hier soir, c'était d'avoir parlé avec M. Sasaki, chose rare. Le fait que Sasaki ait remplacé l'étude n'explique pas la sieste, mais une chose au moins est certaine, c'est qu'il lui a parlé de l'affaire hier soir. Il aimerait bien demander quel genre de réprimandes le professeur lui a fait mais la bonne n'est certainement pas au courant et il a lui-même laissé échapper l'intéressé dans les bâtiments de la faculté. Toujours est-il qu'à en juger par l'entrain qu'il montre aujourd'hui, cela n'a pas dû prendre des proportions dramatiques. Toutefois, les mécanismes psychologiques de Yojirô étant un mystère pour Sanshirô, il est bien en peine d'imaginer ce qui a pu arriver en réalité.

Sanshirô s'agenouilla sur les talons devant le long brasero. La bouilloire en fer tinte. La bonne préféra se retirer dans sa chambre. Sanshirô s'asseoit en tailleur, étend les mains au-dessus de la bouilloire et attend le réveil du professeur. Celui-ci dort à poings fermés. Sanshirô sentit s'installer en lui un calme régénérant. Il tapota la théière du revers de l'ongle. Il versa l'eau bouillante dans la tasse et but en soufflant dessus. Le professeur dort, tourné de l'autre côté. Il a dû se faire couper les cheveux il y a deux ou trois jours, car ils sont très courts. L'extrémité des moustaches apparaît, noire. Le nez aussi est tourné de l'autre côté. Les narines sifflent régulièrement. C'est un sommeil paisible.

Sanshirô sortit *Hydrotaphia* qu'il avait apporté pour le rendre et il se mit à lire. Il glane des passages au hasard. Il n'y comprend goutte. Il est écrit qu'on jette des fleurs dans une tombe. Il est écrit que les Romains *affect*[1] les roses. Il ne sait pas très bien ce que cela veut dire mais il pense que cela doit se traduire par « aimer ». Il est écrit que les Grecs utilisent l'*Amaranth*[2]. Ce n'est pas clair non plus. Mais il s'agit certainement d'une fleur. Il continua encore un peu : il n'y comprenait plus rien. Détachant les yeux de la page, il regarda le professeur. Il dormait toujours. Il se demanda pourquoi il lui avait prêté un livre aussi difficile. Il se demanda ensuite pourquoi ce livre difficile, pour incompréhensible qu'il fût, éveillait son intérêt. Il se dit pour finir que le professeur devait être, en somme, un Hydrotaphia.

C'est alors que le professeur sortit de son sommeil. Il leva juste le cou et regarda Sanshirô.

— Quand es-tu arrivé ? demanda-t-il.

Sanshirô l'enjoignit de dormir plus longtemps. A la vérité, il ne s'ennuyait pas.

— Non, je me lève, dit-il en se soulevant.

---

1. N.d.T. : en anglais dans le texte.

2. N.d.T. : en anglais dans le texte.

Puis il commença à souffler la fumée philosophique. Deux barres de fumée sortent dans le silence.

— Merci, je vous rends le livre.

— Ah ! Tu l'as lu ?

— J'en ai lu un peu mais je ne comprends pas très bien. D'abord, je ne comprends pas le titre.

— *Hydrotaphia*.

— Qu'est-ce que cela veut dire ?

— Je ne sais pas non plus ce que cela veut dire. En tout cas, cela semble être du grec.

Du coup, Sanshirô n'eut pas le courage d'en demander plus. Le professeur bâilla une fois.

— Oh, que j'avais sommeil ! Cela m'a fait du bien. J'ai fait un rêve intéressant.

Il dit qu'il a rêvé d'une femme. Sanshirô attendait la suite, mais le professeur proposa d'aller au bain public. Ils sortirent donc, la serviette à la main.

Quand ils eurent terminé leurs ablutions, ils montèrent sur l'appareil placé dans le vestiaire et mesurèrent leur taille. M. Hirota fait près d'un mètre soixante-dix. Sanshirô fait quelques millimètres de moins.

— Tu peux encore grandir, dit M. Hirota.

— C'est fini. Je n'ai pas changé depuis trois ans.

— Ah bon ?

Sanshirô crut qu'il le prenait vraiment pour un enfant. Lorsqu'ils furent rentrés, le professeur ouvrit la porte de la bibliothèque et entra le premier en disant qu'il pouvait rester à parler s'il n'avait rien à faire de particulier. Comme Sanshirô avait le devoir, en tout état de cause, de mettre les choses au point à propos de l'affaire, il le suivit à l'intérieur.

— On dirait que Sasaki n'est pas encore rentré…

— Il a averti qu'il rentrerait plus tard aujourd'hui. Il a l'air de se démener depuis quelque temps pour la soirée du spectacle, mais il est difficile de savoir au juste s'il le fait parce qu'il aime rendre des services ou parce qu'il aime courir à droite et à gauche.

— Il est gentil.

— Son but a certes un côté gentil, mais l'intérieur de sa tête n'a rien de gentil et il ne fait rien de propre. A première vue, il sait ce qu'il veut. Il sait même trop ce qu'il veut. Mais quand on approfondit, on ne voit plus du tout où il veut en venir, c'est extrêmement embrouillé. Tout ce que je lui dis reste sans effet ; j'ai abandonné. Ce garçon est né pour faire des bêtises.

Sanshirô pensa qu'il y avait bien quelque chose à dire pour sa défense mais le souvenir de précédents malheureux l'en dissuada. Il détourna la conversation :

— Vous avez lu l'article ?

— Oui, je l'ai vu.

— Vous n'étiez au courant de rien avant que cela ne paraisse dans le journal ?

— Non.

— Vous avez dû être surpris ?

— Surpris ? Il serait inexact de dire que je n'ai pas été surpris du tout. Mais comme je considère que le monde est truffé de ce genre d'histoires, je ne suis pas piqué au vif comme un jeune pourrait l'être.

— Cela vous fait du tort.

— Il serait inexact de dire que cela ne me fait aucun tort. Mais les gens d'un certain âge, qui ont l'expérience de la vie comme moi, ne se laisseront pas berner aussi facilement à la lecture d'un article de ce genre, et je ne me sens pas piqué au vif comme un jeune pourrait l'être. Yojirô dit qu'il connaît quelqu'un au journal à qui il va demander d'écrire la vérité sur l'affaire, qu'il va aller trouver l'auteur de l'article et lui régler son compte, que je peux être rassuré parce qu'il va contre-attaquer dans sa revue et il raconte des tas de bêtises à propos des soi-disant mesures qui vont rétablir la situation, mais si c'est pour se fatiguer comme ça, il aurait mieux fait de se tenir tranquille dès le début.

— Il a voulu faire quelque chose pour vous. Il est sans mauvaise intention.

— Il ne manquerait plus que ça ! D'abord, si quelqu'un veut faire quelque chose pour moi, il n'a pas à utiliser des procédés ni à mettre sur pied un plan de sa propre initiative sans me demander mon avis, ou est-ce que ce n'est pas se moquer de l'intéressé ? Il aurait beaucoup mieux valu qu'il ne s'occupe pas de moi du tout !

Sanshirô n'avait rien à répondre à cela.

— Par-dessus le marché, il trouve le moyen d'écrire cette ânerie de *Prestigieuse Obscurité* ! Dans le journal, il est écrit que tu en es l'auteur mais c'est lui en réalité...

— En effet.

— Il a avoué hier soir. C'est à toi qu'il fait du tort. Il n'y a que lui pour écrire un texte aussi stupide. Je l'ai lu aussi. C'est sans consistance, sans distinction, c'est du même niveau que les tambours de l'Armée du Salut. C'est à croire qu'il l'a écrit dans le seul but d'irriter les lecteurs. On sent du début jusqu'à la fin qu'il y a une intention intéressée. Le lecteur doué de bon sens voit tout de suite que cela a été écrit avec une intention derrière la tête. On va raconter que je l'ai fait écrire à un de mes élèves. Quand j'ai lu ça, j'ai compris que l'article n'avait pas tort.

M. Hirota s'arrêta de parler. Il fait sortir la fumée de son nez comme à l'habitude. Yojirô affirme être en mesure de connaître les dispositions du professeur à la façon dont elle sort. Lorsqu'elle jaillit épaisse et droite, c'est qu'il est parvenu au sommet de la philosophie ; lorsqu'elle se brise doucement, son humeur est sereine et l'on risque d'être taquiné. Quand elle s'attarde sous le nez et semble quitter la moustache à regret, c'est qu'il entre en méditation. Ou bien qu'il ressent une inspiration poétique. Le cas le plus redoutable, c'est quand des tourbillons dansent devant le bout de son nez. Quand les tourbillons apparaissent, on va passer un mauvais quart d'heure. Evidemment, c'est Yojirô qui le dit et Sanshirô ne le prend guère au sérieux. Cependant, il jugea plus prudent, dans un cas comme celui-ci, de surveiller attentivement la forme de la fumée. Il constate qu'elle ne prend aucune des formes particulières dont a parlé Yojirô. En revanche, ce qui sort présente la plupart des caractéristiques signalées.

Comme Sanshirô ne disait rien et prenait un air confus, le professeur reprit la parole :

— Ne parlons plus du passé. Sasaki a demandé pardon pour tout hier soir et, tel que je le connais, il est sûrement reparti en cavale comme si de rien n'était. Je perds mon temps à le prendre à part pour lui faire la leçon s'il continue malgré tout à courir à gauche et à droite pour vendre des billets. Parlons de choses plus intéressantes.

— Oui.

— J'ai fait un rêve intéressant pendant la sieste tout à l'heure. C'est digne d'un roman : j'ai revu tout à coup en rêve une femme que je n'avais rencontrée qu'une seule fois dans ma vie. Avoue que c'est plus amusant à entendre que l'article de journal.

— Oui. De quel genre de femme s'agit-il ?

— C'est une jolie femme de douze ou treize ans. Elle a un grain de beauté sur le visage.

Sanshirô fut un peu déçu d'apprendre qu'elle avait douze ou treize ans.

— Quand l'aviez-vous rencontrée ?

— Il y a vingt ans.

Sanshirô fut à nouveau surpris.

— Vous avez du mérite de l'avoir reconnue.

— C'est un rêve. Je l'ai reconnue parce que c'est dans un rêve. Et comme c'est un rêve, c'est enveloppé de mystère ; c'est ça qui est bien. Je marche dans une grande forêt. Avec le vêtement occidental à la couleur passée et le vieux chapeau. C'est ça, j'étais en train de réfléchir à des choses difficiles. Les lois qui régissent l'univers ne changent pas mais les choses qui existent dans l'univers et qui sont soumises à ces lois, elles, changent. Par conséquent, les lois doivent exister en dehors des choses… Quand je me suis réveillé, cela m'a paru idiot mais, dans le rêve, j'allais sous les arbres en réfléchissant sérieusement et voilà que tout à coup, j'ai rencontré la femme en question. Je ne l'ai pas croisée en chemin. Elle se tenait immobile. En regardant bien, je constate qu'elle a le même visage qu'autrefois. Elle a les mêmes habits qu'autrefois. Les cheveux non plus n'ont pas changé. Le grain de beauté y était, bien entendu. C'est exactement la même fille de douze ou treize ans que j'ai vue il y a vingt ans. Quand je lui dis qu'elle n'a pas du tout changé, elle me répond que j'ai beaucoup vieilli. Quand je lui demande comment elle fait pour ne pas changer, elle répond qu'elle a une prédilection pour l'année de ce visage, pour le mois de ces habits, pour le jour de ces cheveux et qu'elle préfère rester ainsi. Je lui demande de quelle époque il s'agit, elle me dit que cela remonte à notre rencontre, vingt ans auparavant. Alors, je me demande avec stupeur comment il peut se faire que je vieillisse et elle m'explique que c'est à cause de mon désir d'évoluer vers quelque chose de toujours plus beau qu'à l'époque. Alors, je lui dis qu'elle est une peinture et elle me dit que je suis un poème.

— Que s'est-il passé ensuite ? demanda Sanshirô.

— Ensuite, tu es arrivé.

— Ce n'est pas en rêve que vous l'avez vue il y a vingt ans, c'est un fait réel ?

— C'est un fait réel, c'est ça qui est intéressant.

— Où l'aviez-vous rencontrée ?

Le nez du professeur souffla de la fumée. Il resta un instant à la considérer, puis il déclara :

— La promulgation de la constitution date de 1889. C'est à ce moment-là que Mori, ministre de l'Education, a été assassiné. Tu ne t'en souviens pas. Quel âge as-tu ? Ah, alors, tu étais encore un bébé ! Je faisais mes études au lycée. Comme nous devions défiler aux obsèques du ministre, nous sommes sortis en ribambelle avec le fusil sur l'épaule. On croyait à tort qu'on irait au cimetière. Le professeur de gymnastique nous a fait marcher jusqu'à Takebashi-uchi où il nous a fait mettre en rang au bord de la route. Nous voilà donc plantés là pour escorter le cercueil. Escorter est une façon de parler : en réalité, cela revenait à le regarder passer. C'était une journée froide, je m'en souviens encore. On était debout sans bouger et la semelle des chaussures faisait mal. Mon voisin me disait que j'avais le nez rouge à chaque fois qu'il me regardait. Le cortège arriva. Il était très long. Plusieurs voitures à chevaux et chaises à porteur défilent en silence devant nos regards frigorifiés. Dans l'une d'elles se trouvait la petite demoiselle dont je viens de parler. J'ai beau essayer de me remémorer la scène maintenant, cela reste flou, aucune image précise ne me revient à l'esprit. Mais je me souviens seulement de cette femme. Et pourtant, son souvenir va en s'estompant avec les années qui passent et je n'y pense plus que rarement. Aujourd'hui, je n'y pensais pas du tout avant de faire le rêve. J'en avais pourtant conservé à l'époque une impression très vivace. C'est curieux…

— Vous ne l'avez pas revue depuis ?

— Jamais.

— Alors, vous ne savez rien d'elle ?

— Bien sûr que non.

— Vous n'avez pas essayé de vous renseigner ?

— Non.

— C'est pour cela que vous ne… dit-il, mais il buta soudain sur les mots.

Le professeur se mit à rire.

— Je ne suis pas romantique à ce point. Je suis d'une nature beaucoup plus prosaïque que toi.

— Pourtant, si elle était venue à vous, vous l'auriez sans doute épousée ?

— Ça, vraiment… dit-il en marquant une pause. Oui, sans doute, conclut-il.

Sanshirô a pris un air désolé. Le professeur reprend :

— Dire que j'ai été contraint au célibat à cause de cela reviendrait à dire que je suis devenu infirme à cause de cette femme. Mais il y a aussi des infirmes qui ne peuvent se marier de naissance. Il y en a d'autres que des circonstances diverses gênent pour réaliser un mariage.

— Il y a donc tant de circonstances dans la vie qui peuvent empêcher quelqu'un de se marier ?

Le professeur regarda Sanshirô fixement à travers la fumée.

— Hamlet ne voulait pas se marier. Il n'y a peut-être qu'un seul Hamlet, mais beaucoup de gens lui ressemblent.

— Par exemple, quel genre de personne ?

— Par exemple… commença-t-il ; puis il se tut.

La fumée s'échappe sans discontinuer.

— Par exemple… prenons le cas d'un homme. Supposons que son père soit mort et qu'il ait été élevé entièrement par sa mère. Que sa mère tombe malade et qu'au moment de rendre le dernier soupir, elle lui dise d'aller chercher de l'aide chez Untel après sa mort. Elle désigne quelqu'un que l'enfant n'a jamais rencontré et qu'il ne connaît pas. Il lui en demande la raison mais n'obtient pas de réponse. Il insiste et voilà qu'elle lui révèle d'une voix éteinte que l'homme en question est son véritable père. C'est une histoire, mais supposons qu'un enfant ait une mère de ce genre. Il est normal qu'il n'ait plus aucune confiance dans le mariage.

— Cela ne doit pas se rencontrer souvent.

— Cela ne doit pas se rencontrer souvent, mais cela existe.

— Mais ce n'est pas votre cas, je présume ?

Le professeur partit d'un rire sonore.

— Tu as encore ta mère, me semble-t-il ?

— Oui.
— Et ton père ?
— Il est mort.
— Ma mère est morte l'année qui a suivi la promulgation de la constitution.

Chapitre 12

Les manifestations culturelles eurent lieu par un temps assez froid. L'année touche bientôt à sa fin. Il reste à peine une vingtaine de jours avant l'arrivée du printemps. Les gens qui vivent à la ville montrent un affairement plus grand qu'à l'habitude. Au seuil du nouvel an, les dépenses de fin d'année fondirent sur les pauvres. Les représentations qui eurent lieu à cette époque de l'année rassemblèrent des gens paisibles et aisés, ceux pour qui les printemps et les fins d'années se passent dans un égal confort. Il y en a tant et plus. La plupart sont des hommes et des femmes jeunes. Le premier jour, Yojirô proclama à Sanshirô que le succès était complet. Celui-ci avait un billet pour le deuxième jour. Yojirô lui dit d'amener M. Hirota. Sanshirô lui fit remarquer qu'on ne pouvait entrer avec le même billet, ce dont l'autre convint sans difficulté. Il ajouta en guise de recommandation qu'il lui faudrait passer le prendre chez lui, car il ne risquait pas de se déranger tout seul. Sanshirô accepta.

Il se rendit chez le professeur dans la soirée ; celui-ci avait un grand livre ouvert devant lui, bien exposé à la lumière d'une lampe.

— Vous ne venez pas ?

Le professeur pencha la tête de côté sans mot dire, un léger sourire aux lèvres. Il fait des manières d'enfant. Mais celles-ci revêtirent aux yeux de Sanshirô les apparences du savant. Sans doute trouvait-il distingué le fait qu'il n'ouvrît pas la bouche. Sanshirô, à moitié relevé de sa posture assise, avait une expression rêveuse. Il était désolé que le professeur ait décliné l'invitation.

— Puisque tu y vas, je vais sortir avec toi. Je vais faire un bout de chemin pour me dégourdir les jambes.

Le professeur passa un manteau noir et sortit. Il semble qu'il a les mains dans les poches mais on ne voit pas bien. Le ciel est bas. C'est une soirée froide et sans étoile.

— On va peut-être avoir de la pluie.

— Ce serait gênant.

— Oui, pour les sorties et les entrées. Les baraques de théâtre japonais ont un gros inconvénient, c'est qu'il faut se déchausser pour y entrer, même par beau temps. Et puis il n'y a pas d'aération à l'intérieur et la fumée des cigarettes donne mal à la tête. Je me demande comment ils font pour supporter ça…

— Certes, mais ils ne peuvent tout de même pas faire cela dehors.

— Le théâtre de danses sacrées a toujours lieu en plein air. Même quand il fait froid, ils sont dehors.

Jugeant inutile d'insister face à des arguments de ce genre, Sanshirô préféra ne pas répondre.

— Moi, j'aime bien quand cela se passe dehors. J'aimerais voir une belle pièce de théâtre sous un ciel azuré, sans ressentir ni le chaud ni le froid, en respirant l'air pur. Il doit être possible de créer une pièce qui soit limpide comme l'air, sans mélange, sans affectation.

— Cela doit être possible en prenant par exemple le rêve que vous avez fait.

— Tu connais le théâtre grec ?

— Pas très bien. C'est vrai que cela se passait dehors.

— Dehors. En plein jour. Ce devait être fort agréable. Les gradins étaient en pierres naturelles. C'était grand. Tu devrais emmener quelqu'un comme Yojirô dans ce genre d'endroit pour lui montrer.

Voilà qu'il dénigre encore Yojirô. Ce qui est amusant, c'est qu'au même moment, l'intéressé est tout fier de se démener pour sa cause et de faire l'intermédiaire dans la salle grouillante de l'association. Ce qui est amusant aussi, c'est qu'il est sûrement en train de soupirer en murmurant quelque chose comme : « Si je ne l'amenais pas, il ne viendrait pas, voilà tout. Cela lui serait si profitable de venir assister de temps en temps à ce genre de réunion, mais il ne veut pas m'écouter. Quel embarras ! »

Puis le professeur donna force détails sur la structure du théâtre grec. Sanshirô entendit un cours sur les termes *Theatron, Orchestra, Sekne, Proskenion.* Il apprit aussi que d'après tel érudit allemand, le théâtre d'Athènes avait une capacité de dix-sept mille places. Et encore, c'est peu. Il apprit que le plus grand pouvait accueillir cinquante mille personnes. Il apprit encore que les billets d'entrée étaient de deux catégories, ceux en ivoire et ceux en plomb, et que c'étaient des sortes de médailles avec des motifs estampés ou des figures sculptées sur le recto. Le professeur connaissait jusqu'à la valeur des billets d'entrée. Il disait que la séance courte d'une journée coûtait douze *sen* et que la grande séance de trois jours faisait trente-cinq *sen*. Sanshirô était bouffi d'admiration quand ils arrivèrent devant la salle.

Il y a abondance d'éclairage électrique. Les gens arrivent les uns à la suite des autres. C'est encore plus animé que ne l'a dit Yojirô.

— Qu'en dites-vous ? Puisque nous y sommes, vous n'entrez pas ?

— Non, je n'entre pas.

Le professeur se fondit à nouveau dans l'obscurité.

Sanshirô le regarda quelques instants s'éloigner puis, voyant quelqu'un descendre de voiture et prendre à peine le temps de saisir son ticket de chaussures avant de s'engouffrer dans la salle, il s'acquitta rapidement des formalités d'entrée. Il fut littéralement poussé à l'intérieur.

A l'entrée se tiennent quatre ou cinq gaillards auxquels il n'a rien à demander. Celui qui portait un col prit son billet. Il regarde la salle par-dessus son épaule : l'espace s'élargit soudain à l'intérieur. De plus, il y fait très clair. Sanshirô atteignit la place où il fut conduit en se retenant tout juste de porter la main à ses sourcils. Il se fraie un passage pour s'asseoir et regarde autour de lui : ses yeux sont éblouis par le foisonnement des couleurs apportées par les uns et les autres. Ce n'est pas seulement parce qu'il bouge les yeux. C'est parce que les couleurs attachées à la multitude bougent elles-mêmes inlassablement dans une totale liberté de mouvement, livrées au gré de leur caprice dans le vaste espace.

Sur la scène, le spectacle a déjà commencé. Les personnages qui apparaissent sont tous coiffés d'une couronne et portent des souliers. Un long palanquin fut apporté sur des épaules. Quelqu'un le fit arrêter au milieu de la scène. Une fois qu'il fut posé sur le sol, un homme en sortit. Dégainant son épée, celui-ci commença à se battre avec ceux qui avaient repoussé le palanquin. Sanshirô ne voit pas du tout de quoi il retourne. Il a pourtant été mis au courant par Yojirô, dans les grandes lignes. Mais il a écouté d'une oreille distraite. Se disant qu'il comprendrait en regardant, il s'est contenté d'acquiescer. Mais maintenant qu'il le voit de ses yeux, il n'y comprend goutte. La seule chose dont il se souvient est le nom du ministre Iruka. Il se demandait lequel d'entre eux pouvait bien être Iruka. Rien ne permet de le dire. Aussi regardait-il tout comme si c'était Iruka. Les couronnes, les souliers, les vêtements aux manches courtes, les paroles entendues, tout exhalait je ne sais quel relent d'Iruka. A la vérité, Sanshirô n'a pas d'idée précise sur Iruka. Il y a si longtemps qu'il a appris l'histoire du Japon qu'il a oublié tout ce qui concerne le vieil Iruka. Il pourrait être de l'époque de l'empereur Suiko. Mais cela ne le gênerait pas du tout qu'il soit de l'ère de l'empereur Kinmei. Il pense, en tout cas, que ce ne peut pas être l'empereur Ôjin ou l'empereur Shômu. Sanshirô avait seulement cette vague impression d'être en présence d'Iruka. Considérant donc qu'il n'en fallait pas plus pour regarder la pièce, il passa son temps à admirer les costumes et les décors à la chinoise. Mais il ne comprenait rien à l'action. Puis la scène disparut derrière le rideau.

Peu avant le tomber du rideau, son voisin a critiqué les acteurs en disant à l'autre voisin qu'ils manquaient vraiment d'entraînement, qu'on croirait entendre des parents parler à leurs enfants dans une pièce de six tatami. Le voisin se plaignait que les acteurs étaient bancals. Ils avaient tous l'air de clopiner. Ils connaissent par cœur le vrai nom de tous les personnages. Sanshirô prêtait l'oreille à la conversation des deux hommes. Ils portent de très beaux vêtements. Il se dit que ce devait être des gens connus. Mais il se dit aussi que Yojirô ne serait certainement pas d'accord si on lui faisait entendre les propos qu'ils tiennent. A ce moment, quelqu'un s'est exclamé derrière lui, d'une voix forte : « Excellent, vraiment excellent ! » Les deux hommes se sont retournés. Ils n'ont plus rien dit. Puis le rideau est tombé.

Des gens se lèvent un peu partout. Depuis le *hanamichi*[1] jusqu'à la sortie, la salle est noire de monde. Sanshirô se dressa à moitié sur ses jambes et regarda autour de lui. Il ne voit pas la personne qui devrait être là. En fait, il a tâché d'être attentif pendant la représentation. N'ayant pas réussi à savoir, il espérait avoir plus de chance après le tomber du rideau. Il fut un peu déçu. Résigné, il reporta son regard en face de lui.

Les compères de tout à l'heure semblent avoir de nombreuses relations ; se retournant à gauche et à

---

1. *Hanamichi* (« Chemin des fleurs ») : dans le théâtre kabuki, passerelle qui traverse toute la salle et par laquelle les acteurs entrent en scène.

droite, ils aperçoivent un tel là-bas. Il y a aussi tel autre ici, et leurs bouches ne tarissent pas de noms connus. Ils échangent un salut à distance avec un ou deux d'entre eux. Cela permit à Sanshirô d'apprendre à reconnaître un peu les épouses de ces célébrités. Certains venaient juste de se marier. L'un des deux compères manifesta un vif intérêt pour ceux-ci ; allant jusqu'à essuyer ses bésicles pour mieux voir, il les considérait en répétant « Eh bien, eh bien ».

C'est alors que de l'autre bout de la scène, par-devant le rideau baissé, Yojirô se rapprocha à petits pas pressés. Il s'arrêta aux deux tiers du chemin environ. Il parle les yeux tournés vers la salle au sol de terre battue, le corps légèrement penché en avant. Sanshirô a trouvé où fixer son regard : à quelques mètres en face de Yojirô, qui se tenait au bord de la scène, apparut Mineko, de profil.

L'homme qui est à côté d'elle tourne le dos à Sanshirô. Celui-ci espérait dans son for intérieur que l'homme se tournerait vers lui à un moment ou à un autre. Par chance, il se leva. Fatigué de la posture assise, semblait-il, il s'assit sur le rebord du carré et se mit à regarder autour de lui dans la salle. Sanshirô put alors reconnaître distinctement le large front et les grands yeux de Nonomiya. Yoshiko apparut, assise derrière Mineko, au moment où il se leva. Sanshirô chercha à voir s'il y avait d'autre compagnie avec ces trois personnes. Mais vu de loin, ce n'est qu'un fouillis de gens serrés les uns contre les autres et, en fait de compagnie, c'est la salle entière qui paraît appartenir à leur groupe. Il semble que des propos soient échangés de temps à autre entre Mineko et Yojirô. Nonomiya aussi a l'air d'y mettre son grain de sel.

Tout à coup, Haraguchi surgit de derrière le rideau. Se plaçant à côté de Yojirô, il scrute l'intérieur de la salle. Il doit être en train de faire marcher sa bouche. Nonomiya hocha la tête comme pour lui faire signe.

Alors, Haraguchi frappa le dos de Yojirô du plat de sa main. Celui-ci tourna les talons et disparut aussitôt par-dessous le rideau. Haraguchi descendit de la scène, se faufila entre les gens et parvint auprès de Nonomiya. Celui-ci se leva pour le laisser passer. Haraguchi sauta au milieu du groupe. Il disparut au niveau de Mineko et de Yoshiko.

Sanshirô, pour qui les moindres faits et gestes du groupe avaient plus d'importance que le spectacle, fut rempli d'une envie soudaine à la vue du comportement de Haraguchi. Il n'imaginait pas un instant qu'on pût approcher quelqu'un avec des manières aussi dégagées. Il voulut en faire autant, pour voir. Toutefois, la seule idée qu'il voulait en faire autant brisa son élan, à quoi s'ajoutait qu'il redoutait de ne pouvoir trouver assez de place même en se serrant, si bien que son postérieur fut dans l'impossibilité de quitter l'endroit où il se trouvait.

Le rideau s'ouvrit et *Hamlet* commença. Sanshirô a vu, chez M. Hirota, la photo d'un célèbre acteur occidental, dont le nom lui échappe, dans le personnage de Hamlet. Le Hamlet qui apparaît devant ses yeux porte un costume assez semblable. Ce n'est pas seulement le costume. Même le visage lui ressemble. Ils froncent les sourcils l'un comme l'autre.

Ce Hamlet a des gestes fort plaisants : il est agréable à regarder. Il fait beaucoup de mouvements, et il en fait faire beaucoup. L'ambiance qui s'en dégage est tout à fait différente de celle d'Iruka, lequel se joue dans le style du nô. En particulier lorsqu'à certains moments, dans certaines situations, debout au milieu de la scène, il ouvre grand les bras, ou qu'il fixe le ciel, la sensation ressentie par le spectateur est si intense que son regard en est entièrement capté.

En revanche, les dialogues sont en japonais. C'est un japonais traduit d'une langue occidentale. Il y a des inflexions dans la voix. Il y a aussi un rythme. Certains passages sont déclamés avec une telle éloquence que c'en est trop brillant. Les phrases aussi sont magistrales. Pourtant, cela ne parle pas à l'auditeur. Sanshirô eût aimé qu'Hamlet dise des choses un peu plus vraisemblables pour un Japonais. Au moment où l'on s'imagine qu'il va dire à sa mère qu'elle ne peut pas se permettre cela vis-à-vis de son père, il se met tout à coup à citer Apollon et expédie l'affaire rondement. A les voir pourtant, on croirait que la mère et le fils sont sur le point de pleurer. Mais Sanshirô n'eut qu'une vague conscience du paradoxe. Il n'avait pas du tout l'audace de trouver cela dénué d'intérêt.

Aussi regardait-il du côté de Mineko lorsqu'il se lassait de Hamlet. Et lorsque Mineko disparaissait, cachée par la silhouette des gens, il regardait Hamlet.

Quand vint le moment où Hamlet déclare à Ophélie : « Va au couvent ! Va au couvent ! », le souvenir de M. Hirota lui revint subitement. Celui-ci avait dit : « Quelqu'un comme Hamlet peut-il se marier ? » Il est vrai que la lecture du texte n'en donne pas l'impression. Mais sur la scène, on le marierait volontiers. A bien y réfléchir, cette façon de dire « Va au couvent » n'est pas heureuse. La preuve en est qu'on n'a pas du tout envie de plaindre Ophélie.

Le rideau tomba à nouveau. Mineko et Yoshiko quittèrent leur place. Sanshirô se leva aussitôt. Atteignant le couloir, il les aperçoit en conversation avec un homme. L'homme sortit la moitié du corps par la porte communiquant avec l'allée des rangs de gauche. Lorsqu'il l'aperçut de profil, Sanshirô revint sur ses pas. Reprenant ses chaussures à l'entrée sans retourner à sa place, il sortit.

C'est une nuit vraiment noire. Quand il a fini de traverser les lieux éclairés par l'artifice de l'homme, il croit sentir des gouttes de pluie. Les branchage bruissent dans le vent. Sanshirô se hâta de rentrer à sa pension.

La pluie se mit à tomber pendant la nuit. Pendant qu'il prêtait l'oreille à son clapotement, les mots « Va au couvent ! » devinrent le pivot autour duquel sa pensée s'attarda. M. Hirota est peut-être éveillé. Quel peut être le pivot de sa pensée ? Quant à Yojirô, il a sûrement sombré sans connaissance dans une « prestigieuse obscurité »…

Le lendemain, il eut un peu de fièvre. Il était allongé, la tête lourde. Il prit son déjeuner assis sur sa couche. Puis il se rendormit un peu, ce qui le fit transpirer. Il a l'esprit vague. Yojirô arrive, plein d'entrain. Il dit qu'il est venu, car il ne l'a pas vu hier soir et comme il ne semblait pas non plus venir au cours ce matin, il s'est fait du souci. Sanshirô le remercia.

— Mais hier soir, j'y suis allé, j'y suis allé. Je sais très bien que tu es arrivé sur la scène et que tu as parlé à Mineko de loin.

Sanshirô est comme légèrement grisé. Quand il commence à parler, les mots ne s'arrêtent plus. Yojirô tendit une main qu'il posa sur le front du malade.

— Tu as de la fièvre. Il faut prendre un remède. Tu as attrapé froid.

— Il faisait trop chaud dans la salle, c'était trop éclairé, et ensuite, dehors, il faisait trop froid et c'était trop sombre. Ce n'est pas bon.

— Ce n'est pas bon, mais qu'est-ce que tu veux y faire ?

— Qu'est-ce que tu veux y faire ? Ce n'est pas bon, voilà tout.

Les phrases de Sanshirô devenaient de plus en plus courtes et, pendant que Yojirô répondait sans conviction, il finit par s'endormir. Au bout d'une heure, il ouvrit les yeux.

— Ah, tu es là ? dit-il en voyant Yojirô.

Cette fois, il semblait être dans son état habituel. Yojirô lui demanda comment il allait ; il répondit simplement qu'il avait la tête lourde.

— C'est un rhume.

— C'est un rhume.

Ils dirent tous deux la même chose. Peu après, Sanshirô demanda à Yojirô :

— Tu m'as demandé l'autre jour si j'étais au courant à propos de Mineko.

— A propos de Mineko ? Où ça ?

— A la faculté.

— A la faculté ? Où ça ?

Yojirô n'a toujours pas l'air de se souvenir. Sanshirô dut lui rappeler les circonstances détaillées.

— Ah oui, c'est possible, répond-il.

Sanshirô trouva son attitude pour le moins irresponsable. Se reprenant, Yojirô tenta de se souvenir. Puis il déclara :

— Ah, ça doit être ça... Est-ce que ce n'est pas à propos de son mariage ?

— C'est décidé ?

— C'est ce que j'ai entendu dire, mais je n'en sais trop rien.

— Il s'agit de Nonomiya ?

— Non, ce n'est pas Nonomiya.

— Alors... commença-t-il, puis il s'interrompit.

— Tu le sais, toi ?

— Je n'en sais rien, déclara-t-il tout net.

Yojirô se pencha un peu vers lui.

— Je me demande bien qui cela peut être. Il y a quelque chose de curieux. Il faut laisser passer encore un peu de temps pour en avoir le cœur net.

Sanshirô aurait voulu qu'il dise tout de suite ce qu'il y avait de curieux, mais Yojirô, qui n'en avait cure, restait le seul à savoir et le seul à trouver cela curieux. Sanshirô patienta quelques instants et, n'y tenant plus, il exigea qu'il lui exposât tous les faits concernant Mineko sans rien cacher. Yojirô se mit à rire. Ce faisant – Etait-ce dans l'intention de le consoler ? – il donna à la conversation un tour vraiment inattendu :

— Que tu es bête ! S'amouracher d'une femme pareille ! Tu perds ton temps. D'abord, est-ce qu'elle n'a pas le même âge que toi ? Il y a belle lurette que les femmes ne s'amourachent pas des hommes du même âge. C'était bon du temps d'Oshichi de Yaoya.

Sanshirô écoutait sans rien dire. Cependant, il ne voyait pas où Yojirô voulait en venir.

— Je m'explique : mets l'un à côté de l'autre un homme et une femme qui ont à peu près une vingtaine d'années tous les deux. C'est la femme qui l'emporte de cent coudées sur toute la ligne. L'homme n'est qu'un objet de dérision. Et la femme non plus n'a pas la moindre envie d'être l'épouse d'un homme qu'elle méprise. Pourtant, la femme qui se croit l'être le plus admirable du monde est l'exception. Elle n'a d'autre ressource, en effet, que de rester célibataire si elle ne veut pas être l'épouse de celui qu'elle méprise. Est-ce que ce n'est pas courant chez les filles de riches par exemple ? Des femmes qui ont voulu se marier et qui méprisent leur mari. Mineko est beaucoup plus admirable que ces femmes-là. Et pourtant, elle n'a pas envie d'être l'épouse d'un homme qu'elle ne peut respecter comme mari et le partenaire doit se le tenir pour dit. De ce point de vue, ni toi ni moi n'avons le droit d'être le mari de cette femme.

Pour le coup, Sanshirô est mis dans le même sac que Yojirô. Mais il continue de se taire.

— Pour ça, toi et moi, nous sommes beaucoup plus admirables que cette femme-là. Sans en avoir l'air, hein ? Mais il faudra bien cinq ou six ans pour que cela paraisse au grand jour et que les écailles tombent de ses yeux. Ceci étant, elle n'a pas l'air d'être du genre à rester dans son coin pendant cinq ou six ans. Autrement dit, te marier avec cette femme-là, c'est chien et chat dans la même niche.

Yojirô riait tout seul de l'emploi saugrenu qu'il avait fait de l'expression « Chien et chat dans la même niche ».

— Tu penses bien que dans cinq ou six ans, il y en aura de beaucoup mieux qu'elle. Il y a plus de femmes que d'hommes en ce moment au Japon. Cela n'avance à rien d'attraper un rhume et de faire de la fièvre. Le monde est suffisamment grand, il n'y a pas de quoi se faire de la bile. Moi aussi, il m'en arrive de toutes sortes mais je suis arrivé à me débarrasser en disant que je partais en mission officielle à Nagasaki.

— Qu'est-ce que c'est que ça ?

— Ce que c'est ? Une femme avec qui je suis en rapport.

Sanshirô fut étonné.

— Une femme, que je te dis, une femme d'un genre que tu n'as jamais eu l'occasion d'approcher de ta vie. Je lui ai réglé son compte en disant que je n'étais pas disponible pour l'instant, car je devais partir à Nagasaki pour tester des bactéries. L'ennui, c'est qu'elle voulait me dire au revoir à la gare avec des pommes en cadeau, j'étais bien embêté.

Sanshirô fut de plus en plus étonné. Etonné pour étonné, il demanda :

— Et alors, qu'est-ce qui s'est passé ?

— Je n'en sais trop rien. Elle est sans doute allé attendre à la gare avec ses pommes.

— Tu es un rustre. Ce n'est pas bien de faire des choses comme ça.

— Je sais que ce n'est pas bien et que ce n'est pas gentil pour elle, mais c'est ainsi. Depuis le début, le destin a tramé sa toile pour en arriver là petit à petit. En fait, je passe depuis longtemps pour un étudiant en médecine.

— Pourquoi racontes-tu des mensonges pareils ?

— Ce serait trop long à t'expliquer. Toujours est-il que je me suis trouvé dans de beaux draps quand elle a été malade et qu'elle m'a demandé de lui établir un diagnostic.

Sanshirô trouvait cela drôle.

— Je m'en suis sorti comme j'ai pu en lui regardant la langue, en la tapotant sur la poitrine, mais le bouquet, c'est quand elle m'a demandé ensuite si elle pouvait venir à l'hôpital pour que je l'ausculte.

Cette fois, Sanshirô éclata de rire. Yojirô reprit :

— Ce n'est pas rare de voir ce genre de chose, tu n'as pas à t'inquiéter.

Il ne saisit pas bien ce qu'il entendait par ce genre de chose. Mais il trouvait cela amusant.

Yojirô expliqua alors pour la première fois en quoi consistait le mystère qui entourait Mineko. D'après lui, il est question de marier Yoshiko aussi. Il en est aussi question pour Mineko. S'il n'y avait que cela, il n'y aurait rien à dire, mais il semble que le parti de Yoshiko et le parti de Mineko soient la même personne. Il paraît que le mystère est là.

Sanshirô eut quelque peu l'impression qu'il se moquait de lui. Toutefois, le mariage de Yoshiko est une chose certaine. Il en a bel et bien été question en sa présence. Il se pourrait bien qu'il ait confondu, sur le moment, avec celui de Mineko. Ceci dit, le mariage de Mineko ne semble pas être non plus une pure invention. Sanshirô voulut en avoir le cœur net. Il saisit l'occasion pour demander à Yojirô ce qu'il en était. Celui-ci accéda à sa requête sans difficulté : il va faire en sorte que Yoshiko vienne prendre de ses nouvelles et il n'aura qu'à lui demander directement.

— Tu dois donc attendre au lit en prenant tes médicaments.

— J'y resterai même si je guéris.

Ils se séparèrent en riant. Sur le chemin du retour, Yojirô fit les formalités nécessaires pour la visite d'un médecin.

Le médecin vint sur le soir. N'ayant pas souvenance d'avoir appelé un médecin, Sanshirô ne comprit pas tout de suite ce qui lui arrivait. Puis quand il vit qu'on lui prenait le pouls, il réalisa enfin. C'était un homme jeune et poli. Il jugea que ce devait être un remplaçant. Au bout de cinq minutes, celui-ci diagnostiqua une grippe. Il lui conseilla de prendre un fébrifuge le soir et d'éviter toute exposition au vent.

Quand il se réveille le lendemain, sa tête est beaucoup plus légère. Quand il reste allongé, il est presque dans son état normal. Il se sent néanmoins chancelant dès qu'il quitte son oreiller. La bonne entra dans la pièce en disant que l'air était chargé de fièvre. Ne touchant pas à son repas, Sanshirô regardait le plafond, allongé sur le dos. Il devient somnolent de temps à autre. Il est visiblement sous l'emprise de la fièvre et de la fatigue. Sans qu'il tentât de s'en affranchir, à mesure qu'alternaient le sommeil et l'éveil, il fut gagné par une sorte de bien-être en accord avec la nature. Il se dit que la maladie devait être bénigne.

Au bout de quatre ou cinq heures, il commença à ressentir de l'ennui. Il se retourne sans arrêt dans sa couche. Il fait beau dehors. Le soleil qui donne sur la cloison de papier opaque déplace imperceptiblement la limite des ombres. Un moineau pépie. Sanshirô espère que Yojirô viendra le voir aujourd'hui aussi.

La bonne fit glisser la cloison et annonça une visiteuse. Il ne s'attendait pas à voir arriver Yoshiko si tôt. Yojirô avait agi avec sa promptitude habituelle. Allongé, il posa les yeux sur l'entrée laissée ouverte : une silhouette élancée se dessina bientôt sur le seuil. Aujourd'hui, elle porte un *hakama* de couleur violette. Les deux pieds sont dans le couloir. On remarque une légère hésitation avant de pénétrer à l'intérieur. Soulevant les épaules de sa couche, Sanshirô l'invita à entrer.

Yoshiko fit glisser la cloison et s'agenouilla à son chevet. La pièce de six tatami est en désordre, à quoi s'ajoute que le ménage n'a pas été fait ce matin, ce qui la rend encore plus exiguë. La femme prit la parole :

— Restez allongé.

Sanshirô reposa la tête sur l'oreiller. Il est calme.

— L'air ne sent pas mauvais ? demanda-t-il.

— Si, un peu, répondit-elle sans manifester de gêne particulière. Vous avez de la fièvre ? Qu'est-ce que vous avez comme maladie ? Le médecin est venu ?

— Il est venu hier soir. Il paraît que c'est la grippe.

— M. Sasaki est venu tôt ce matin et il m'a dit : « Allez voir Ogawa, il est malade ; je ne sais pas ce que c'est, mais ça a l'air plutôt grave », alors vous pensez si on a été surprises, Mineko et moi.

Yojirô a encore bluffé un peu. On pourrait dire, en prenant le mauvais parti, qu'il a mené Yoshiko en bateau. Sanshirô qui a bon cœur se sent vraiment désolé pour elle. « Merci beaucoup », dit-il en restant allongé. Dénouant son carré de tissu, Yoshiko en sortit un panier de mandarines.

— Mineko m'a conseillé d'acheter quelque chose, dit-elle sans cacher la vérité.

On serait en peine de savoir qui est le donateur. Sanshirô remercia tout de même Yoshiko.

— Mineko pensait venir aussi mais elle est un peu occupée ces derniers temps. Je dois vous transmettre ses salutations…

— Elle a donc quelque chose de particulier à faire ?

— Oui, ces derniers temps, dit-elle.

Les grands yeux noirs sont fixés sur le visage de Sanshirô qui repose sur l'oreiller. Celui-ci regarda d'en bas le front pâle de Yoshiko. Il se souvint de la première rencontre avec cette femme, à l'hôpital. Elle a gardé la même expression mélancolique. En même temps, elle est joviale. Elle a apporté au chevet de Sanshirô tout le réconfort dont il a besoin.

— Voulez-vous que je vous épluche une mandarine ?

La femme sortit un fruit d'entre les feuilles vertes. L'homme assoiffé but à grands traits le jus sucré qui exhalait un parfum exquis.

— C'est bon… C'est Mineko qui vous le fait apporter.

— Cela suffit.

La femme sortit de sa manche un mouchoir blanc avec lequel elle s'essuya les mains.

— Mlle Nonomiya, où en est la proposition de mariage ?

— C'est au point mort.

— N'est-il pas question aussi d'une proposition pour Mineko ?

— Oui, c'est conclu.

— Qui est-ce, l'intéressé ?

— Celui qui voulait m'épouser. Hé, hé, hé, c'est drôle, non ? C'est un ami du frère aîné de Mineko. Quant à moi, je vais bientôt avoir une maison avec mon frère. Quand Mineko ne sera plus là, je ne pourrai plus me permettre d'être à charge.

— Et vous, vous n'allez pas vous marier ?

— Pour autant que le parti me plaise, je n'ai rien contre.

Lâchant ces paroles, elle partit d'un rire joyeux. Il ne fait pas de doute qu'elle n'a encore personne en vue.

Sanshirô ne quitta pas sa couche durant les quatre jours qui suivirent. Le cinquième jour, il se risqua à prendre un bain et se regarda dans le miroir. Ce qu'il vit ressemblait à un mort errant. Il se résolut à aller chez le coiffeur. Le lendemain est un dimanche.

Après le petit déjeuner, il passa une chemise et, s'emmitouflant autant que possible dans son manteau, il se rendit chez Mineko. Yoshiko se trouve dans l'entrée ; elle s'apprête à descendre sur le carré de l'entrée. Elle dit qu'elle va chez son frère. Mineko n'est pas là. Sanshirô sortit dans la rue avec elle.

— Vous êtes complètement remis ?

— Merci. Je suis guéri. Où est allé Satomi ?

— Le frère ?

— Non, je parle de Mineko.

— Mineko est à l'église.

Il apprit pour la première fois que Mineko allait à l'église. Il quitta Yoshiko après s'être fait indiquer l'endroit. Tournant à trois reprises dans le dédale des rues, il arriva juste devant l'église. Sanshirô n'a jamais eu aucun rapport avec le christianisme. Il n'a jamais regardé l'intérieur d'une église. Il s'arrêta devant et considéra l'édifice. Il lut les annonces de prédications. Il fit les cent pas devant la clôture de fer. Il s'y appuya quelques instants. Sanshirô est décidé à attendre que Mineko sorte, quoi qu'il arrive.

Bientôt, on entendit des voix chanter. Ce doit être ce qu'on appelle des hymnes, pensa-t-il. Cela se passe à l'intérieur de fenêtres hautes, hermétiquement fermées. A en juger par le volume sonore, l'assistance doit être assez nombreuse. La voix de Mineko se trouve quelque part dans l'assistance. Sanshirô prêta l'oreille. Le chant s'arrêta. Le vent souffle. Sanshirô releva le col de son manteau. Les nuages que Mineko aimaient apparurent dans le ciel.

Il avait contemplé le ciel d'automne en compagnie de Mineko. C'était chez M. Hirota, au premier étage. Il s'était assis au bord d'un ruisseau dans un champ. Il n'était pas seul non plus à ce moment-là. *Stray sheep, stray sheep*. Les nuages ont la forme de brebis.

Tout à coup, la porte de l'église s'ouvrit. Des gens sortent de l'intérieur. Ils reviennent du paradis vers le monde flottant. Mineko est la quatrième en partant de la queue. Vêtue d'un manteau *azuma*[1] à rayures, le front baissé, elle descend les marches du porche. Elle semble avoir froid, les épaules rentrées, les deux mains croisées sur le devant, s'efforçant de réduire autant que possible ses relations avec le monde extérieur. Mineko conserva jusqu'à la limite du portail cette attitude insensible à toute ingérence. Alors, comme si elle venait de prendre conscience de l'activité de la rue, elle releva le visage. La masse sombre de la casquette que Sanshirô venait

---

1. Sorte de long manteau pour dames, en laine ou en serge.

d'enlever entra dans le champ de son regard. Ils s'approchèrent l'un de l'autre jusqu'à la hauteur des annonces de prédications.

— Qu'est-ce qui vous arrive ?

— Je viens de passer chez vous.

— Ah bon ? Alors, venez.

La femme commença à tourner les talons. Elle porte toujours les mêmes *geta* basses. L'homme se rapprocha, à dessein, de la clôture de l'église.

— Il n'est pas nécessaire d'aller autre part. J'attendais que vous sortiez depuis tout à l'heure.

— Vous auriez dû entrer. Vous avez dû avoir froid.

— J'ai eu froid.

— Votre rhume est passé ? Vous allez rechuter si vous n'y prenez garde. Vous n'avez toujours pas bonne mine.

Sans répondre, l'homme sortit de la poche de son manteau quelque chose qui était enveloppé dans une feuille de papier japonais.

— C'est l'argent que je vous ai emprunté. Merci de votre patience. Je suis désolé de vous le rendre si tard.

Mineko considéra un instant le visage de Sanshirô, puis elle prit la pochette de papier sans protester. Elle continue néanmoins de la tenir dans sa main et de la regarder, sans la ranger. Sanshirô la regarde aussi. La conversation s'interrompit quelques instants. Bientôt, Mineko reprit :

— Cela ne vous gêne pas ?

— Non, je me suis fait envoyer l'argent l'autre jour de chez moi ; prenez-le, je vous en prie.

— Ah ! Dans ce cas, je le prends.

La femme rangea la pochette de papier dans sa poche. La main qu'elle sortit de son manteau *azuma* tenait un mouchoir blanc. Elle le porte à son nez en regardant Sanshirô. Elle paraît le sentir. Puis, tout à coup, elle tendit la main. Le mouchoir arriva devant le visage de Sanshirô. Il exhale un parfum intense.

— Héliotrope, prononça la femme lentement.

Sanshirô recula le visage malgré lui. Le flacon d'héliotrope. Un soir, dans le quartier du *chôme* quatre. *Stray sheep. Stray sheep.* Le soleil resplendit haut dans le ciel.

— Il paraît que vous allez vous marier.

— Vous le savez ?

Ce disant, elle rapprocha ses paupières plissées et regarda le visage de l'homme. C'est un regard qui place Sanshirô à distance et qui, pourtant, se tourmente trop de la distance où il se trouve. Seuls les sourcils sont tout à fait calmes. La langue de Sanshirô se colla hermétiquement à son palais.

Après avoir observé Sanshirô un moment, la femme laissa échapper un soupir à peine perceptible. Bientôt, portant sa main fine au-dessus des épais sourcils, elle dit :

— *Je connais mon péché. Ma faute est toujours devant moi*[1].

La voix était si basse qu'on saisissait mal le sens. Mais Sanshirô le saisit clairement. C'est ainsi que Sanshirô et Mineko prirent congé l'un de l'autre. De retour à sa pension, il trouva un télégramme de sa mère. Il l'ouvrit et lut : *Départ quand ?*

---

1. Psaume 51, 5.

Chapitre 13

Le tableau de Haraguchi était achevé. Le comité du cercle Tansei l'accrocha à l'entrée d'une salle. On plaça un long fauteuil devant le tableau. Il sert à se reposer. Il sert aussi à regarder le tableau. Il sert à se reposer et à goûter. Le cercle Tansei offrait ainsi à de nombreux visiteurs la possibilité de s'attarder à la contemplation de cette grande œuvre. C'est une faveur spéciale. On l'a placée ici parce que c'est une grande œuvre, dit-on. Certains objectent que c'est à cause du sujet qui attire les regards. Un petit nombre est d'avis que le choix de la femme est déterminant. Un ou deux membres du cercle s'en défendent en disant que c'est la grandeur du tableau qui impressionne. Il est grand, en effet. Entouré de son cadre doré large de plus de quinze centimètres, on ne le reconnaît plus, tellement il paraît grand.

Haraguchi est venu l'examiner un peu, la veille de l'ouverture. Il s'est assis dans le fauteuil et l'a observé longuement, la pipe à la bouche. Puis il s'est levé d'un bond et, méthodique, il a passé toutes les salles en revue. Ensuite, il est revenu au fauteuil et a fumé tranquillement sa deuxième pipe.

Dès le premier jour, une foule de gens se rassembla devant *La Femme au bois*. Pour le coup, le fauteuil ne remplit pas son office comme prévu. Seules quelques personnes fatiguées s'y asseyaient quand elles ne regardaient plus le tableau. Certaines d'entre elles n'en continuaient pas moins de faire la critique de *La Femme au bois*.

Mineko vint le second jour sous la conduite de son mari. Haraguchi lui fit faire la visite. Lorsqu'ils furent devant *La Femme au bois*, il leur demanda ce qu'ils en pensaient. « C'est bien », dit le mari qui fixa le tableau de derrière ses lunettes.

— La position debout avec l'éventail en visière est bien trouvée. C'est un coup de maître. Il faut être spécialiste pour penser à ce genre de chose. L'éclairage du visage est bien conçu. Le dégradé est net ; le visage à lui seul présente des variations fort intéressantes.

— Pensez-vous ! je me suis conformé en tout aux souhaits de l'intéressée. Je n'y suis pour rien.

— C'est grâce à vous, remercia Mineko.

— C'est aussi grâce à vous, remercia Haraguchi à son tour.

L'époux a l'air content d'entendre attribuer le mérite de l'œuvre à son épouse. C'est l'épouse qui, des trois, formule les remerciements les plus chaleureux. Ils vinrent tous ensemble le premier samedi qui suivit l'inauguration de l'exposition, peu après midi – M. Hirota, Nonomiya, Yojirô et Sanshirô. Remettant le reste de la visite à plus tard, ils allèrent directement dans la salle de *La Femme au bois*. « C'est ça, c'est ça », dit Yojirô. Il y a un attroupement. Sanshirô hésita un instant avant d'entrer. Nonomiya entra d'un air très détaché.

Sanshirô recula après avoir jeté un rapide coup d'œil à travers le groupe de gens. Il attendait les autres, appuyé au fauteuil.

— Quel monument ! s'exclama Yojirô.

— Il paraît qu'il a l'intention de vous le faire acheter, dit M. Hirota.

— Plutôt que moi… commença-t-il, puis il regarda du côté de Sanshirô : celui-ci est appuyé au fauteuil, le visage empreint d'une expression tourmentée.

Yojirô se tut.

— Les couleurs sont rendues avec beaucoup de goût. C'est plutôt un tableau chic, remarqua Nonomiya.

— C'est presque un peu trop recherché. Je comprends qu'avec cela, il avoue ne pas être capable de peindre un tableau qui évoque le martellement naïf du tambour japonais, observa M. Hirota.

— Qu'est-ce que c'est, un tableau qui évoque le martellement naïf du tambour japonais ?

— C'est un tableau qui est intéressant parce qu'il est simplet comme le son du tambour.

Leurs rires se mêlèrent. Ils passent leur temps à faire des remarques sur la technique de l'œuvre. Yojirô y mit son grain de sel :

— Je mets au défi quiconque de peindre Mineko comme un sujet simplet.

Nonomiya chercha un crayon dans sa poche afin de cocher la liste. Au lieu du crayon, une carte à caractères imprimés en sortit. C'était le carton d'invitation au mariage de Mineko. Il y a longtemps que la noce a eu lieu. Nonomiya et M. Hirota s'y sont rendus en redingote. Sanshirô a découvert le carton d'invitation sur sa table le jour de son retour à Tôkyô. Il était trop tard.

Nonomiya déchira le carton et le jeta sur le plancher. Peu après, il passe à la critique d'un autre tableau en compagnie du professeur. Yojirô s'approcha de Sanshirô.

— Alors, que dis-tu de *La Femme au bois* ?

— Le titre de *Femme au bois* ne convient pas.

— Qu'est-ce qui irait mieux à la place ?

Sanshirô ne répondit pas. Il répéta simplement, tout bas : *Stray sheep, stray sheep.*

Achevé d'imprimer
sur les presses de
l'imprimerie Robert
Composition par
Atelier Relations - Arles

Dépôt légal : février 1994